马昌华·著

南漂者·随风的日子

九州出版社
JIUZHOUPRESS

图书在版编目（CIP）数据

南漂者·随风的日子 / 马昌华著． -- 北京 ： 九州出版社，2018.5

ISBN 978-7-5108-6890-0

Ⅰ．①南… Ⅱ．①马… Ⅲ．①短篇小说－小说集－中国－当代 Ⅳ．①I247.7

中国版本图书馆 CIP 数据核字（2018）第 072499 号

南漂者·随风的日子

作　　者　马昌华　著
出版发行　九州出版社
地　　址　北京市西城区阜外大街甲 35 号（100037）
发行电话　（010）68992190/3/5/6
网　　址　www.jiuzhoupress.com
电子信箱　jiuzhou@jiuzhoupress.com
印　　刷　成都市兴雅致印务有限责任公司
开　　本　710 毫米 ×1000 毫米　16 开
印　　张　15
字　　数　206 千字
版　　次　2018 年 5 月第 1 版
印　　次　2020 年 6 月第 2 次印刷
书　　号　ISBN 978-7-5108-6890-0
定　　价　52.50 元

寻找回来的世界（代序）

多年前，我也是一个在珠三角到处“揾工”的南漂人，在“百万民工潮”中随波逐流飘忽不定，因为对于写作的执着，就有了一系列的“打工小说”陆续在《湖南文学》《延河》《珠江潮》《南叶》《珠海文化》等刊物上发表，并一度成为《佛山文艺》《外来工》的重点联系作者，当时的《佛山文艺》副主编、著名作家何百源先生，与我的联系最为密切。作为长辈与老师的他，除了谈作品，更多的是与我在书信中聊个人生活，聊亲情故事，聊命运际遇，甚至还在信件中夹寄他与其宝贝才女甜蜜的生活合照，我们几乎成了心照不宣的忘年交。《佛山文艺》是我“打工小说”的发端，当然还得感谢为我首发作品的主编刘宁先生。

机缘巧合，我家乡湖南邵阳市文联主席、著名作家鲁之洛先生退休后在珠海办报，我被召唤而去。在这里，有幸结识了当时正在南方休养的著名作家、陕西《延河》的执行主编徐岳老师，徐老师在创作上曾经给予我很多的具体指导，令我受益匪浅。几年后，有云南朋友邀请徐老师游历越南，回程时专门绕道广西来看我，并在我县城的家小住一个星期，其间手写了多篇游历越南的锦绣文章，由我爱人录成电子文档。徐老师是我的又一位率性而为的忘年交。

在写作上给予过我当面指导的，还有老诗人未央、韦丘，诗歌评论家李元洛，作家兼编辑家李一安，以及我的老乡、著名作家曾维浩……是他们的鼓励扶持，使我得以坚持。

也是因了徐老师的机缘，我还有幸与仰慕已久的著名作家陈忠实先生在珠海相识，这是一位没有半点架子的前辈，如果不跟他谈文学，根本想象不到他就是那个写出《白鹿原》的大作家，脸上刀刻般的风霜，那仿佛永远结着老茧的粗大的手掌，怎么看怎么像地道的陕西农民，老实巴交历经沧桑。在我们送他去往珠海机场的路上，陈先生饶有兴趣地拿过我刚拍摄冲洗的一沓新闻照片，仔细观看，并夸奖说拍得“很好”，夸得我脸直红到了脖子。其时我对摄影还没有入门，直到现在也都没有。我知道这是一种善意的鼓励，但还是令我有些羞愧难当。

我从珠海到广西定居后，徐岳老师也结束休养回到陕西，并退休进入大学执教。在文友们一个个出版专著的诱惑下，我也有了个人出书的冲动。我曾把出书的想法说给徐老师，请他在书出版时写个序言，如果可能还想斗胆请陈忠实先生题写书名。徐老师回复说写序言没有问题，把书稿编好后寄过去，随时都可以，陈忠实先生也答应题写书名，在他看来只是个举手之劳的事儿。我当时真的有点受宠若惊，没想到两位前辈导师这么的爽快，赶紧找出满箱满箱的样刊样报，将过去发表的作品一页一页地复印、整理，编成两部书稿，其中一部是诗集，另一部是以打工题材为主的小说集，但终究因为出版费用的问题没有着落，迟迟未定，最后竟不了了之。

当时所编的小说集初稿，便是这本《南漂者·随风的日子》的雏形。

几经周折，现在，书终于出版了。可是这些年来，由于种种原因，一直没能与徐老师取得联系，只听说还在沿海的大学里教书育人，他的序言只能在我的心中独自成篇了，老师健康安乐就是我最大的心愿。而答应为我题写书名的陈忠实先生却已然作古，这个无法弥补的永久的遗憾，让我再度切身感受到：人生如漂萍，落处皆随缘。

不过，书毕竟出版了，我也终于可以了却这桩多年未竟的心事，向曾经的“南漂生涯”说声拜拜，向新的生活说声“芝麻开门”，不再随风。

并真诚地希望读到此书的朋友们，能够勾起温馨的回味，引起生活的共鸣，故事未必美好，但一定可以暖心，那是我们共同的青春阅历。这些寻找回来的世界，虽成过往却从未远去，或许正在新的“南漂者”身上重复上演……

作者

2018 年 5 月

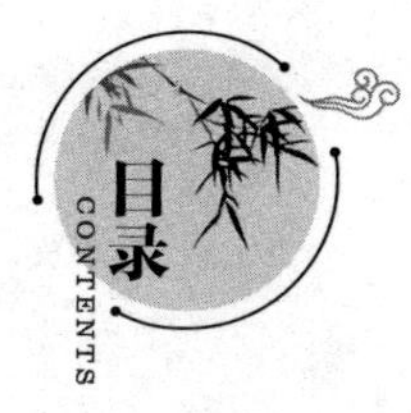

目录

CONTENTS

行 走

一

从华阳公司出来，我便像条猎狗一样，白天在城市的大街小巷嗅着来自各种渠道的招聘信息，晚上便只好拉下早已被人剥光的面子，蹭去建筑工地上挑砖头的老乡那儿猫工棚，以忍受拥挤沤臭蚊叮虫咬为代价，节省可怜的住宿费用。

我也曾想过到广州去开辟天地，广州有几位狐朋狗友在环城影视公司里做事，但都还没有站稳脚跟，办不成什么事，一时也是爱莫能助，每次电话打过去都没有结果。只好在深圳、东莞各处听天由命地瞎折腾。

可一个多月过去，依然还是瞎子点灯——白费了蜡。没有一家单位愿意收留我这样一个高低难就的迂头书生，眼看着便到了走投无路的境地。我甚至向长安老乡求助，请他向工地的二老板求情，留在建筑工地上和老乡一道帮人家挑砖头扛水泥。那二老板正在急用廉价劳力之际，尽管不太看中我，但还是在收下我向老乡借的二百元保证金后，勉强答应让我试两天。无奈自己徒有一米七几的皮囊，却没有老乡那样的力气和韧性，强撑了半天硬是吃不消。老乡在一边看着，劝我打消了这个念头，说我不是干粗活的种，赶紧想办法去谋份正经差事才是办法。就这样，那二百元保证金算是打了水漂。

雨天的时候没法出门，老乡有时也不出工，闲得无聊便围在一块，就着从二老板那里弄来的破黑白电视玩扯砣（大字牌）找乐子。电视上正播放着某场时装秀，老乡便冲我开玩笑说：瞧你这标准的身材，天生的一个美女杀手，做个模特一定很棒，你看电视里这些模特，没见得比你帅气是吧？你何不也去试一试？碰碰运气嘛，保不准还真能成呢。

说得轻巧，可我上哪儿去试去？摆大街吗？我自知不是这块料子，老乡也只是偶尔的一时兴起，拿我开开心罢了。

无论如何，我还得依旧每天像条猎狗一样到处去碰运气。

这天，在街上瞎逛的我，无意间看到书摊上一本名叫《珠江潮》的杂志，拿起来随手一翻，但见扉页上一长串的什么理事，大多是这个城市各区、镇的区长、镇长和党委书记们的大名儿。于是，我灵机一动，特意买下了那本不是很起眼的《珠江潮》杂志。

也许真的是病急乱投医，我按照杂志上的理事名单，天真地给那些区长、镇长和书记们一一寄去了言辞恳切的求职书，并附上我的大学文凭和自己在各种报刊上发表的几篇文学作品的复印件。我在求职书上并没有提出具体的工作要求，事实上我也不知道能提些什么要求，我只是懵里懵懂地想找份事儿，什么事儿根本也由不得我自个儿去挑拣。

信发出去我就没往心里惦记，说到底我对这事其实根本就不敢抱什么希望。我想，这样的希望和大海里捞针大概也差不了多少吧？

没承想，这一回呀，大海里的针儿还偏偏让我给捞着了。

正当我绝望之际，两封来自红荔镇的信件让我喜出望外。一封是该镇党委书记何任海的亲笔回信，他在信中说，根据我的情况，推荐我到镇里办的《红荔报》去工作，比较合适，并让我直接与镇文化站的方仲来同志联系。另一封还真是方仲来同志主动写来的，说是经何书记的推荐，欢迎

我尽快到报社去工作，并要求我在七一前能够报到上班——这正是我求之不得的，在老乡的工棚里无望地耗着，指不定哪天非自我爆炸不可。方仲来同志的信内还附了一张很精致的折叠式香水名片，上面的头衔有市摄影协会会员、红荔镇文化站站长、镇电视台台长、红荔报社社长、红荔粤剧团团长、红荔文化发展有限公司总经理、红荔园服务有限公司董事长等，看了还真让我眼花缭乱，不由得对未来的上司有了一种由衷的敬畏。

按照方仲来同志的要求，我于七一前一天赶到红荔镇报到。接待我的是文化站的一位老刘同志，他说方站长去香港了，要到晚上才能回来，等他回来后由他亲自安排我的工作。老刘同志也许是怕我误会，又转口说下午文化站正在丽都戏院布置七一晚会的舞台，人手不够，如果不介意的话可以先去现场帮帮忙。

于是我被带到了丽都戏院的晚会布景现场。

现场的工作人员都忙碌着，对于我这新来的不速之客似乎一点也不在意。老刘同志只好将我领到一位正在舞台中央做布景造型的女孩儿面前，招呼说："小刘，给你找来个帮手，有什么事尽管吩咐他做就是了。"

女孩儿抬起头来，冲我莞尔一笑，算是与我打了招呼。接着便理所当然地指挥我帮她撑扶住摇晃不定的塑料泡沫造型。我借着灯光，近距离真切地看清了女孩儿的面目形象——老实说，这是一个十分符合我审美习惯的可爱姑娘，娇小的身材透露着一股伶俐劲儿，短发齐耳，眼睛杏仁般圆润，张嘴一笑两个酒窝便像两朵盛开的小花，通体散发出清纯、活泼的青春气息。乍一相见，我便有些莫名的亢奋，不由自主地在心里暗暗喜欢上了，尽管，以我当时的身份条件，我也自知不能存有这种非分的念头。但思想是一匹钳制不住的野马，由不得自己。

女孩儿看我一副拘束的样子，便用地道的广东话明知故问地问我是不是新来的，语气间充满了善意的调皮。我不懂广东话，但我还能勉强听得出女孩儿说话的意思，点点头表示回答。我压根儿就是一个腼腆的男孩子，尤其在陌生的女孩儿面前。当我被女孩儿一再问到别的问题的时候，已经是面红耳赤，语无伦次了。

不会广东话的我，只能用蹩脚的普通话和女孩儿交谈。可我又很不会掩饰自己，一不留神，家乡的老土腔调便滴溜儿露了出来。

“你是湖南的？”女孩儿突然表现出一脸的惊喜。

我抱歉地摇摇头，告诉她自己是广西长安人氏，不过在广西，人们却也将我们当作湖南人来看待的。因为我爷爷的爷爷就是从湖南补锅过来的。

“那我们也还是老乡！”女孩儿的口吻不容辩驳，“我的家在邵阳。”

我孤陋寡闻到竟然不知道有邵阳这个地方，这大概很让女孩儿失望。

“湖南有句俗谚：宝庆狮子东安塔。很有名的。这宝庆啊指的就是我们邵阳呢。”女孩儿见我茫然迷惑着，便加了这一番解说。

宝庆我亦不曾知晓，东安更是闻所未闻。

女孩儿又告诉我，大名鼎鼎的蔡锷将军和大音乐家贺绿汀也都是邵阳人氏呢。言下之意，那真是个人杰地灵、不容忽视的所在。我庆幸，这两位历史名人我还略知一二。只是，对于我自己的家乡长安，却又不知道该数说或炫耀什么好了，长安文场或者毛泽东看过的叫作“哪嗬嗨”的彩调，我也是一无所知。刘三姐固然晓得，但却不曾懂得早前还是我们长安的傅锦华唱出名来的呢。终不免有一些自惭形秽。

不过，我还是有了可以向这位一百年前曾是老乡的女孩儿炫耀的资本：我们的长安金橘可是出了名的广西特产。不仅进过中南海，毛泽东还将它送过苏联的斯大林呢。还有，我们长安的骑楼街可是中西合璧的建筑文化的典范呢。去看过我们长安的骑楼街，保准你绘画的创作灵感会像我们美丽的母亲河融江一样波涛汹涌。

是吗？女孩儿调皮地歪着头，定定地盯住我。

那是当然。我竟然有些自鸣得意了。

我们就这样不知不觉中算是认识了，而且照女孩儿的说法，开始以老

乡相称呼。

女孩儿自我介绍说她叫刘玲，美术学院毕业，行走的自谋职业者，现在在红荔文化站做美工，负责文化站属下电影院和剧团的宣传画创作。人家封她为玩酷一派的前卫人物，算是给她戴了高帽子，她自己则不敢这样认为。

“业余还兼做做家教，以补贴开销——当然，这都是背着他们干的！”刘玲在过后曾神秘地告诉我说。

这个看起来比我小得多的老于世故的邵阳女孩儿，给我留下了深刻的印象，的确令我刮目相看。

二

我在文化站的值班室里等到晚上9点，老刘同志过来通知我“站长回来了”，让我去二楼报社编辑室见他。

初次见面，我不知该如何称呼这位方仲来同志好，听老刘同志一口一个“站长”，便也贸然地跟着尊称他为站长。好在这回跟对了，因为“站长”才是方仲来同志最大的官方实衔。

方面大耳的站长方仲来同志，是一个很有派头的标准男子，不苟言笑，说起话来一本正经，一脸的严肃，全然没有他在信中表现出的随和与热情。当着主编的面，对我的工作提出了近乎苛刻的要求，令我未曾上任便先自有了几分虚怯。我虽然是何书记介绍来的，但也还有自知之明，这种介绍根本就是银样镴枪头，派不上什么用场的。我对自己的未来不敢预卜，心里暗暗祷告，千万别像只蚂蚁一样，最终被捏死在这个冤大头的手掌心里啊！

我被安排在报社对面过道旁的一间不足十平方米的“集体宿舍”里，我们的“集体宿舍”连我一共住上了六个人，有三位是镇电视台聘请的记者，有两位是电影院的放映员与管理员。三张高低床几乎将房子的空间挤满了。我别无选择地住到了最里边床的上铺，随身的行李也只好与我一起“同床共枕”。

我们的“集体宿舍”大概原来是做储藏室用的，四壁居然连个小小的透气窗都没有。房门一关，里面密不透风，闷得人简直要窒息，加上七月天来临，更是闷热难当，严格说起来比我在老乡那儿蹭过的建筑工棚强不到哪里去。天生怕热的我，当夜就闹了满身的痱子。

我很疑惑，先我而进的那些室友究竟是靠什么熬过来的？虽说这些傲慢的本地人对我的到来漠不关心，甚至冷漠到连招呼都不愿和我这个外省人打一声。但我却因他们遭受与我一样的待遇，而在心里主动向他们靠拢——不过后来我才发觉自己搞错了，这些本地人并不需要我的感喟，没必要与我同病相怜，他们中的任何人，整个星期都很少有人回宿舍过夜。

我在床上折腾了整整一宿，第二天便带着满身的痱子，麻着胆儿去找方仲来站长，嗫嚅着提出能不能为我换个房间。我说那房子实在太闷热太难受了，住在那里面会影响工作的——我还不敢直接说影响休息更影响身体呢。方站长听明白我的意思后，脸上一下便现出很不耐烦的表情，说站里房子太紧张，眼下无法满足我的要求，要我先忍耐着，以后有条件再考虑。

虽说换房没门，可过后不久，方站长还是让老刘同志给我送来了一台床头扇，多少对我的要求有所表示。

自讨没趣的我，夹着尾巴灰溜溜地回到报社编辑室，又想跟主编诉诉委屈。与同是报社编辑的老婆住着小单间的主编，倒也善解人意，给了我一番好言安慰，完了又为我出了个权宜之计，特许我实在受不了时，可以待在有空调的编辑室里过夜。不过再三叮嘱我，早上可千万千万别睡过了头，让人看到的话影响可不好。

于是，在主编的暗中授意和特许下，报社编辑室成了我的地下宿舍。

因为我每天写东西都要到很晚才休息，所以一直也就没有被别人发觉。

三

后来我才慢慢知道，站里的房子，其实也不是紧张到非得要让六个大男人像塞甘蔗一样，拥挤在不足十平方米的密不透气的储藏室里的程度。譬如剧团那帮男女演员，譬如我的“准老乡”美工刘玲，都一个个享受着带窗单间的待遇。

星期六晚上，同舍们又是一个个早没了踪影，我独自躲在编辑室里寂寞地爬我的格子——那时候我还不太习惯使用电脑写作。楼下电影院正在放映美国大片《拯救大兵瑞恩》，刺耳的电影声音严重地干扰着我的创作思维，我满脑子一团的糊糊。当呼唤大兵瑞恩的声音，透过墙壁，固执地灌进我的耳朵时，我竟然突发奇想，大兵瑞恩是幸运的，现在正有人在千方百计地拯救他，可是有谁会在此刻来拯救困惑中的我呢？

我在编辑室里兀自焦躁，这回还真的心想事成——拯救我的人终于及时出现了。

清脆、轻快的敲门声打断了我胡乱的思绪，我扭头一望，透过玻璃门，是一袭红裙的刘玲。我说门没上闩，请进来吧，自己却笨得忘了起身去开门迎接。

刘玲一惊一乍地蹦到我面前，瞟了一眼我桌上尚未杀青的稿子，调皮地说，又在制造哄骗女孩子眼泪的烟幕弹了吧？让我验证验证，看看够不够杀伤力。说着便拿起桌上的诗稿夸张地念了起来。当念到其中一节“我站在鹰的高度／以一种无与伦比的锐利／遥遥地窥视你／峰谷之间的神秘地带／你是否感知了我／一掠而过的／痛楚的欲念／已然脱落成绝望的翎羽／随风飘坠任雨淋漓”时，却睁大了美丽而惘惑的双眼。我说诗人是疯子，有些说的是胡话，你是画家，画家不也常有疯痴的时候吗？你们的凡·高、毕加索不也是疯痴到了不可理喻的程度吗？听我如此自辩，刘玲似乎恍然大悟，附和说，诗人原来总是喜欢装疯卖傻，画家当然也少不得要丢人现眼，真是绝妙，绝妙，绝妙之极呀。

刘玲又问起我的宿舍在哪里，非要我带她去看看。我有些不好意思，但经不住她的坚持，只好依了她。

一踏进编辑室对面的宿舍，刘玲就差不多要跳起来，愤愤地感叹说，这根本就不是人住的地方嘛，方仲来也太够狠了，怎么会打起这样的馊主意来，太不把人当人看待了。莫非你们这些做编辑记者的，连那班中学都没上完的小戏子也不如吗？真是莫名其妙！

看来，刘玲对方仲来视为宝贝的剧团演员们打心底里一百个瞧不起，对方仲来的为人也颇有诟病。“咳，不过这也难怪，保不准哪个骚蹄子就是他的小甜心呢？这个老不正经的！我就知道！”

刘玲不愿再在我的宿舍待下去，太逼仄太窝心了。

“喂，你今晚还有什么要忙吗？”刘玲问我。

我说我也不想忙什么了，可又不知怎么打发这无聊的时间。

“要不我请你去小食街吃喝螺？”我向刘玲发出第一个邀请。

“好哇，我正嘴馋得慌呢。可是现在9点钟还不到，太早了。要不这样吧，我先请你去跳舞，然后你再请我吃喝螺？”刘玲瞪着一双美丽的大眼睛定定地望着我，很有点不容分说的味道。

我抱歉地摊摊手，我是一个十足的舞盲，以前连舞场的门都没进过。

“嗨，这有什么要紧，不会我教你，走吧。”拉起我的手就要往外走。在出门的时候又自我揶揄起来：

“其实我也不太会跳，才刚学不久。我们跳我们的，就当放松精神，反正谁也不会在意你会不会跳。你们当作家诗人的不是也要体验生活嘛，没有体验怎么写得出好文章好诗来？再说了，又不要你掏钱买门票。”

刘玲带着我来到一家叫“云雀”的舞厅门口，与守门的小伙子打个照

面便径直进了舞场。我正纳闷怎么没买票，人家就肯放我们进来。刘玲回过头解释说这个舞厅是文化站直接投资开的，以后想来的话随时都可以来，你只要告诉他们你是报社的就行了。

原来是这样。我自言自语地“哦”了一声。

舞场内的灯光很暗，但不时意味深长地闪烁着，颇有一种柔靡的难以说清的暧昧情调，令初次涉足的我有些无所适从。

我们在一个角落处找了空位坐下来，刘玲又去柜台要了一壶菊花茶和一碟瓜子。我们一边喝茶嗑瓜子，一边欣赏着舞池内晃动的人影，一边东拉西扯即兴聊天。

当一支温馨的慢四曲响起时，刘玲向我伸出了纤巧的右手，请我入池。借着朦胧的灯光，我越发感觉到眼前的这个女孩儿，有一种难以抵御的楚楚动人，令我心旌摇曳。

刘玲将一只手轻轻地搭在我的肩膀上，另一只手扶住我的腰际，并指导我的双手在她的肩上和腰间确定位置和姿势，然后开始教我基本步法，然后又教我如何走花步。我的乐感不行，总跟不上音乐的节拍，老是踩着刘玲的脚尖。踩一下，心就不由得咕咚一下，可心里边越咕咚就越发乱了阵脚，好几回我都快坚持不住了。刘玲感觉出我的窘态，不时地鼓励我，多走几遍慢慢就能悟出些道道来了。

果然，在刘玲的耐心引导下，几曲下来，踩脚的次数明显地减少了。

跟上节拍后，我的思维重心又不由自主地移到了刘玲身上那股带着特殊体香的好闻的女人气息上来。如此和一个女孩儿近距离地面对面相拥，这在我还是破天荒第一次，我能不想入非非吗？我想将刘玲搂得更紧更贴近些，但又不敢造次，只好兀自心怀着鬼胎。

由于有了意外的体验，舞会结束时我竟兴犹未尽，很有些恋恋不舍了。

从舞厅出来，我实践诺言，请刘玲去小食街吃喝螺。一路上刘玲还在表扬我学舞学得快。

“是吗？”我心中有鬼，回答起来自是言不由衷。

刘玲撂喝螺的姿势十分优雅，甚至有些艺术的意味，至今我还记忆犹新。也许，在这方面，大概每一个女孩儿都会有如此不俗的表现吧？刘玲平时总喜欢穿比较休闲的T恤衫、牛仔裤、平底鞋，一看就知道是个不受拘束的姑娘，今天这一袭红裙配上这棕色中跟皮鞋，又是别一样风韵，瞅着瞅着心便有点儿走神。刘玲见状，撂喝螺的手夸张地抬了一下，笑问道：“喂，你发什么呆啊？”脸上泛起一团不易察觉的红云。我有点发窘，忙掩饰说，你们女孩子穿高跟鞋，走起路来很美的，你也爱穿吗？刘玲说我可不是淑女，不爱穿，再说了，那种鞋跟能够撂得起喝螺的高跟鞋，不仅不自由，看起来就不舒服，干吗还要找那份罪来受？

“鞋跟能够撂得起喝螺”，这个夸张的比方，听起来好新鲜，真是闻所未闻，太具有丰富的想象力了，也不乏对生活的洞察，这鬼精灵，不愧是搞艺术的。怎么成天写诗的我就没有这个灵感呢？

此后，刘玲曾多次来邀我去“云雀”跳舞。每次跳完舞都少不了去小食街吃喝螺，这几乎成了我们那段日子的必修课。

四

星期五下午，刘玲约我去她的宿舍吃饭。我说食堂不是有饭嘛，自己弄多麻烦。

“今天我们给自己加菜，请你尝尝我这个准老乡的手艺，保证不让你失望！”刘玲的语气不容推辞。恭敬不如从命，我说那好吧，我去买菜你来做。刘玲说菜她早已经买好了，不用我操心。

5点半，刘玲准时来叫我，我随刘玲第一次踏进她那小小的香闺。这是一个不足十平方米却能使刘玲的艺术个性得到充分展示的小单间，地上铺着虽然廉价但不失得体的淡青色地板胶纸，靠墙边的沙发床竟恰到好处

地处理成了日式的榻榻米，一张小方桌既是餐桌，又是平常用功的画桌，达·芬奇等人的几幅世界艺术名家照片与刘玲的自画像分列墙上四周，但最引起我兴趣的则是一幅约三尺见方的《海上日出图》油画。刘玲介绍说那是半年多前，她在南海的一只渔船上即兴创作的，也是她自己到目前为止最为满意的作品。这幅画曾在广州参加过展览，当时有人愿出三千元买走它，但她舍不得卖，便一直留在身边。

开饭前，刘玲因为忙着弄菜，手上油腻，便请我帮她收拾一下晾挂在房间里的衣服。我这才认真注意到女孩子香闺中的另一番风景，铁线上万国旗般满挂着各种女性专用之物。我虽然答应着，人却木在那里，不知如何下手。刘玲似乎看出了我的尴尬，说还是我自己来吧，不为难你这个封建残余了。我被她这么一说，反而陡增了勇气，自我解嘲道："不就是几件女孩儿衣服嘛，我替你收好就是了。"

收拾衣服的时候，我趁着刘玲不注意，偷偷地在她洗得洁净的内衣上使劲地狠嗅了一把。那一瞬，我真的有种几近麻醉的窒息的快感。但一瞬之际理智回归，无聊的快感被一种罪恶感所取代，我立刻打消了不该滋生的邪念。

刘玲的厨艺确实不错，很得一些湘菜的真传，让长时间委屈着肚子的我胃口大开。我说我在外行走这一年多，好久没有吃到这么可口的饭菜了，要是以后能经常这样大饱口福，那该多惬意！

"可是下午的时候还有人惦记着大食堂，不愿意上我这儿来呢！"刘玲将一只仔姜鸭腿夹到我碗里，轻轻地敲着我的碗边儿，有些得意地调侃道。

我赶忙声明，不是不想来，是不好意思来，真的怕给你添麻烦，很过意不去，其实我心里呀早已求之不得呢。

"贫嘴！我看你是不是跟北京胡同那张大民学的？"刘玲举起啤酒杯，和我很响亮地对碰着。

我说张大民哪，人家过着的是什么生活？那是饱食无忧、芝麻开花节节高的幸福生活，而我却在江湖行走颠沛流离，像只丧家之犬，生活尚且没有着落，哪敢跟他老人家学舌？我只是讲的真心话罢了。

“来，这一杯谢谢你，干了！”我反客为主。

“干了就干了。不过我首先声明，我酒量不行的，等下喝醉了，你可得给我打扫战场！”

“行，你就一百个放心吧，我全包了。”

满满一杯啤酒，刘玲很将军风度地一干而尽，调皮的脸上顿时泛起朵朵红霞，笑容也更加灿烂起来，多了一重放浪形骸的妩媚。

“对了，趁着我还没醉，问你个事。”刘玲像突然想起什么。我说什么事这么郑重其事的，说吧，我听着呢。

刘玲说你愿不愿意做兼职？

我说，天上掉馅饼的好事儿啊，何乐而不为？我正愁一个月八百大元怎么够花销呢，当然一百个愿意了。只不知有个什么好差使可以恩赐给我？

刘玲说做家教，一个星期三个晚上，每晚两个小时。报酬嘛月薪五百元人民币，教得人家满意了还可能往上加，先试用一个月。

“初一的语文课，你肯定游刃有余，所以我已经替你与对方达成意向了，没意见的话下个星期我就带你去见工，如何？”

“那就一言为定？”我再次端起杯子与刘玲对碰。

刘玲说帮我找的家教，也就是她现在做的这一家。这是一个做汽车生意的老板，家里很有钱，因为自己小时候爱画画，却最终与画无缘，便将当画家的希望寄托在了宝贝儿子的身上，那孩子也算是有点天分，教起来也不那么吃力。家长满意了，便肯与她这个家庭教师套近乎。于是刘玲顺理成章地提出要给孩子再找一个语文家教，家长一高兴就满口答应了，还说只要是小刘老师介绍来的，他们家总是十分欢迎的，肯定亏待不了。

“有这样的好事儿，蛮不错的吧？来，再喝！”刘玲的舌头开始有些打

转转，我说都快成醉八仙了，别喝了吧？可是刘玲显得很兴奋，坚持要喝完最后一瓶，她说她很久没这样开心过了。

结果，那天晚上刘玲醉得一塌糊涂，哗哗啦啦吐了一地，倒在地上就起不来。我也有点晕头转向了，手脚老不听使唤，费了好大的工夫才勉强把刘玲扶上床。

看着醉中的刘玲很随便很性感地躺在床上，嘴角依然挂着刚才海聊时的余笑，我的意识随酒精的作用，又开始蠢蠢欲动起来。我呆呆地坐在床边的小板凳上，两眼放射着游移不定的电光，一种要扑上去的欲望强烈占据我的内心。我努力想让自己镇定下来，可是没有用。我在心里沮丧地对自己说，这下真的要完了！

我以为我就要跳下罪恶的渊薮，但刘玲及时地解救了我。她不早不迟地让我拿条湿毛巾给她敷在额上，然后说你别忘了你的诺言。我真的很醉了动不了了，不好意思，只好劳你的驾帮我收拾了，完了你自个儿回去，千万记得替我带上门锁。

收拾完屋子，我立马逃离了刘玲的宿舍，蜷缩到窒闷的储藏室——我的窝中，蒙头便睡。我不敢再回编辑室里去过夜。

五

报纸已经发稿，这段时间没有太多的事情可干。

我掰着手指头盼望刘玲来领我去见那位当老板的学生家长。我甚至做了几回的春秋大梦，俨然已成了那阔佬家最受欢迎最受尊敬的座上宾。诚如刘玲所说，以我的才学知识，教导那么一个小孩子，自然是小菜一碟牛刀杀鸡，不足道也。可是盼来盼去，盼得的消息却令人失望。

星期天，我忍不住打了刘玲的手机，询问她家教的事儿联系得怎么样了，什么时候可以去见工。刘玲在电话那头说，这事儿算黄了，还说她自个儿也刚辞了出来，不做了。我问她为什么，不是说做得好好的，怎么说辞就辞了呢？刘玲说一言难尽。

我问刘玲是不是在站里，她说不在，正在外面办点私事，晚上才能回来。

“这样吧，你晚上来我宿舍，我详细告诉你，电话里头不太说得清楚。”说罢便将电话挂了。

晚上在刘玲的宿舍见到她时，整个人像掉了魂似的。我问她怎么了，她气嘟嘟地说：“那个老色狼，他竟敢趁着老婆不在家，打起姑奶奶的主意来，想要非礼我，幸亏我提防得早，被我一个巴掌扇了个狗啃屎，那贱根差点让我蹬飞了球！”

刘玲喝了一大口矿泉水，顺了顺气，接下来，便对我详细诉说了事情的经过。

那个穷得只剩下钱的学生家长，其实早已对刘玲存了不轨之念，只因碍着家里那只母老虎，所以不敢轻举妄动。直到今天他老婆去了乡下娘家，才露出色狼的尾巴来。知道刘玲今天要按约去给他的儿子上课，于是借口自己公司事情忙没空照顾，一早就将儿子推到爷爷那边去了，并哄骗说刘老师生病不能来上课了，让儿子在爷爷家自己好好练习，等到刘老师下回来检查。打发了儿子，学生家长便乐滋滋地一个人在家中坐等刘玲这条大鱼前来上钩。下午 3 点，刘玲依约准时去到学生家。学生家长见老师到来，起先还装模作样扮正经，刘玲问他儿子去哪里了，他还支支吾吾着说很快就回来，让老师喝着饮料等待。刘玲不渴，放在桌上的饮料，劝了几次她也没有动它——过后回想起来还直后怕，如果当时忍不住喝了的话，万一那王八蛋在里面做了手脚放了什么药，那可就惨了。没多久工夫，那下作胚便明目张胆起来，说是陪老师说说话，一屁股坐到刘玲的身边，拿起水果刀给刘玲削了个苹果，刘玲推辞不掉，只好接了。趁着刘玲吃果的当儿，又找了张影碟放起来，是外国的某个风景名胜地，画面很精美，刘玲正要

赞叹那画中美景，突然画面开始颠三倒四地晃动，接着便出现那些乌七八糟的男女野合做爱的镜头来，并伴随着不堪入耳的淫声浪语。刘玲是学美术的，男女裸体模特见过，没什么稀奇，但这样的做爱镜头毕竟令她十分难堪，恍惚之际不知如何是好，她问学生家长是不是弄错了，起身想避开。不想，那学生家长却一把抓住刘玲的手，不让她起身，并顺势就往刘玲身上蹭，一边涎着脸说他爱刘老师，在心里爱了好久了，今天趁着只有他们两个人，可以放心大胆地“成就好事”了。刘玲被这突如其来的“表白”搞得一头雾水，一边挣扎一边请学生家长放尊重。学生家长竟然说他有的是钱，只要跟他好了，他可以给她很多的钱，甚至还可以出钱帮她办个人画展，连买房子都行。刘玲说她什么都不要他的，只要他放开抱着她的手，让她走。那下作东西死活不松手，说今天既然来了，是肯也得给，不肯也得给，由不得你自己！说着蛮横地将刘玲压倒在沙发一角。情急之中的刘玲乱踢乱蹬反抗着，结果一脚蹬在了对方的裤裆里，顿时痛得他撒了手去护下身。刘玲爬起来，狠命地掴了握着裤裆一脸惨状的学生家长一个巴掌，甩门而出。可那臭不要脸的东西却还在痛苦地喊着：“小刘你别走，小刘老师你别走……”

我像听天方夜谭般听完刘玲诉说她今天下午的不幸遭遇，却不知该如何安慰她。只是八竿子打不到点地说，没吃大亏就好，没吃大亏就万幸了。想想还不够，临了又补充道，今后要是再碰上这类麻烦事，赶紧给我打手机，我一定立即去救你。

刘玲一把抢过我递上的纸巾，边拭眼睛边嘟囔：“你这不是咒我嘛，怎么，还嫌我倒霉倒得不够哇？哼，给你打手机，连110都来不及，真要等到你来救我呀，只怕是死路一条咯，我的好哥哥！”

在我的印象中，这是刘玲第一次称我“哥哥”。这多少令我有些受宠若惊，心里头莫名就涌起一股小小的热流。

从此以后，刘玲见着我或是与我通电话，都直呼我“哥”，不再叫我

“老乡”了。

“哥，今晚炒红烧肉给你吃。”“哥，明天陪我去买衣服。”“哥，好久没去跳舞，脚开始痒痒了，我们去云雀怎么样？”……我当然什么都乐意。

我与刘玲的关系似乎又进了一步。我估摸着应该有些突破才合乎事理。

六

红荔剧团新招来一位很标致的女演员，妩媚中透着一股天生的孟浪。

这天一大早，我扛着采访包正要出门，一位穿得十分性感的女郎闪进了报社编辑室，一进门便直问我：“站长来过没有？”

真巧了，站长确实刚才来过报社，是他交代我立即赶到镇委礼堂去，说有一个重要会议要采访。我问她找站长有什么事，他可能去镇委那边了，见着他的话我可以帮转告。

女郎说不用了，待会儿打他的手机算了。语气间显得她和站长的关系很贴近，与我等之流非同一般。接着又自我介绍说她是剧团的，名叫何秀云。“就叫我秀云吧，今后我们多联系，有什么要帮忙的尽管说，不要客气，我很爱交朋友的哦。”

叫秀云的女郎还说，她一来红荔镇就听说了我的大名，也知道我是外地人。她说她这个人自己文化不高，但很羡慕会写文章的人，她原来的男朋友也是个写文章的呢。

我想我能有什么忙需要你这个萍水相逢之人相帮，你又能有多大能耐帮得了我什么忙呢？我看看手机上的时间，离开会只差不到二十分钟了。见何秀云说起来有点不太想走的意思，我着急了，只好直截了当地告诉她，我必须马上赶到镇委那边去采访，否则来不及了。

何秀云跟着我一同出了编辑室的门，“以后有空找你聊啊！”临走的时候，又回头抛给我一个春光灿烂的笑容。

我不好扫人家的兴，只好敷衍说随时欢迎她。

不想这笑容恰巧被外出吃早餐的刘玲逮了个正着。何秀云走远后，刘玲赶紧追上来，从背后拍拍我的肩，阴阳怪气地说：“一大清早艳福不浅哪！你们什么时候可以再聊哇？”

我一愣，脸立时红到了脖子上。我说你这鬼丫头胡扯什么呢，人家是找方站长来的。

“看把你急慌的！”刘玲冲我打了个潇洒的响指，“心里没九九，犯得着这么紧张，为自己开脱吗？你真以为你是谁？人家凭什么呢，真是的！”

刘玲又诡秘地告诉我，何秀云才来不到半个月，方站长就已经带她去过香港了，虽然有几个人同去，名义上说是去观摩人家演出，学习经验，实际上天知道到底干了些什么！

“她现在一个人住着大单间，比谁都显摆——照理说你比她早来这么久，单间就应该分给你住！站长就没安过好心，这不明摆着坑人嘛！”

我不想和刘玲谈论这些，犯不着再为这事儿给自己找难堪了。我说人贵有自知之明，还怄的哪门子气呢。

“反正我就是不服气！”刘玲咬牙狠狠地说。

不久，红荔剧团排练的一出《新帝女花》在丽都大戏院首次公演，并准备参加市里的汇报演出。公演前一天，何秀云特意来邀请我去看演出，说她是《新帝女花》的女主角，也是她来剧团后排演的第一场大戏，一定要给她提提意见，好在参加市里汇报演出之前再努把力，站长还指望靠她拿大奖呢。

过后站长也来报社交代，到时在报纸上给演出做个报道，最好突出宣传宣传女主角何秀云同志，为参加市汇报演出造造声势。写报道没问题，可突出宣传何秀云我心里不踏实，一来我对戏剧一窍不通，二来何秀云到底有几斤几两我没法估摸。但分内工作推卸不得，我只有硬着头皮答应下来。

我为演出宣传的事去找刘玲。刘玲也正窝着一肚子的火气。原来站长早就交代过她为《新帝女花》的公演准备二十幅海报，并创作几幅演员新秀何秀云的招贴画。刘玲本来就看不惯何秀云，现在居然要为她作画宣传，当然是一千个不愿意。

可是端着人家的碗就得服人家的管，这道理我们都明白，不乐意归不乐意，但交代的任务还得如期完成。

《新帝女花》在市汇报演出中得了个优秀奖，这对于期望值相当高的方仲来同志来说只能算是个小小的安慰。可对于何秀云却是个极大的鼓舞，在她个人的演出史上，这已经是破天荒了。

镇电视台、报社当然免不了又是一番热闹的宣传。于是乎，默默无闻的剧团“演员新秀”何秀云顿时声名鹊起，俨然成了红荔镇家喻户晓的明星人物。

出了名的何秀云越来越爱到报社来串门子，她来的理由总不好明确拒绝。这使刘玲恨得牙痒痒，私下里曾多次正告我：老实离这个“三八婆”远点，不许跟这种人黏乎上！

我半开玩笑说，你不是在吃她的醋吧？这可犯不着。

刘玲撅着嘴道：“瞧你那副德性，谁有闲情与你贫嘴来，这种下作货也配本姑娘吃她的醋？我这也是为你好，小心羊肉没吃到，反惹了自己一身膻！看把你忽悠的！”

嗨，这女人心哪！

七

刘玲告诉我，她准备创作几幅新的作品，参加三个月后在广州举办的岭南人体油画展。这个画展我略有所闻，是一个在南方较有影响力的规格较高的权威画展。很多岭南派的实力画家都曾参加过这个画展，也推出过

一批画坛新秀，有的甚至凭借画展一举成功，名利双收。

我说参加画展哪，大好事呢，赶紧用功吧，可别耽搁了，你功底扎实，再努把力加点油，说不定还能捧回个名次奖什么的。我不是奉承话，刘玲的美术功底我还是挺佩服的，她的那幅《海上日出》就颇见功底。

“可我还没有找好模特呢。”刘玲的脸上掠过一丝难以觉察的羞涩。

“模特应该不成问题吧。莫非就这么难找？”我一时没醒悟过来，这回要找的可是人体模特，一丝不挂的那种。

“那你给我当模特吧。”刘玲扮个鬼脸，然后狡黠地说，“不过，先说好了，这可是不付费用的。”

刘玲吐了吐舌头，脸上竟然飞出两朵彤红的火烧云。

我说这又有何难，只要每次给我做顿好吃的就行，我别的不贪，这张嘴还真的被你给惯坏了，不贿赂还真的有困难。

迟钝的我还是没有感觉出人体模特的特殊意味来，而红着脸的刘玲到最后也没有给我点破。

我问刘玲什么时候可以开始工作。她说悉听尊便，我什么时候方便都可以。我说那从现在开始，我就时刻准备着听从你的召唤。

“真的？那就说定了，明天晚上开始，你来我的宿舍，我等你，怎么样？”

“好嘞，得令。”

“噢对了，这事只能地下进行，可千万别让人知道，要不，恐怕影响不太好。”刘玲说出了她的顾虑。我想这又不是偷鸡摸狗的勾当，不耽误工作，怕影响什么，又能有些什么影响？还前卫人物呢，真是的！但毕竟人家姑娘家家的，有点顾虑也情有可原，没必要太过张扬。我于是愉快地伸出手掌，说：

“那就一言为定？”

“一言为定！”刘玲伸出小拇指来和我拉钩为约。

第二天晚上，我准时赴约为刘玲当模特。

刘玲将小小宿舍关得严严实实的，门窗都不让透气儿。我开玩笑说没有必要搞得这么神秘兮兮吧？这样不成了此地无银三百两啦？让人知道了，还以为我们真在干什么见不得人的事呢。

刘玲说别那么多废话，先坐椅子上去，摆个造型马上开工。

我机械地坐在椅子上，被刘玲摆布来摆布去，换了一个姿势又一个姿势，转了一个角度又一个角度，最后让我敞披着衬衫，一手斜托着下巴，头微仰着做凝神状。我摆了个罗丹的思想者造型，刘玲过来纠正，让我做出凝神憧憬面含微笑的样子。可我反复试了好多次还是没有找准感觉。刘玲便提示我尽想些美好的事儿，平素最希望做什么，事儿真的如愿以偿了，仔细想想那种感觉。

希望做什么？老实说，这段日子我最希望的还是和刘玲在一起，特别是跳舞的时候，相拥在一起就不想放开。我甚至想象着刘玲性感的大嘴和嘴里小巧玲珑的舌头，想象着她胸前两只活蹦乱跳可爱之极的小脱兔，想象着……然后，我情不自禁地想象着自己与刘玲赤身裸体躺在了同一张床上，像两条大蛇纠缠在一起……我渐渐进入了角色。

刘玲高兴地对我说："好，就这样，一直保持着不要改变。"

这个想入非非的姿态坚持了近两个小时，等到刘玲说声"好了，OK"。我人都僵得没了反应，不能动弹了。我第一次尝到了做模特的滋味。刘玲对我的表现很满意，说再训练训练就可赶得上专业水平了。"真的不是我夸你，你很能找感觉，而且特富有表现力和感染力。"我的心里被说得美滋滋的，就好像嘴上涂了蜂蜜，那个甜的呀，真是没得比。

刘玲一边收拾画具，一边问我累不累。我说累不累你来试试就知道了，何止是累，简直要累趴下了，我脖子也硬了，腰也硬了，扳都扳不转了，你还不赶紧过来帮我揉揉！

刘玲端过一杯冷开水递给我，半嗔道："怎么这么不经事，还男子汉

呢。好吧，本姑娘就给你按摩按摩，算是对你的犒劳奖赏吧。”

看起来大大咧咧的刘玲，居然有一手相当了得的按摩手艺，指到之处，令我体验到一种舒服至极的快感，不一会儿，我全身的困顿便全消散了。

八

为了实践诺言，我暂时放下了手中的写作，每天晚上都准时前往刘玲的宿舍为她当模特。刘玲花了近两个星期完成了名叫“憧憬”的作品。我的感觉，这幅《憧憬》比先前的《海上日出图》在艺术上又进了一步。

完成《憧憬》后，我们暂停了几天，那几天里我们不是去“云雀”舞厅，就是泡在“大自然”咖啡馆，俨然出双入对的小恋人。

“这个周末我们去小梅沙吧？我请你。”刘玲主动邀请我。

小梅沙是这个遭受严重污染的新兴工业都市尚未完全受到侵害的黄金海滩，我做梦都想去那里痛痛快快地玩一次。刘玲的提议正中我的下怀。当然我也明白，刘玲要去小梅沙，目的绝不仅仅是为了玩玩儿，她要带上我这个免费模特去那里写生作画。

蓝天碧海黄金沙滩，小梅沙不愧是一个自在销魂的好地方。我们在海滨浴场兴奋地冲浪，刘玲穿了件鲜艳的比基尼泳衣，在水中像条顽皮可爱的美人鱼。她游水的技艺又略胜我一筹，我老是追在她的屁股后面，望而莫及。

我们在大海中尽情地嬉游着打闹着，累了，便爬上岸躺在沙滩上休息。刘玲用手挖了两个并排的大沙坑，让我先躺进其中一个，然后，开始往我身上堆沙子，一直把我埋到只剩个头露在外面。刘玲在往我身上堆沙子的时候，低露的乳沟便先自掩埋了我迷茫的目光。我猛然将双手从沙堆里伸出，鼓起勇气一把将刘玲箍住。我突如其来的举动让刘玲吃了一惊，一边挣扎着一边有些生气的样子，说：“你干什么呀！”

我说刘玲我喜欢你，我已经喜欢你好久了。

刘玲说哥你可不准胡闹，放开手好吗，那边有人看着我们呢。

我说我不放，就是不放，我才不管谁看见不看见呢。

刘玲掰着我的手指，说，再不放手我要喊人了。

我说你喊吧，我不怕。

刘玲于是憋住气，真喊了起来："救命啊，有人非礼呀。"可声音却像是用丝线从喉咙里钓出来的一样，一米之外就无法听得真切了。

我的胆子越发变得大起来，故意激将道："声音再大点，再大点，人家听不见呢。表情再痛苦点，还不够煽情呢！"嘴巴张开着便往刘玲的小嘴上拱。刘玲继续做了一回无谓的抵御，随即，紧闭的双唇慢慢自动开放，小巧玲珑的舌头在我的口腔内开始疯狂地转动起来……

不一会儿，我们便互相咬着舌头并躺在同一座沙堆中了，我的双手趁机像沙虫般爬进了刘玲的泳衣里面。我已然忘却，除了我们这个正在发生着浪漫故事的小小沙堆之外，还有别的什么世界存在。

海水涨潮的时候起了风，我们从沙堆中爬出来，刘玲支起画夹，开始写生。

刘玲让我伸展双臂，一步一步走向扑面而来的海浪。这时，一排雪白的浪花奔腾着，像势不可当的野马群，猛然越过我的头顶。满口呛着苦涩的海水，刹那间，我豁然明白了"吞没"一词的真正含义。这一闪念令我冷不丁打了个寒噤。

从小梅沙回来的路上，刘玲告诉我，为了集中时间和精力，方便创作，她在街上租了一间临时画室，已经交了三个月的租金，钥匙业已拿到手，今天就可以使用了。我说这事怎么不早通知我，也好帮忙做点什么。

"其实也没什么事要做，用具都是现成的，连床铺架都有，扛床被子就能过来住了。房主是个老太太，因儿子新修了楼房，把她接过去住了，老屋暂时空着，我一打听便租了过来，价钱还挺便宜的，一个月租金才一百

来块钱。你去看了就知道，比起我的宿舍宽敞多了。还带有厨房，可以在那里开灶搭伙呢。”

“那我们回去就去参观参观？”

“等会我们直接先去出租屋瞧瞧，看还有什么布置不妥当的，你再帮参谋参谋。”刘玲拧开一听鲜橙多，猛灌两口，然后十分惬意地递给我。

穿过宝安大道，折进小街，然后再转到一条狭窄的老式小巷子，七拐八弯终于在一间门漆剥落的小泥土屋前停下来。刘玲蹦出一声“到了”，便掏出钥匙开门。

一股霉味混合着空气清新剂的气味，从屋内扑鼻而出。刘玲说“请吧，这就是我的临时新家。”

我忙笑着纠正道：“不对吧，应该叫作另一个家才准确。哈哈哈……”

“可惜呀，我不是你。”

“是我又怎么啦？”

“是你呀，说不定就会干出金屋藏娇的勾当来了。”刘玲语气间带着放肆的戏谑。

我说那好哇，租金就归我出了，我今天就开始我的藏娇勾当。刘玲说那你的“娇”呢，去哪儿找来？我说还用得着找吗？现成就在屋子里了。刘玲便说我使坏欺侮她，狠劲地拧着我的胳膊，要我赔礼道歉，脸上则挂着明朗的满足。

单人床铺着粉色的床单，上面一床米黄的小毛毯，床头放了一只小旅行袋。除了一张旧桌子和几张小椅子，屋子里再没有其他摆设了。

简陋且不失整洁。

我一屁股坐到床上，一边望着对过的玻璃小窗，问怎么没有窗帘？

“谁说没有？没来得及挂上而已，这活就是专等你来做的。”刘玲说着从毛毯下找出一块早已准备好的绿色窗帘来。

窗子上方两端原来已打有钉子在上面，我很轻易地将帘布挂了上去。

刘玲趁我一个人挂窗帘的时候，躲进厨房去偷偷换了一件宽松的半透明睡裙，这睡裙笼罩下若隐若现欲盖弥彰的美丽胴体，一下子便燃烧起我心中的欲望。我拉好窗帘，迫不及待地拉过刘玲，顺势倒在粉色床单铺垫的床上。

有了小梅沙的经验，这回在出租屋的小床上，我们的行动就显得从容自然得多，很快便直奔主题了。

我第一次在一个女孩儿面前义无反顾地脱得一丝不挂，并且是如此水到渠成，如此得心应手，如此心安理得。刘玲的睡裙和里面的胸衣也最终在半推半就之中被我扒开了。

但是，因为我们没有防范措施，刘玲坚守了最后一道防线，任凭我怎样进攻，使出浑身解数，却始终无法突破。

我枕在刘玲的臂弯里，不知什么时候睡着了。待我睁开眼睛，刘玲正拿水汪汪的大眼睛瞪着我出神儿。

我伸个懒腰，问刘玲几点了，刘玲说晚上 7 点多，转问我饿不饿，我说有点儿。“那我帮你去买点吃的。”刘玲说着带上门出去，不一会儿便拎了一大堆食品回来。

我掀开盖在身上的小毯子，准备穿衣服起床，被刘玲制止了。刘玲说，等吃完了东西，便开始工作了。

我说还有什么工作，你不阻拦我啦？

刘玲不置可否。

吃过东西，刘玲支起画夹，让我光着屁股斜坐在床上摆了几个姿势，都不满意，干脆叫我下床来，站在屋子中央，张开双臂，重做下午在小梅沙时做过的“拥抱大海”，最后让我将“拥抱大海”的姿势定格。

我在“拥抱大海”状态中被折腾了一个多小时，才听见刘玲喊 OK。趁着刘玲收拾画具，我再次从背后将手伸进她的内衣，并坚决地把她抱上了床。刘玲这回不再设防，我终于得以长驱直入了。原来她刚才去买食品时，

很有心机地转到药店捎带把安全宝贝也买了回来。

我们终于做了一回真正的亚当与夏娃。这是行走中的预谋，抑或是各自人生路口难解难分的结？失控的我不得而知也不想颖悟。

九

当《拥抱大海》最后定稿时，展现在眼前的，却已是全身赤裸的我（只能隐约判断得出来），张开双臂向着大海而去了——显然，刘玲采用了移花接木的办法，将出租屋中春光乍泄的我移到了小梅沙，而且做得天衣无缝。

我为刘玲这幅《拥抱大海》打了一百分。我想起了海子的诗：面朝大海，春暖花开。

刘玲将《拥抱大海》和另一幅带有自画像色彩的《天国女孩儿》一同送去参加岭南人体油画展。《拥抱大海》如愿以偿得了本次画展的“新秀奖”，《天国女孩儿》也获得一致好评并被一位收藏家用四千五百元的高价买走。

参展回来，我在极具艺术情调的“天然居”酒吧为刘玲庆功，然后我们一同回到制造杰作的出租屋。

然而，还没有从刘玲成功的喜悦中回过神，我的那些在广州混事的狐朋狗友们的电话便臊猫追腥般追过来了。他们在电话中非常暧昧地说，这回岭南画展获新秀奖的那幅《拥抱大海》的杰作中那个一丝不挂春光无限的美男子，怎么看怎么像是我。拷问我是不是早已与那个叫刘玲的女画家“搞”在一处了。我极力否认，说不知道什么《拥抱大海》，什么一丝不挂的美男子，更不知道什么女画家刘玲。我说你们也忒犯贱了，当我是街头卖身的？兄弟我还不至于潦倒到要靠出卖色相来养活自己。“亲爱的美女杀手同志，别把话说得那么难听嘛，别人不知道，莫非我们还不知道你的老底儿吗？没错，你是坐不改名行不改姓好汉做事好汉当的谦谦君子一个，我们不怀疑你的纯洁和高尚。那么牺牲自己成人之美呢？老兄你可是素来具有这种优良的传统美德的噢！——不过，能使你心甘情愿给人做标本的，一定也绝非等闲之辈对吧？那位刘玲女画家绝对也是个勾魂高手，有机会也让哥们儿识见识见？——最后给你老兄提个醒儿，别忒傻帽忒心软：一、这号女菩萨可千万别让她成为我们未来的嫂子，你不能受用一辈子的，你只能当作行走中的一朵花，一根刺，一掬水，最多也就是一豆亮光，不是你一生的大地和太阳。二、不管怎么着，不能总是无偿奉献，青春费总归还是得收俩仨的，互不相亏嘛，你若不稀罕哥们儿稀罕，留下点给哥们做酒钱总可以吧？”

这帮人渣子！当心我两斧头劈了你们！

再和刘玲在一起时，我无意间说出了广州的老同学们对我的调侃。刘玲听后一笑置之，全没当回事。“这有什么，你有你的活法，他们有他们的活法，他们想怎么挤兑那是他们的事，你管不着他们，也没必要去理会。”

是呀，我为什么要去在意别人的姿态？我不是一直以来坚持着我行我素的独立准则吗？我似乎豁然开朗。

我开始思量着要不要向刘玲求婚。如果可能，今年的春节，我就带她回长安老家。我甚至对回家与爸妈见面的情景也有了清晰的构思。

然而，刘玲说出了她的又一个惊人理想：她想到新疆和西藏去游历，去那里寻找灵感。

“那里有我的梦，我想我只有去那里，才有飞翔的可能。否则，我永远只会爬行。”

我以为这是刘玲酒后的醉话，当时也没太在意。说真的，神奇神秘而又遥远的西藏新疆都是令人无限向往的地方，谁不希望去那里“潇洒一番”开开眼界呢，我也做梦都想来着——可这并不是件容易的事情啊！

然而不久之后，刘玲真的“西出阳关”而去了，而且她这一去是不辞而别。

大约是得奖后一个月的样子，方仲来对刘玲说，电影院最近生意不好，上座率太低，一个原因就是她的宣传画搞得太正统太死板，“指示”她可以把画画得露一些，学学其他地方的电影宣传画，哪怕带点挑逗味也无妨，以吸引更多的人来电影院看电影。

刘玲对方仲来的“指示”很反感，不愿照办，她认为电影不卖座，主要原因是影片本身的档次和质量不高，如果肯花成本进些好看的大片来，上座率一定会大大提高。她决定找方仲来好好理论这事。

当刘玲推开方仲来在荔园宾馆的办公室时，顿时傻眼了，只见剧团的何秀云正与方站长在沙发上绞在一起，方仲来的一只手在何秀云的裙子里面胡乱摸索。也许是一时情急得意忘形，他们在办公室里干这种事居然忘了上门锁。闯了祸的刘玲尴尬地拉上门，掉头便往回走。

刘玲将看到的情形告诉了我，说她早就怀疑何秀云与站长有一腿，这下得以证实了。“不过看来，我倒霉的日子也即将来临了。”我说，你怕什么，害怕的应该是他们才对。刘玲说你不懂，方仲来如果是那样，就不叫方仲来了。

果然不出刘玲所料，几天后，方仲来通知刘玲去他的办公室，刘玲问我该怎么办。我说你甭怕，谅他也不敢怎么的，你不揭他的底，他还能吃掉你不成？何况还有我呢！

我嘴上虽然这么宽慰着，心里头毕竟也没个底儿，有些虚。

刘玲去见方仲来，结果并没有什么事情发生，我心中的一块石头算是落了地。

但刘玲见过方仲来不到两个星期，便突然失踪了！

一连几天，打她的手机，手机已报停，去她的宿舍，门紧锁着。出租屋是半个月前我陪她一道去退掉的。她还能去哪里呢？

我终于从旁人的议论中得知，刘玲已经辞工走人！

不声不响就走人了，一走了之，走得干净彻底，连句告别的话也不曾留给我。刘玲啊刘玲，真的就这样天马行空，来去了无牵挂吗？你真行啊你！

看来，我对行走的刘玲还是缺乏真正意义的认识！

十

三个月后，我意外地收到了一封寄自新疆的来信。

我在新疆没有什么熟悉的人，这会是谁呢？我心不在焉地拆开信，却让我惊诧得心都快要跳出来了，原来信是刘玲寄来的。刘玲在信中告诉我，她自从离开红荔镇，在广东的几座城市之间流浪了半个多月，便揣着《天国女孩儿》所赚的四千五百元和两个月的工资（站里多发了她一个月），奔向了新疆，奔向了交河故城、高昌故城、火焰山，奔向了天山，奔向了塔克拉玛干，奔向了罗布泊，奔向了古楼兰……她一路行走着，一路收获着，又一路憧憬着。她说她已经起程，不知道哪里将是她歇脚的地方，她无法再停止下来。

信中附了一张在塔克拉玛干大沙漠行走的照片，照片的背面写着徐志摩的诗：轻轻的我走了，正如我轻轻的来，我挥一挥衣袖，不带走一片云彩。照片中的刘玲一脸灿烂的笑，似乎要对我讲述什么——这就是徐志摩所指的作别西天的云彩？

"哥哥，无论天涯海角，我会永远记得你曾经的好，请原谅行走的我不能对你有所承诺。请为我祝福吧，祝福我这一路走下去！"

我不由自主地抚摸着照片，一遍又一遍，在心里默默地为刘玲祝福。

可是，我还能为自己祝福点什么呢，我不知道，自己又该如何行走下去？

眼下已是金秋，我突然从心里冒出一种对长安金橘的怀念，我依然不知道，这对同样行走的我，究竟意味着什么。

原载《鸭绿江》2010 年第 9 期下半月版

走出孤独

无论如何，亮仔也要辞工了。这决心已经下定了很久，再也不能拖下去，他要尽快结束这离乡背井、孤独无援的打工生涯。

当老板第三次找亮仔谈话恳切挽留，依然无法使他“回心转意”之后，极不情愿地在亮仔的离职申请书上签下了近乎刻薄的批字——好在春节已临，这一年的货单及各项业务也都立可“万事大吉”了。至于来年开工，再要找一个小小业务办事员，还不是一件太容易的事吗？本来是犯不着为此牵肠挂肚地担心的，只不过毕竟亮仔已经在这里做得很熟练了，加之这小子平日里工作的确算是踏实认真一丝不苟，脑瓜子也不赖。不到半年工夫，厂里一应业务便基本上拿得下来，而今更是一个人抵了两个人的事，算一个勉强可以培养的人物。而且涵养也好，待人接物颇为规矩，谦让容忍与人无争，给人的印象平心而论委实也还安分守己，不像那一窝马蜂似的小娘儿们，成天价只知道在办公室里嚷来浪去，疯疯癫癫地为些鸡毛蒜皮之类的小事争风吃醋，办起正经事来又打水漂儿地浮躁轻率不牢靠，甚至连招待一个稍稍老辣的客户往往都周全不了，老出岔子，纯粹是些半摆设式的次级插花瓶，装潢不了什么大门面。

有比较才有鉴别，老板的惋惜也是自然而然的。

可亮仔顾不了这许多，僧面佛面都不要看了，他拿到离职批示条之后，浑身轻松了许多，简直就如死囚之遇大赦一般，十分地快意起来。

其实，亮仔在厂里的待遇也不算很差，凭着一张中文系的毕业文凭——而且还是自学的，就进了理该是女孩子天下的工厂写字楼，并且又是干的订货业务，不讲运气也算是运气了。要知道，在这南方大都市开放区的老板工厂，对于一般男性打工者来说，“中文系”可是个倒透了霉的臭牌子，更何况我们的这位亮仔兄弟，除了处事还算周全以外，又没有外表上的特别引人之处。照直说穿了，长相十二分的平平，不用站上测高器，便可知是块“三等残废”的料渣儿，且看上去还颇有点猥琐和迂腐。因此，一进这办公室就更加没来由地招惹了那些座前座后自视高贵的“白雪公主”们。他分明曾听到过这班不知天高地厚的女同胞对自己进驻办公室的窃窃私语：“有冇搞错！”

搞错？当然没有啦，绝对没有。我们的亮仔兄弟还是过关斩将才赢得人事经理认同、老板点头许可的。俗话说“人不可貌相海水不可斗量”嘛。

亮仔安分地做着自己分内的事。而办公室里那班爱英俊潇洒、浪漫新潮以至也爱哗哗响的票子的小娘儿们，当然就更没有把这个老实巴交的小迂夫子当一回事体放在上翻的眉眼里去。除了老板经理以及送往迎来的各怀心态的客户们，她们还另有一大把风流倜傥的拍拖发烧友需要应酬，客观上也就无暇正眼瞧瞧这位过于安分守己不越雷池的唯一的男同事。

可以说，除却工厂的正常业务工作，亮仔很少与人有工作之外的私人往来，尤其和这些花俏的女孩儿。他自己也感到自己就像一个“活宝”，有如被关进隔离院的精神病患者，成了社交生活中被彻底忽略的小不点，尽管在业务工作上谁也不可以对他管辖的范畴有一丝一毫的忽视。

这种现实令亮仔没法长期忍受下去。他无法抗拒在人群中的孤独和寂寞，无法忍耐被情感生活忽略的悲哀；他需要心灵的抚慰，需要友谊和爱情的维他命来填充空虚的脾胃和衰竭的神经，驱除难以言状的青春的烦扰。

而事实上，他也正是为了逃避爱情的烦愁、突破青春的寂寞与事业的彷徨而赌气来了这南方大都市的。亮仔在家乡本来也有个安适的工作，但心气甚高的他总有种英雄无用武之地的惆怅。他本来可以胜任中学高年级的语文教学的，却被分配去教鼻涕未干的初一新生，你说丧气不丧气。俗话说，人争一口气，佛争一炷香，可更气的是那几位教高年级的老夫子论水平实在不敢恭维，全凭“先进庙堂为长僧”高高在上，就不把一肚子学问的亮仔放在眼里，评起先进、职称什么的来，更是没有他的份儿。

工作不顺意犹可，还好有个可人的女友温存。可是好景不长，那娇滴俏媚的女子，到底禁不住物质和精神的诱惑，跟了一个风度翩翩的个体户，大大方方地与他分手“拜拜”了，害得他花费多少心机方始经营起来的爱之小巢顷刻之间在平地而起的风暴下土崩瓦解了。亮仔好委屈，好愤慨，他歇斯底里地对着老天骂过娘。可是没有用，没有一点儿用啊！在铁的事实面前，他不得不低下头来仔细思忖，最后也不得不承认，那姑娘当初之所以要和自己“朋友”一场，主要是冲着他那看来还略带神圣光环的铁饭碗，加之亮仔连珠炮式的穷追，又暂无竞争的实力对手。所以“山中无老虎，猴子称霸王”就是这个道理，何况修养并不怎么高的姑娘又偏好大薮春颜之流的三级小说，亮仔投其所好总能满足她的欲望，他们的关系便开始带点邪乎的亲近。嗅着天外飞来的天鹅肉，迷迷糊糊的亮仔很快真的堕入了情网。然而连平日要好的铁哥们儿都不看好他的桃花运，好长一段时间，我们的亮仔兄弟还直冤枉人家是在翻自己的醋瓶子呢。不过，虽然铁哥儿并没有插杠子，事情依然中了谶。弄到这种被抛弃的地步，男人的面子全丢了个精光。亮仔方才明白过来，自己曾充当了怎样一个可怜的悲剧角色，省悟到自己当初与人家的交往只能用句俗话来形容，叫作“牛粪上插鲜花本来就不是地方”。

亮仔其实是个极其脆弱的人，光从这一点来说，猥琐的外表倒也与内心合拍。他曾经绝望地烂醉在单位的厕所里抱着抽水马桶小孩儿般失声痛哭，他也曾想到过报复，然而却没有足够的勇气和力量，而理智与良心又及时地遏止了他一时的愚鲁念头。他的教养再度提醒他：宁可人负我，不可我负人。

他不再相信人间不渝的真情，可是又无法耐得住感情的失落和人生的孤寂，他远离家乡来到这南方大都市，一半是持了少年维特的逃避观，另一半又不自觉地带了柏拉图的理想梦，也许意欲“失之东隅，收之桑榆”吧？

五光十色全方位开放的南方大都市，使初来乍到的亮仔确实兴奋过一阵子。外面的世界真的很精彩，一下子便让土气的亮仔眼花缭乱、心花怒放起来。

亮仔很快找到了照说是比较理想的工作，可马上又发觉自己与周围的同事格格不入。在这个开放的精彩世界，虽然再没有了男女授受不亲的约束，可毕竟没有异性的眼光正视过自己，更不要说传递青睐的秋波之类花边信息了。去酒吧和舞厅消磨闲愁时光？被长时间强度工作拖累得精疲力竭且慑惧于低廉薪酬的入难敷出。总之，那种高消费的奢侈享乐与平头小卒一无所有的他亮仔并没有多少缘分，他并没有具备那种闲适阶层的条件和资格。无论是精力上抑或经济上，都不容许他自暴自弃地放纵——这可更增加了他十二分的哀戚。他唯有循规蹈矩地默默工作，为并不公道的老板卖着命。

听说，孤独和寂寞是制造哲学家和诗人的模子。有一段时间，亮仔干脆拼命地钻进叔本华的悲观哲学里去，惹得生命的悲剧意识如洪水猛兽侵蚀他日趋憔悴的思维，他感到行将窒息的惶惑和痛楚。尤其每当看到办公室里的娘儿们狐媚妖冶地与形形色色的色狼式的客商出双入对，屎壳郎粘牛粪一般纠缠胡哨时，心中就陡生妒忌痛恨的无名邪火。然而，自己只能在办完业务之后，像个泄了气的破皮球瘪回一边去。至此，他也终于开窍了，老板的生意到底还是撇不开这些办事打水漂的风流娘们儿。他想起一本书里曾讲过，孤独的一个人可以藏在心里温存，仔细推究起来，真是幼

稚得滑稽可笑。

幸好，他还可以写写诗，在学校时的癖好还可以勉强派派用场。至少可以在诗的激情里暂时满足一下压抑的欲望，求得乌托邦式一时的快感。人可以变幻莫测地背叛，而呕心沥血的诗歌，却是永远忠贞不移的伴侣。

如是，诗歌常常弄得孤独的亮仔灵魂出窍：

“双手抓住恋人的乳峰 / 使劲一拧 / 便拧出一条 / 呻吟的河流 / 跨过高山 / 越过平原 / 然后消失在久旱的沙漠 / 在河流消失的地方 / 长出一丛丛带刺的沙枣 / 让每一个饥渴的旅人 / 摘取一枚枚 / 浴血的夕阳……”

这激情的描写，不属于亮仔以外任何痴情的诗人，何等登峰造极的“出窍”哇！假使不是忠实的诗歌监护着他过于检点的思想，不定真的会干出什么不检点的出窍儿的事体来呢。

但是，一个活生生机能健全青春旺盛的男人，总不能老是掉进诗里过生活，亮仔感觉到自己的身心越来越浮躁难禁，他有时真的把自己和发情期的公牛想到过一块，当然这并没有亵渎自己的意思。转而又将这种孤寂的浮躁化作了对女人刻意的仇恨与厌恶，以至于连自己也一度怀疑是否心理变态。每天上班，一看到那些涂脂抹粉的娘们儿造作地扭捏而进，就禁不住胃液上翻直想吐。可一到晚上，却又偏偏尽做些与那班娘们儿大有干系的下作梦。有时半夜醒来，双手捏着濡湿的裤裆，恨不能一剪刀将那惹祸的孽根“咔嚓”下来完事。

这开放的繁华大都市，这妖媚女人成群的工厂，对于亮仔，无非是一块吞噬寂寞青春的瘟疫之地。他无法再在这里待下去了，再待下去一定会疯的，他感觉到在这里自己是一团随时会引爆的烈性 TNT。权衡再三，决定不管怎样还是回家乡去吧，这个花花世界不是供他来“潇洒走一回”的。窝囊的父母既不能给自己创造一副健硕的体魄，自己的智商也不能给自己带来万贯资财。识时务者为俊杰，急流勇退吧，一直退回到落后了半个世纪的家乡去。凭着这张酸不溜丢的臭文凭，再回去找份混饭的工作该是不难，至少还能钓上一个三等品位的女人暖被窝，只要自己诚恳努力，谅没问题，何苦像现在这样。

亮仔决计要和这座令他难堪的南方大都市诀别。

一想到很快就可以回到那个虽然并非民风淳厚却至少可以勉强托身、尚未曾完全开化的胞衣地，心里多少有些激动和热乎。虽然没有什么衣锦还乡的光彩，但毕竟又有了一次自由抉择的精神解放，又有了一次超越孤独的机会。

回乡的车票已在手，然而老天却不作美，春运的汽车偏偏在这人人归心似箭的节骨眼上遇上了大雪封路，来去维艰。亮仔的车票本来是农历腊月二十五早上的，可直等到二十六日的下午过了，还是不见车子的影儿。大家去找包车头，他也是一脸无奈，只有好言宽慰，请大家耐心再等，反正车子迟早一定要来。人们无可奈何地叹气，而发誓一去不再返的亮仔，又更多了一重焦躁。

即便是无雪的南方，寒冷依然不可避免。在大路边苦等了一天的车，都感觉到有些难熬，好些人早已解下背包，倚在路边横七竖八地躺了下来，亮仔孑然一人没有互相关照的同伴，不敢有稍稍的松懈，强睁眼儿坐着，夜来的海风腥咸地袭过来，直灌得寒凉的心一片混沌。

天，这一夜可怎么过啊！亮仔斜眼看一看周围的人们，除了几个轮班看守行李的偶尔睁睁眼皮以外，一个个蜷睡得正浓。他下意识地看看表，该死的时针才磨蹭到子夜的位置。

不知谁在朦胧中嘟哝了一句。

亮仔掏出一支烟来点上，发僵的手指哆嗦着，不由得想起了童话里那个卖火柴的小女孩儿的故事，一缕凄怆的苦笑从嘴边无声滑落，狠命地猛吸几口，重重地吐出，仿佛要把那一份无奈从肺腑里从灵魂的渊薮中倾吐出来。

冬夜的寒凉实在有些抵挡不住，亮仔不得不将瑟缩的身子往熟睡的人堆中挪，一不小心踩在一个姑娘的脚上。

“你踩痛我的脚了，先生。”

姑娘揉揉惺忪的眼，声音却意外地没有责怨，而且平和得像个老熟人，嘴角还露出一缕难得一见的友善的微笑。

“真是对不起，外边的风太冷了。”亮仔赶紧道歉解释。

“就坐这边吧，挤挤，这边背风些。”姑娘主动地邀请亮仔坐到自己身边去——这可是他到这南方大都市一年多里破天荒第一次受到异性没有掺假的关心。尽管这是极平常极平常的，尤其是在这个时候这种场合，对于亮仔来说，简直使他早已麻木的神经有股突如其来的受宠若惊的膨胀。

“多谢！”亮仔便挨着姑娘坐了下来。看来，这世界上的女人并不是一个个都那么可恶呢。确实暖和多了，尤其嗅着姑娘特殊的气息，一股温馨油然而生，冷寂的心开始在午夜回阳。

“你在哪里高就啊？”姑娘已经没有了睡意，干脆和亮仔聊了起来。

“我在一家鞋厂做业务，什么高就不高就，还不是替老板卖命。这不，大寒夜还被搁在这马路边上喝西北风呢。”亮仔自我解嘲，差点没把辞工的事端出来。

“我在电子厂做。”姑娘自我介绍道。

“还挺不错吧？”亮仔应酬着，只是语气有些敷衍。

“唔——工资还算可以，一个月可拿到四五百块，不过工作时间太长了，一天十四个小时的班呢，又不自由。厂里又只我一个宝庆人，没有其他的老乡，怪寂寞的。”

这话令亮仔心里一惊。

“我常常想家，好多的时候真的想得要哭，有几次差点要交辞工书呢。”姑娘说罢，自顾哧哧地笑起来。

亮仔又是一惊，不由自主地认真打量起身边的姑娘来：昏黄的路灯照在她苍郁的脸上，长得并不好看。如果在白天在街上走，让好事的小伙子们打评分，恐怕还赚不到及格。不知不觉，亮仔居然生出一股淡淡的惺惺

相惜的同情来。

“既然想家想得那么厉害，那为什么不回去呢？”

“回去？那只是寂寞得慌时偶尔想想而已的事。你不知道，我是赌气来打工的。我考高中只差一分没考上，我想复一年课，可我爸硬是不让。我哥都考了三年，最后还是走后门读了个高价职中，家里的钱都花在我哥身上。我不服气在家里当牛做马干农活接老爷子的班，我向家里发过誓，一定要到外面挣出个名堂让他们看看！”

“那你打算挣出个什么样的名堂来呢？”

“这个——我也说不清，反正我要混出个人模人样来才罢休，省得我爸妈再骂女孩子没出息。当然我现在要拼命地挣钱，有了钱，什么事都好办。”

亮仔默然。也许，身边这位姑娘的境况并不见得比自己乐观，一丝愧疚在心头滋生。

好容易挨到了天亮，好容易等到整整等了两天两夜才来接他们的汽车。所有的人都欢呼起来，尤其昨夜与亮仔长谈的宝庆姑娘更是兴奋不已。

汽车一路颠簸着开到了宝庆，宝庆姑娘要下车了。临别之际，姑娘热情地邀请亮仔回南方后去她厂里玩。

“记得一定要去啊。”宝庆姑娘伸出手指和亮仔拉了钩。

“那么深圳再见！”

“再见，祝新年好运！”

要不要再回南方大都市去呢？那里还可不可以再找到自己的位置？亮仔开始在心里问自己。这个世界里孤寂失意的其实并非自己一个人，重要的是怎样去对待，用什么样的心态和方式。他忽然觉得这位命运不济却又要强的宝庆姑娘给自己上了人生生动的一课，也忽而觉得这多艰的人生开始变得淡泊而弥足珍贵起来，沉郁的内心也开始随着泻满雪光的大地变得亮堂起来。

原载《湖南文学》1994年第2期

风流深圳梦

于小凤确实是一位安守本分的好姑娘，聪明漂亮，心灵手巧，口齿伶俐，在那次校园联欢晚会上，以一曲醉人的《跟着感觉走》艺压群芳，成为“校园明星”。从而在校园众男生之中更加神秘地萌发出一种“诱惑”的感觉，甚至还曾招惹过年轻的单身男教师羡慕的目光。

然而，对于这些荣宠，她似乎漫不经心，并不十分在意。

高中毕业，连年“三好学生”的她，在“黑色的7月”却出人意料地名落孙山。

于小凤正日夜彷徨叹息，感慨命运不公时，碰巧大姑表嫂从深圳回来探母，给小凤来了个现身说法：

“嗨，小凤妹呀。不是大表嫂我好自吹，在深圳，谁能混得好，并不在于你有没有张大学文凭。大学生在深圳找不到工作睡马路的多着呢。对于我们女人来说，只要长相尚可，机巧伶俐，迎合随缘，就有足够发达的资本。就说我吧，不就是没个城市户口呗，不瞒你说，我在深圳的银行户头，早已超过了这个数了！到时候买个小二房什么的，一切不都解决了！再说房子是升值的，真要有一天想挪地方走人，把房子一卖，想去哪儿去哪儿。你说是不？”

大表嫂神秘而又不无自豪地伸出右手五个指头，又将左手的食指头竖起来，潇潇洒洒地在胸前晃了又晃。

“大表嫂，你真行！”

“什么行不行的。我说小凤妹，其实你比我更行。就凭你这长相和脑袋瓜子，要是去深圳的话，大表嫂我敢打包票，用不了多少日子，一定发达！”

“真的？”于小凤心里活络起来。

“还煮的呢——当然是真的啦，难道大表嫂还蒙你不成？”

五天之后，于小凤背着父母，随着大表嫂出现在繁华的深圳街头了。

大表嫂在一家临街的美容厅打工，条件确实很不错，里外装饰得梦幻豪华，进出的人个个打扮时髦。表嫂将于小凤向老板介绍，老板对于小凤也很中意，答应她先跟着大表嫂的同事学面膜。工资嘛，反正不会让她吃亏的。但不知怎的，于小凤对老板的这份恩典似乎难以感激于怀。她明显地感觉到，老板那双色迷迷的眼睛，总露出一种难以启齿的肉麻的贪婪，让于小凤本能地感觉到对方有些不怀好意。

“大表嫂，我总觉得老板不像是个正经的好东西！”晚上睡觉的时候，小凤憋不住对大表嫂说。表嫂只是笑笑，说别那么多心。

但于小凤的心就是有些惴惴不安。也许是初来乍到环境陌生的缘故吧？

管他，先把心放到肚子里，反正有大表嫂担着，估摸着一时也出不了什么幺蛾子。

于小凤学了半个多月的洗头，因为生意好，来的人多，一天到晚累得不行。最让人难以忍受的，倒还不是做工累，而是有些来洗头的老少爷们儿，个个看起来外表光鲜，心里却很龌龊，总喜欢借机在洗头妹身上揩点油，或用些下作的言语挑逗，或用肢体有意无意地往洗头妹的敏感部位碰蹭，常常搞得于小凤不知所措，好几次差点想甩手不伺候了。

“大表嫂，来这里的男人真不是什么好东西，一个一个色色的，真让人受不了。”于小凤说出自己心中的不爽。

“久了就习惯了。其实也没有什么大不了的，做生意嘛，对客人哪能讲究那么多规矩，规矩太多就没人进门了。相安无事就得了，和气生财嘛。老板也不能干养着咱们，得给他挣了钱，我们才能有钱。可钱在客人的口袋里，不掏出来就是个零。你说是吗？只要客人不太出格，由着他们点，没事的，他们不能怎么样你。”大表嫂拍着小凤的肩，好言细语地开导着。

也是，还能怎么样呢？进了这一行，就得懂这一行的行规，就得守这一行的清规戒律，除非你不做这一行。

于小凤只得继续忍气吞声，小心应付着，战战兢兢如履薄冰。

“阿凤啊，老板说现在生意旺盛，按摩房里的人手不够，让你进按摩房去做帮手呢。按摩房提成高，做得活络还有很多外快可以拿，这可是个来快钱的好机会。”突然有一天，表嫂这样告诉于小凤。

按摩房收入高，这个于小凤知道。大表嫂就是在按摩房做按摩女，还兼着领班，负责分派任务。至于按摩房里的那些藏污纳垢的事情，这一个多月来于小凤耳听眼见，也算是了然于心了。

于小凤对大表嫂的安排表示强烈抗议。或许这真是老板的意思，但也该问问她于小凤愿意不愿意，答应不答应啊！

于小凤明白，在按摩房里做，没有人能够做到出淤泥而不染的。来这里一个多月，她知道大表嫂一直在做什么，她很替大表嫂不值，甚至对大表嫂干这个行当觉得心里不是滋味，早就想正儿八经地规劝了。眼见着大表嫂乐此不疲，每次休工不是说今天遇上个阔老板如何如何，就是打开钱包炫里面多了几多张大钞。此情此景，于小凤还能说什么呢？每次话到嘴边又只好咽下不提，她不忍伤了唯财唯钱的大表嫂。也罢，每个人有每个人的人生理想，每个人有每个人的价值观念，每个人有每个人的生活和行事原则。

于小凤觉得这就是一个狼窝，待在这里越久就越不安全。

道不同不相为谋。于小凤决计离开美容厅，离开表嫂，独自去寻找新的工作。

于小凤要辞工，老板不答应，说最少做满三个月才能走，否则没有工资的——这头个月算学徒期，只包吃住，第二个月才不到半月，房租水电都不够交。

没工资也不做了。

大表嫂见于小凤态度决绝，只好叹气说，那随你便吧，记得外面混不下去时来找大表嫂。

大表嫂从自己的钱包里取出五百元来塞到于小凤手上："你先拿去，不够了再来找我。"

于小凤接过钱，说过后一定还你。

从美容厅出来，于小凤一天到晚在街头和工厂之间转悠，哪里有招工，就往哪里奔，几天下来，整个人都黑了一大圈。好在这一带虽说不是工业集中园区，但还是有不少工厂散落其间，没过多久，于小凤便在一家鞋厂找到了工作。

这天，前往制鞋厂的应聘者可谓人山人海，把个大门围得水泄不通。于小凤身材小，又没经历过这种招工场面，没有经验还有些胆怯，只好在人群外干着急。不过，这回招工有点不同以往，偏偏被挤在人堆之外的于小凤让招工的人看中了，而且是那位年轻的人事主管主动到门外请她进去的。这个意想不到的好运，使得她既喜出望外又不免有些诚惶诚恐。

在众人疑惑而羡慕的目光中，于小凤随人事主管走进了工厂大门——这是一个完全陌生的世界，她将在这里开启自己的打工生涯。大表嫂所在的美容厅当然不算，那只是一个短暂的落脚处。

于小凤被人事主管带到二楼成型车间，介绍给一个叫李军的组长，是个帅气的四川小伙子。

组长李军没有给于小凤安排具体的工位，而是让她到每个工序学习，作为替补人员，哪个工位需要人员顶替时，便让于小凤临时替补。这于小凤文化高，脑瓜子又灵，加之肯用功学，什么工序一学就会，还真帮了李军不少忙，省了好多事，不像往时要找个人来替补，要费半天工夫，很多时候只得亲自上阵。现在好了，哪个工位需要替补人员，便唤一声："于小凤去刷胶""于小凤去压底""于小凤去拔楦"……可谓有求必应，得心应手。组长李军喜得像捡了个金元宝，对于小凤也是照顾有加，有意让她做自己的助手。

以后的日子，人事主管也不时来车间看看，总要关心地问起于小凤的工作情况。人事主管叫刘佳平，地道的广东仔，看上去很不错的一个小伙子，对人有威严又不失和蔼。

"还算过得去，多亏了李组长。只是我人太笨，学起来总不快。"

"于小姐很聪明的。才来不到一个月，成型线的工艺流程及每道工序差不多她都学会了呢。依我看哪，她可以做我们线上的品管员了。现在这个品管员还不如她，我正寻思着调换人员呢。"

"你说的啊！让于小凤来做你的品管员？"刘佳平定定地望着李军，指了指在压底机上忙得一头汗水的于小凤。

"没错，我就想要于小姐来当这个品管员。"李军肯定地点点头。

"小子，我一准如你的愿，你就等着换品管员吧。"

果然，没过多久，一纸任命书下到车间，于小凤替代了原来的品管员。

品管员的工作要求勤快、细心，明察秋毫，更要负责任，这些都是于小凤的本性，她就是一个精益求精的人，凡事爱较真儿。

不过，品管品管，还得管，并且要严抓狠管。稍稍松懈一点，次品可能就流到下道工序去了，这可是品管员的失职，要受处分的。面对出了次品的员工，有时还真不知如何应付——没有人心甘情愿地为自己的次品去返工。很多时候便只有无休止的扯皮、推诿甚至吵架，问题得不到及时的解决。原来这还是个吃力不讨好的职位，一不留神便得罪了人，或者被人算计。比如，有一次，压底工王小兰压出来的底总有些不平，应该是机器调整不到位，但为了赶货，就全部往下放了，可到了贴胶工序就老是贴不合。贴胶员提出抗议后，于小凤找到王小兰，王小半居然不承认是她的问题。还说后面敲边的人敲平点就行了。明明是自己的责任，却硬要推给后面的工序。最后还是组长李军出面，责令王小兰下班后自己加班修复流到后道工序的次品。总算为于小凤解了围。

事后，李军找于小凤谈话，说她的面子放不开，这样是没办法做好品管的。做品管一定要有点杀气才能镇得住这班工人。

“这生产线上管人，我的感受是要学会愚蠢，太斯文老好人，管不住人的，到头来自己被动窝囊不说，工作一定会做不好的，记住喽？”

“要学会愚蠢！”李军这一谬论确实是一条朴素的真理。这不，一上班，就听得见满车间的机器运作声和夹杂其间的粗暴的训斥声，经理训厂长，厂长训课长，课长训组长，组长训班长，班长便撕破了喉咙对机器人一样的员工作狮子吼，形成一座紧张恐怖而又井然有序的“训斥金字塔”。说也奇怪，车间从上到下，受起训来一个个都表现得乖顺，似乎那些不绝于耳的粗暴的训斥声真的很中听，很受用。不消说，事情也就做得特别认真了。而如果有哪一个班段一天里听不到几句大声粗气的训斥，没准儿乱子早已出来了。

于小凤决意向李军学习“愚蠢管理法”。经过几天的效法，果然表现不凡，连素以无赖出名的前帮段班长刘德彪也服服帖帖，质量不合格的鞋子自觉不再往后流下去了。

“唔，不错，就是这样管的，这不是管得很好吗？”

人事主管刘佳平又到车间来转悠，见于小凤一副颐指气使的样子，很是过瘾，当着于小凤的面竖起了大拇指。

其实，于小凤对刘佳平也是很佩服的。这个潇洒的广东仔。听说并没

有多少文化，但绝对是个精明的人物，颇受老板的赏识，在厂里是个举足轻重的角色。而且，他对于小凤似乎也特别关心，除了工作，生活上也可以说关怀备至——

于小凤刚来的时候，厂里宿舍紧张，宿舍长安排她们三十多人挤在一间大杂屋里睡地铺。刘佳平知道后，又主动帮她到女工宿舍好不容易找了个空床位。搬出了地铺房。

厂里一般干部和员工都必须排队在大食堂打饭吃，每天一下班，大家便敲着饭盆争先恐后争分夺秒去挤饭堂窗口，挤到最后，不是少饭就是没菜。又多亏刘佳平到食堂跟大师傅特别招呼，让于小凤将饭盆放在食堂，每餐预先给她留好饭菜，从后门送给她，省却了排队等候的麻烦，并且饭菜的分量和质量也总比排队的工友们实惠得多。

难怪许多工友总是当面背后说她于小凤是厂里的“无冕公主”，享受着厂里的“最惠国待遇”了。

于小凤感受着这种被关心的温暖，对刘佳平有一种发自内心的感激。

这当然不可能是平白无故的。刘佳平对于小凤的帮助肯定不会排除于小凤本身对他的吸引力。于小凤也知道自己是个很有魅力的女孩子，但她对刘佳平的感激也只是一种很自然很正当的报恩心态。她不敢让自己有太多的幻想，而且每当听到工友们窃窃私语，对她和刘佳平评头论足时，她非但不会生气，反而有一种满足的快感，只是在心中更加把刘佳平当成可敬可亲的大哥哥倾慕了。

“哟，阿凤，帮谁洗呢，这么一大桶的衣服？”有人突然大惊小怪，明知故问地大声嚷嚷起来。而一旁的人马上会接过腔：

“还能是谁的？准是刘生的，对吧阿凤？”

于小凤还是抿嘴一笑，但她不再不置可否，而是坦白地承认了。她把头一扬，反问道：“是又怎么样，不是又怎么样？”

“当然不怎么样啦！不过，你可要好好地把握哟，刘生可是个了不得的人物……事务所的黄小姐、张小姐可都盯着呢！哪个都看得出这俩都对刘生有意思，小心人家近水楼台先得月哟！”

“去你的，姑奶奶没兴趣听你们嚼舌根！”于小凤嗔骂一句，脸上却有些不自然地热了起来。怪，经工友们的这一拨弄，自己真的莫名其妙地滋生出一种躁动的亦真亦幻的幸福感来。她甚至有些飘飘然了。

“但这是不可能的，千万别自作多情，让人家看扁了自己，自我作践。”于小凤在心里告诫自己。她觉得自己与人事主管刘佳平距离太大，不可能对人家有幻想，再说自己才来几个月，都说城市套路深，这大千世界的深圳，人心该有多大，怎能轻易对人敞开少女心扉。

虽说如此，可心静如水的于小凤到底还是难以回避自己油然而生的朦胧情意，无可奈何地开始神不守舍，开始半夜失眠了。她多次试图强迫自己回归宁静，但是不能。

她扪心自问：难道这就是传说中的“暗恋”啦？

一天下班的时候。组长李军递给于小凤一张纸条，并神秘兮兮地叹息了一句：“可惜轮不到我请你。”

“莫名其妙。”于小凤回了李军一句，便自个儿到僻静处看纸条，纸条上一行洒脱的钢笔行草：

于小凤，下班后请在宿舍等我，有事找你。

刘佳平

好容易挨到下班，于小凤惴惴地往宿舍走去，远远地见刘佳平已等候在女工宿舍门口了。

“找我什么事，刘生？”

“跟我走吧，等下告诉你。”刘佳平冲于小凤甩了下帅气的小分头。

于小凤有些懵懂地跟着刘佳平来到大街上，怯声地问：“我们这是要去

哪里？”

走在前面的刘佳平仿佛没有听见，一边悠然地欣赏美丽的街景，一副漫不经心的样子。

走到前面的十字路口，刘佳平招招手，一辆红色“的士”便在他们面前停了下来。刘佳平上去用广东话和司机交涉一番，便拉着迟疑的于小凤钻进了小车。

“我们这是去哪里呀？”

于小凤蹭蹭身子，疑惑地望着身旁的刘佳平再次问道。

“等一会儿你就知道啦。”刘佳平侧过身，投来一丝神秘的微笑。

汽车停在晶都酒店门口。于小凤踌躇着，一位身穿大红迎宾旗袍，浓妆艳抹的接待小姐将他们二位迎入一间灯光柔和陈设典雅的小厅。

“这是情人角，很安静的。”

不错，这里是很安静，安静得令初来乍到的于小凤心里有点发虚。

“刘生，你带我到这里来合适吗？”落座的时候，撇开服务生，于小凤小声诘问道。

“有什么不合适的？今天是周末，我请客，喜欢吃什么尽管点吧。”刘佳平将菜单递给于小凤。

“哪敢让你破费呀？要请也得我请你才是。多亏你当初从人群之外把我招进了厂里，又这么关照我，还让我当上了品管，真的要感谢你。”于小凤由衷地说。

“哪能让女孩子请客呢，再说你一个月才多少工资。别说啦，喜欢吃什么，你只管点，这就是给我面子啦。”

“这——那恭敬不如从命了。不过我真不会点呢，随便吃点什么就行了。”小凤的脸有些不自然的微热。

“这怎么可以？第一次请你，总不能太随便，好歹点两样。”

于小凤硬着头点了个肥螺煲，再不知点什么好，还是刘佳平叫服务生

过来推荐了几道特色菜。

刘佳平让服务生拿来一瓶红葡萄酒。

于小凤讶声道："还要喝酒哇？我可不会。"

"没事，红酒没有什么度数，女孩子喝了美容的。"刘佳平一边倒酒，一边说。

"说真的，小凤，你在车间工作得很出色，我很满意，说明我当初没有看错人，我相信我的眼力，事实证明我就是一个识马的伯乐，值得庆祝吧？我知道现场管理很辛苦很紧张的，一直想请你出来轻松轻松，可你就是没时间，今天总算如愿以偿了。"

毕竟一对青年男女，于小凤又是平生第一次与人这样对坐相饮，尽管一杯红葡萄的酒力是微弱的，但她还是不胜其醉，早已周身发麻，额际有一种从未有过的飘然的红晕，心跳也突突地加快起来了。

"明天，我想请你去小梅沙。"

刘佳平举着高脚杯，轻轻地与于小凤相碰。

"明天还要请我？"

"嗯！"

"可是，我想去看我大表嫂呢，我有几个月没见她了——再说，我也没有理由让你一再破费呀！"

"我的邀请本身就是理由。小凤，你可以明白地拒绝我，但你一定要相信我的一片真诚。老实说，自从见到你的第一天，我就在心里喜欢上你了。你不知道，这些日子以来，我有多寂寞。我想单独地和你在一起，向你倾吐心中的苦闷，请求你能接受我的爱。我对天发誓，我说的句句是真心话。"刘佳平一口干下了半杯，趁着酒兴，壮着胆子说出了自己的真实心情，可这样的突然表白，令毫无思想准备的于小凤一时措手不及，不知如何是好。

"我们能不能谈点别的？这件事你提得太突然了，以后再回答你好吗？

我知道你对我好，但是我一直把你当作大哥哥来看，当领导看，不敢有别的念头……”

“你不爱我，我不配你爱，是吗？你说，只要你说出来，我——呃……”

刘佳平重重地灌了一大杯，舌头也开始发木了。

“别喝得太多了。”于小凤把着桌上的酒瓶。

“放心，我还不至于是不能控制自己的人。”

刘佳平放下端起来的酒杯，并轻轻地按住于小凤的手背：“阿凤，平心而论，你觉得我这个人到底怎样？”

于小凤羞涩地看了对面的刘佳平一眼，腼腆地说：

“你和李军他们比起来，潇洒有气质，又有涵养，在我们厂，你是让我最钦佩的一个。”

“这是你的真心话？”

“你对谁都很好，你从来没有高声大叫训斥过人，可你的工作照样很出色。而我自己，当个小品管员没三天，倒变成了个令人倒胃口的母夜叉，有时自己想想都觉得难堪。”

于小凤突然觉得鼻子有点酸乎乎的，眼泪也不由得扑簌簌直往下落。

“对不起，算我说错了话。其实，我和你们现场管理的人是不能放在一起比的。流水线作业不严一点，当然是管不好的，这又如何怪得了你？但在我心中，你从来就是一只美丽温顺的白天鹅，真的，我不骗你。”刘佳平掏出面巾纸轻轻展开，小心翼翼地递给于小凤。

“你真好，佳平哥。”

于小凤一边拭着眼泪，一边由衷地喃喃道。看来真的要坠入爱河了。

“那么，你真的答应我去小梅沙啦？”

“嗯。”

夏日的小梅沙，泛着青春的魅力，吸引了各方而来的游客。刘佳平牵着于小凤的手，像一对奔鹿直往碧蓝的大海跑去。

只有大海的胸怀才是真正宽广的，只有投入到大海的怀抱，只有大海的波涛才能荡平心中芜杂的欲念。于小凤鼓足勇气，拼命地向前划着，划着，划向大海碧蓝的深处，将刘佳平远远地抛在后面。从小生长在河边的于小凤，游泳场上真是一把好手。

“阿凤，你等等，不要太快。”

刘佳平在后面猴急大呼。

“不能再往前了，你已到了深水区了，阿凤！”

于小凤没有理会，仍旧头也不回地向前划着，划着，与刘佳平的距离越拉越远——好久没有这么酣畅淋漓地与水亲密接触了，而与大海相拥还是平生第一次呢，怎能不让人兴奋？

“救命——”

于小凤正游得起劲，突然，被甩在后面的刘佳平大声乱呼起来。于小凤猛一惊，回头一看，只见刘佳平脑袋乱晃，身子打旋，两只手在水面上乱扑腾，便慌忙回游过去，不知哪来的力气，一把拖住刘佳平的肩膀往海岸方向划。

好容易划到岸边，两人早已精疲力竭，刘佳平更是双目紧闭，脑袋耷拉，气息奄奄。于小凤拉着刘佳平的手没有放松，便一起瘫倒在细软的沙滩上，刘佳平顺势躺在于小凤的怀里。于小凤喘着粗气，一边用手摇着刘佳平软瘫沉重的身子，一边焦急地呼唤：

“喂，佳平哥，你怎么啦？你醒醒啊！你没事吧？”

但刘佳平没有反应，躺在于小凤的怀里一动也不动。于小凤慌了神，不知如何是好，直急得要哭，眼泪禁不住唰唰而下。惶恐之际正想朝远处闲娱的人们呼声求救，刘佳平的眼睛才慢慢张开，定定地望着可怜兮兮惨白着脸儿发怔的于小凤。

“吁——啊——”刘佳平长长地吁了口气，仿佛从远古沉睡了千年才蒙

胧而醒，从另外一个世界挣扎回阳似的。

“佳平哥，你醒啦？”于小凤一阵惊喜。

“哈哈哈——”

刘佳平终于从喉咙里爆发出山洪般的大笑。

“你，你这是怎么啦？”

“你总算回头了，哈哈哈，要不然，我只怕追到大海彼岸也没有办法把你追回来呢！”

“敢情你刚才不是溺水，是在骗我的？”

“这就是谋略，我不过是略施小计而已，啊哈，天真的女孩儿多轻信，我真担心哪一天别人也会把你从我的身边骗过去，那我可饶不了你，哈哈哈……”

难怪刚才在拖着刘佳平回游的时候，于小凤并没有感觉到特别吃力，还以为自己身上有了什么洪荒之力在相助，原来还是刘佳平自己在暗中自游，并不是她把人家救回来的。

“你坏你坏你坏，差点没把我吓死！”于小凤扬起小拳往刘佳平身上擂起来。

爱情的火在于小凤年轻的心中越燃越旺，仿佛真已找到了幸福的归宿。她快要陶醉了。

从小梅沙回来，已是很晚。在刘佳平的单人宿舍里，在刘佳平猛烈的攻势下，于小凤终于抵挡不住，两人偷尝了禁果。

从此，刘佳平就是于小凤的天，于小凤心中只有刘佳平，上班想着，下班黏着，觉得自己真是个幸福的女孩儿。

正当他们整日沉浸于甜蜜幸福之际，大底段班长王玉霞突然辞工走了，而且从人们的传言中竟然沸沸扬扬渲染出了与刘佳平有关的风流韵事来。猝不及防的于小凤感到十分惊愕，她可是一直对刘佳平很信任，她认定，对自己百般呵护的刘佳平绝不会是那样的花心萝卜。

不过，于小凤心里还是起了疙瘩，所谓无风不起浪，纵使有人爱捕风捉影，但总不会空穴来风吧？为什么人们不说别人而只说他呢？她心里疑惑着，可又不敢贸然向刘佳平求证，即便是事实，他也不会承认啊！于小凤决定不动声色地做做调查，她想为她的佳平哥证个清白，也不枉自己对他的一片痴情。

但调查的结果是：王玉霞与刘佳平果然有些扯不清的瓜葛。这个结果令她非常沮丧。

这事是组长李军在一次卡拉OK聚餐会上，喝酒喝高了以后，把持不住向于小凤亲口透露的。那天恰巧刘佳平外出办事，没有参加聚餐会。

也就在那次聚餐会上，于小凤还得知，原来李军也对自己“情有独钟”，只因碍于刘佳平的缘故，一直以来才没敢对她发起爱情的攻势，只能在心里痛苦地暗恋着她，很憋屈。这一次终于有了个表白的机会，哪怕得罪刘佳平他也顾不了那么多了。

当然，对李军冷不丁传过来的爱情电波，于小凤采取了果断的绝缘措施，她感谢李军告诉她实情，但也明确拒绝了李军的求爱。

可是，对于了解到的刘佳平脚踏两只船、阳奉阴违背叛爱情誓言的行径大为恼火。

于小凤气冲牛斗地向刘佳平追问“真相”，刘佳平矢口否认自己与王玉霞的有关传言，并赌咒发誓保证自己如何清白无辜。

人家也走人了，又没有什么直接的把柄，于小凤便也只好“疑罪从无”不了了之，只是警告刘佳平要好自为之，别辜负了她的一片心。刘佳平自然唯唯诺诺好不虔诚。二人和好，亲热依旧。

不久，厂里又招来一位女培训干部，在面部车间做收发员，据说也是刘佳平亲自到厂门外请进来的，很快又有了“第三任”的传言。

“喂，面部新来的那位收发员，听说又是你请人家进来的？”

“这有什么大惊小怪，工厂招工，难道好的人才不要，倒要那些四不像

的下脚货？”刘佳平振振有词。

“好你个伯乐！”于小凤反唇相讥，“可人家都在说什么‘第三任’来着，这该作何解释？”

“难道你还不相信我？”刘佳平给于小凤一个反将军。

“没有就好，算我多嘴！”

这天，成型车间因为赶货需要通宵加班。晚上12点左右，于小凤去刘佳平的单人宿舍，叫他给自己弄点好夜宵。刚走近门口，却分明听见黑暗的房里传来喁喁细语声——原来正巧刘佳平与培训干部在里面亲热得紧！这回可是耳听为实了。

老天！于小凤脑袋“轰”的一声响，心口像被人猛地捅了一刀。她取出刘佳平给她配的钥匙，轻轻地将门打开，猛然拉亮电灯，牙齿咬得咯咯响：

“你们干的好事呀，偷情居然忘了贼！”

刘佳平知道这回是不能辩解了，只得赶紧撇下被吓得缩成一团的培训干部，忙不迭地向于小凤赔不是，甚至抽着自己的耳光，骂自己不是人，只求于小凤原谅自己，并保证以后再也不犯，再也不做对不起于小凤的事了。

良久，那培训干部不知哪里来的勇气，竟一下子站在于小凤面前，说自己并不知道刘佳平有女朋友了才答应和他交往的，现在知道了，自己立马退出，绝不再打扰于小凤和刘佳平的恩爱。

“我不是偷情的女人，我也有爱情的尊严！刘佳平你就是个爱情骗子，没什么值得留恋，我现在离开你们，我发誓永远离开！”培训干部说罢，便咬牙盯一眼刘佳平，擦着满是泪水的脸夺门而出。

刘佳平僵在那里，任由培训干部落魄而去却不敢再言语半句，只等于小凤再发虎威。此情此景，他必须做出明智的抉择来，以平息随时可能爆发的不可调和的战争。

“要么让我走，要么让她永远消失！”于小凤冲着门外吼声道。

但毕竟，为了各自的名声，也为了于小凤爱刘佳平已到了近乎痴心的地步，一场风醋干戈终于没有拼杀下去，他们采取了折中的“私了”办法。这办法就是让培训干部立即从厂里辞职，并且永远从于小凤、刘佳平的面前消失……

经历了这次风波，刘佳平确实对于小凤真正地老实起来了，再也没有听到过“第四任”之类的传闻，而且，他们的爱情也从地下转为了公开，至少在厂里是尽人皆知。

于小凤享受着胜利者的骄傲，在她的心中，优秀的白马王子刘佳平，只有永远和她在一起才是天经地义的，也只有她才可以堂而皇之地和白马王子刘佳平正经地谈恋爱。

日子就这样你侬我侬地消停着，月复一月。

最近，于小凤老觉得反胃想吐，她想是不是自己怀孕了，好几回刘佳平一来就猴急地要她，事后自己也没有采取补救措施。

于小凤偷偷跑到一个私人小诊所去做了检查。果然是怀孕了，医生告诉她已有快两个月的身孕了。

晚上，亲热的时候，她把这个消息告诉了刘佳平，问他该怎么办。

“过两天公休，我给你几百块钱，你自己去找个小点的医院做掉吧。”刘佳平听到这个消息，并不感到惊讶，倒是很平静地吩咐于小凤如何处理，仿佛这事与他没有多大关系似的。

“可是，我很害怕。”于小凤依在刘佳平的怀里，嗫嚅道。她是真不想去做什么人流，尽管怀孕也不是她目前的意愿。

“你怕什么？你去那里不要讲自己是在厂里上班的，也不要用自己的身份证办。随便说个名字，会有人帮你做的。”

“要不我们结婚吧？结了婚，我们就可以名正言顺把孩子生下来。”她其实并没有想现在结婚，更不想现在就生孩子。她是想试探一下刘佳平，

看他怎么反应。

“什么，结婚？现在我们都在厂里打工，还没挣到奶粉钱就喊结婚生崽？不可以啊宝贝！”

“那你是不想和我结婚的啰？是不是还想着别的女子？”于小凤噘着嘴。

“当然不是啦，我是说现在结婚还不是时候，我想再过几年，等我挣够了钱，在深圳买个小房子，有了我们自己的窝了，我们再结婚生儿子，反正我们家乡流行多生小孩子。”

“你不是说要在深圳买房子的吗，怎么一下又要去你们家乡生孩子啦？”

“不是啦，我们可以在深圳生了小孩儿就送回老家给老人家带的嘛。”刘佳平解释道。

“哄你呢，我过两天就去做掉。不过可不许你辜负了我！”于小凤拱到刘佳平的怀里。刘佳平松了口气，二人继续巫山云雨。

于小凤还是找到那家为她做检查的私人诊所把孩子做掉了。做了人流的半个月里，刘佳平对于小凤呵护有加，悉心照料，让于小凤切切实实感觉到自己有了多么贴心的依靠。她常常憧憬着未来生活的样子，刘佳平赚够了钱，在深圳的某个小区买了房子，然后他们如愿地结婚、生子，共享美好生活……

于小凤人流后的一个月左右，一天晚上下夜班，想起有本书落在刘佳平的宿舍里，晚上突然想看，便径直往刘佳平的宿舍去取书。不想刚一打开房门，一个“广东姐姐”出其不意地从床上跳起来，黑虬的手指直戳于小凤的眉头：“小骚货，终于等到你现身啦！你知我是谁吗？告诉你，刘佳平是我老公！你这条野母狗，你害得我好苦！从今日开始，不许你再来勾引我老公，再让我逮到，我就打断你的腿，我还要告你通奸。滚，有多远滚多远。”

重磅炸弹！于小凤猝不及防被当头击中，她被“广东姐姐”泼悍的架势唬蒙了。她做梦也没料到会有这一出！

“广东姐姐”连骂带推将蒙呆的于小凤狠命往外推，于小凤没有还手，没有反抗，她只觉得天在旋，地在转。她根本反应不过来。

“这不可能——”于小凤无法相信“广东姐姐”暴出的残酷现实，她无法相信老天爷真的会如此瞎眼，她更无法相信自己就这么不明不白地成了一个破坏别人家庭的风流冤孽！

“你是不是搞错了，大姐姐？”于小凤无力地抵挡着“广东姐姐”的凌厉攻势。

“搞错？你个死八婆，你才搞错着。搞着我老公，不要脸的八婆！”“广东姐姐”一巴掌掴在于小凤的脸上，顿时现出血红的掌印，于小凤感觉像烙铁在脸上烧一样，但是心里却更是窝着一股无名的火。

从厂里回来的刘佳平一见这架势，脸色立时也惨淡下来，待在一旁却不敢作声。于小凤一下子明白了，“广东姐姐”是来者不善。

“你这个骗子，我不要活了！”于小凤将刚才“广东姐姐”给她的巴掌狠狠地还在了刘佳平的脸上。

“阿凤，你——”

刘佳平捂着发烫的脸，欲上前追赶，被紧随其后的“广东姐姐”一把拽住。

“你回来！”

“广东姐姐”也成了可怜的泪人儿，瘫坐在床沿。

于小凤一口气跑回自己的宿舍，一头扑在床上掩面痛哭。受了这样的委屈和侮辱，活着还有什么意思？此时，她真想从窗口跳下楼去，一死了之。如此突如其来的残酷现实，太令她无法招架无法承受了，她感觉自己已是万念俱灰。之前还对那个培训干部咄咄逼人，没承想这回自己比那个培训干部还要难堪十倍呢！

于小凤跑去小卖铺里买回一瓶广东米酒，咕嘟咕嘟一口气灌了大半瓶，烂醉在床沿下。额头碰着墙角，开了个大缺口，牙齿碎了两颗。外出逛街

的室友回来，还听到于小凤在地上神志不清断断续续地咕哝着“阿平——我爱——你——爱”。

室友们见状，吓得大喊：“出人命了，于小凤自杀了，快来救人啦！”

闻讯赶来的几个男保安赶紧跑过来，将于小凤抬上厂车送到医院去。

于小凤的额上被缝了七针，还好总算没有破相。

住院期间，刘佳平去看过于小凤多次，但每次都被于小凤拒之门外。她咬咬牙，决心不再让自己见到刘佳平，她有自知之明，知道自己不会是“广东姐姐”的对手。她现在只恨刘佳平，骗了她的青春，她的感情，害得她而今无脸再见人，抬不起头来。自己一心一意要找个可靠的爱人，到头来还是沦为别人的玩物，太不值得。不值得也只有认了，还能有什么法子呢？吃一堑，长一智，人生路还长……

她决心与刘佳平从此一刀两断。

然而，偏偏“冤家路窄”。鬼使神差，“广东姐姐”居然也进了这家鞋厂，当上了厂里的清洁工。不用说，这是刘佳平安排进的厂。

下晚班的时候，于小凤在办公室门口打卡。这时人已经很稀少，她下意识地往办公室瞄了一眼。但见办公室里只有呆坐着望她的刘佳平，于小凤还是心里一颤，十来天不见，刘佳平整个人儿都瘦了一圈。

“阿凤，我……”

刘佳平走向门口，样子很有些歉疚和颓丧。于小凤心里装着火，眼泪却再次下成倾盆雨。她本不想理会他，可天知道究竟为什么还要僵立在那里，迎接他迟疑的目光和迟缓的脚步。此时此刻，她只有恨自己不争气了。

正当刘佳平走近于小凤的当儿，“广东姐姐”神不知鬼不觉地杀了出来。

“好哇，你这个骚狐精，还敢到办公室来吊我老公的膀子，走，去见厂长。老娘今天和你拼了！”

“广东姐姐”揪住于小凤往外拽。

“姐姐，求求你，你听我说……”

于小凤挣扎着想分辩，而刘佳平则呆立一边，脑袋耷拉，活像个受刑犯。

“哗啦”，于小凤的衣服被狠命撕开，里面的红乳罩露出了大半边来。这时，很多工友闻讯，争相过来围观。若不是李军硬将于小凤从“广东姐姐”手中抢出来拉走的话，不知还要闹出个什么样的下场来。

事已至此，一切无法再挽回，于小凤终于彻底断了对刘佳平的念想。她唯有最后一条路——辞工离厂，就像自己当初逼走那位培训干部一样。而今番滋味又如何是那个培训干部所能比呢！怪谁？刘佳平？自己？“广东姐姐”？可是这又有什么用呢？

“这是不是报应啊，也许真的是老天不容！”

走出工厂门口，是车水马龙的十字大街，此刻的于小凤站在十字街头，又将该去向何处？不知怎的，她又想起了久未联系的大表嫂。也许，对于大表嫂来说，她走的路也是无可奈何的……

原载《延河》1994 年第 8 期

随风的日子

芳是我联系的一个普通作者。

大约是去年秋天我刚从深圳转战到东莞一家小报社不久的某个下午，我例行公事处理报社的信稿，其中有一封没有称谓的四页长书引起我的注意，这是某镇一家港资厂的打工妹写来的。打开信，首先映入眼帘的便是这样一段触目惊心的文字：近来的无聊、郁闷和孤独，压抑得我如笼中之虎，常常有一种想吃人的欲望！

天！我着实惊了一跳。

接下来的陈述更是淋漓尽致，一气诉说了自己打遥远的中原来到这南方热土，从一个啥事儿都迷糊的黄毛丫头片子中学生，一下子成为风浪江湖的打工妹。可第一个月辛辛苦苦下来，拿到手的是一张仅十七元的工资单。便觉得受了奇耻大辱，一气之下将那工资单连同十七元“不卑不亢”掷还给老板，以此自我解嘲“钱乃身外之物”。

了不得的个性！我摇头慨叹。

芳又说钱她真的看得并不很重，看重的是自己的劳动价值。如今，虽说工资早已增加，但自己初来时的那股子锐气却被磨得越来越少了。她甚至痛恨自己别的本事没学到，“世故圆滑”倒学了一套，这仅仅是为了要保住自己为老板没日没夜在流水线上卖命的“饭碗”。

“面对刚来时订的计划，真的欲哭无泪了……”

出于一种道义和责任，我给芳回了一封同样较长的信，说了很多劝解和勉励的话。我用自己的切身体验现身说法，出门在外打工确实不容易，尤其要想干一番事情更加艰难。一切成败都必须靠自己独自谨慎把握，同时要学会忍耐和克制，“委曲求全”在某种意义上也不无道理。我写得很率真，当然也摆不出一点老编的架子来。我不能辜负了人家对陌生的老编们的信任哪。

信寄出之后，我也就当完全了却了一桩心愿，不再在意了。因为每天需要面对的东西实在是太多太多了。

不想很快又接到了芳的来信。这回是专门写给我个人的，无疑是些客套的感激之类，有些恭维至今想来都让我脸红发烧。芳给我戴了很多的高帽子，尤其知道我也曾在工厂站过流水线之后。只是芳忽略了，尽管我做了老编，也不过是一名普通的“文化打工仔”，和她并没有什么本质的差别，一样是随波逐浪的无根浮萍而已。

随信寄来的还有一首小诗，关于青春的，虽说幼稚浅陋了些，但还有点灵气和新意，恰好我们需要集中编一期“打工文学”副刊专版，便将芳的诗稍作修改也推荐上去了。

后来，芳和我的联系慢慢多起来，自然而然，我们渐渐变得熟悉而且亲近了。

但我们一直限于信件往来，充其量也只是偶尔打个电话互问声好。我知道老板工厂的上班制度是很严格的，一般情况之下是不准打电话的，若非写字楼职员，连接电话都不允许。每次都亏了芳的文学师姐妹、该厂的人事主管英，才勉强可以和车间的她通上几句话。

那时候，我老爹老妈三番五次从家乡来信催我赶快“找个女朋友”，解决自己的终身大事，免得大人们为我整天担心，“船上人不急，岸上人可急

死了呢！”

的确，一向自命不凡的我，这个也瞧不上，那个也瞧不上，老大不小的了，女朋友却还八字没得一撇。

我硬着头皮向老爹老妈立下了军令状，不用他们操空头心，到年底保准能让他们如愿！

这可不比那牛市上买犊子，顺手就可牵来的事儿。我心里头压根儿就没个底，全为糊弄二老而已。

不过，不怕见笑，我也并不是自己不努力。我也弄不清楚，什么时候起就有了一种野心，开始暗暗打起了芳的主意来。当然还只是一种朦胧的意识，更不敢暴露于人前，包括芳本人。我知道这也并非“心术不正”，但我不敢贸然出击，我怕被人看扁了，不值。何况，我连芳是个什么样子，方脸还是圆脸都未见识过呢。

直到有一天，我从食堂晚餐回来，办公室的老何告诉我，有两个女孩儿找我，正在外面等着呢。然后引我到楼下剧院大厅，将一高一矮两位姑娘介绍给我。其时，我才真正将芳和英的人和名字结合起来。

我热情地邀请她们到编辑部去坐坐，矮小的英倒落落大方，大概由于出道早，在江湖上混得久了，没讲什么客气，随了我便走。可高高大大又有点男孩儿气质的芳却犹豫起来，待到问清了编辑部再无别人之后，才扭扭捏捏跟上来。在编辑部里，搬了椅子请芳坐也迟迟不敢落座；剥了橘子递过去，也只用两个纤纤指头轻轻掐上一瓣，眯老半天眼儿不肯往嘴边送。逗得我直问：“你骂人和写诗的那股子泼辣劲和豪气呢，这会儿全跑哪里去啦？”

一旁的英给芳找了个注脚，说今儿个是老鼠见到猫——不敢放肆了。前些天香港《天天日报》记者去她们厂采访时，伶嘴俐舌的芳可是出尽了风头的，倒像那记者先生成了芳的采访对象似的，末了，那记者先生还大夸芳是“不简单的女才子”呢。

这初次见面，芳留给我的印象非常好，不错，这就是我理想中的女孩子。我甚至暗暗给自己打气，看准了就大胆去追吧，可别顾虑太多，过了这个村恐怕就再没那个店了。不是以前还经常教唆别人“爱情成功就是死皮赖脸加勇往直前”吗？

我开始天花乱坠做起美丽的梦来。

然而，这美丽的梦没做多久便自生自灭了。

那日英在电话里邀我去她们厂玩，趁中午下班，我们在她办公室里一起海聊。这时电话铃大作，阿英调侃说，一准又是找芳的。果不其然，是从河南给芳的长途。芳雀跃的样子真使我顿生妒忌，尤其那疑神听话时的幸福陶醉之状及绵绵不绝地说话的亲密劲儿，还有那最后意犹未尽的一声酥酥的“你也保重”！

我悄声问阿英，给芳打电话的会是什么人。

“这你还看不出来？还能有谁三天两头不惜电话费千里迢迢和她神磨牙根儿，一叽咕就是老半天的？”

“男朋友？”

我故意将话吐得轻松自如。

“怎么，你吃醋啦？人家可是郎情妾意恩爱难分的哟！”

英冲我阴阳怪气地扮了个鬼脸。

好不容易那头收了线，我极力装出潇洒地长叹一口气，说正思量着要如何向芳进攻呢，估不到，早就有人占了山头了。

“是吗？”芳夸张地睁大双眼，“可惜我太喜欢我男朋友了，要不我也许会被你感动的！”

我又问芳那男朋友是不是学校里搞的“师生恋”。如今的中学可是早恋成风，师生恋也成了一大热门。

芳含笑不置可否。

半年之后芳来珠海，偶尔从芳的日记中得到了确切的证实。芳在日记

中毫不隐讳地写道：最难忘的初恋——在高三时的那段师生恋！

明知前路已断，何不及早却步！我只得死心塌地断了那份邪念，免得弄巧成拙，贻笑于人不说，到时好端端的大哥怕也做不成了。

我从此不再异想天开，全心全意安分地做着大哥。

这期间，芳和英倒是像模像样地联手为我张罗介绍女朋友的事，一个湖北姑娘妮，某台资厂经理助理，也是她们“桥梓文化城·吟香诗社”的大社长。

我被她们说得无由招架，答应愿意与妮接触。星期天，芳和英带了几个女伴来报社，妮也在其中。妮与英一样娇小玲珑。戴了副秀气精致的金边近视镜，看上去的确很有城府，怪不得吟香诗社要推举她做头儿。

英的一个女伴带了照相机来，说是要拍照。我自告奋勇，给她们拍了单照拍合影。最后，那女伴要给我拍，几个小女孩儿都争着要和我这老编大哥合影，唯妮没有主动。大家便嚷着要我与妮子“来一张”，我只好站在妮子身边，妮倒也合作。那女伴“咔嚓、咔嚓”就是四五张，末了神秘兮兮地说：“今天是特为你们拍专题的！”

我恍然大悟，原来她们早有预谋，想让我们造成“既成事实”。我当然无所谓，只不知人家妮心里怎么反应。

在芳和英的极力怂恿下，我主动给妮写过一封暧昧的短信，心里猫爪抓得诚惶诚恐。不久她来信坦然相告，她其实早已被家里私订了终身的。虽说那男孩儿并非她自己所中意，但家族上下叔伯兄弟都点头首肯钦定了的，看来难以更改。这几年之所以出门在外一直没有回家，一半也是在逃避、在拖延。但家里已经下了通牒，今年春节务必回家复命，结果如何，实在不敢想象，只怕要辜负大哥你一片心意。再说，比我强的女孩儿有的是，你应该有更好的选择目标。

我又打了好几次电话找妮，试图解说些什么，但每次她都以很忙和老板在场不能多谈相推托。慢慢的，我那本就不够温度的热情渐渐凉了下来，我明白甜瓜不是强扭得来的。

转眼到了春节前夕，芳来电话问我过年回不回老家去。我说当然啦，都两年没回去了，家中还有个日盼夜想长孙子的八十多岁的老奶奶呢！

芳良久没接腔，末了叹口气："你回去倒是快乐逍遥，留下我们在这里多没意思，原本打算同你一起美美地过节，好好享乐一番呢。哎，真是白费了心机！"

我说大不了半个月呗，半个月我就回来了。到时候，不又可一起欢聚了吗？我的口气真的大大咧咧得可以。

无须讳言，我这趟回家，少不了要应酬诸多的说媒客。我被牵着鼻子转得晕头花眼，老爹老妈还有我那盼孙媳妇盼得慌的老奶奶可心里乐开了花，茶水酒菜招待不赢。相去相来倒还真相上了个姑娘，叫梅，原在湘西某县城谋事，此次回来探亲的，又是我妹夫的同族邻里，所以就"近水楼台先得月"了。

这大概就是此次回乡的最大收获吧？

另外的收获就是，我又联系好了新的工作单位，即到珠海现在谋食的我老师创办的这家报社来。而且过完春节就得到位上班，否则位置就只能让给别人了。

我在家放肆地玩到正月十三才动身返东莞，超过了规定的假期整整五天。一到报社便挨了上司一顿狠剋，还说要扣工资奖金。我也不在乎，反正人之将去，何必计较太多，我没有和上司顶撞半句，只在第二天若无其事地递了辞呈，气得上司瞪大了牛眼直说我把报社当成了旅社，想来就来，说走就走。我只有抱歉，人望高水望低，人人明白的道理，何况我也只是个没边没靠的打工仔哩！左右我工资奖金一起不要了。

二十天。私人信件堆了一桌子，里面有妮的，有英的，更有芳的，芳除了厚厚的信之外还有两张明信片，一张写着"有一种事情不必等，那就是爱"，一张写着"只因认识了你，我'死'而复'生'"。

我的脸当即被烧得滚烫。太不可思议了，我不知道顽皮的芳究竟葫芦里卖的什么药。

但我未敢造次。我强迫自己不要胡思乱想。好在过两天，就要离开东莞渡海到珠海了。

知道我要走的消息，芳和英都大吃了一惊，怪我抉择太突然。弄得她们措手不及，怎么年前就不先透露一点风声，让人有个思想准备。我再三解释，年前我自己也没意识到能走的，不过跳槽换主是打工仔的家常便饭，应该可以理解和体谅吧。

"我们说不过你，你要走也是你的福气好，去珠海更能发挥你的才干。我们还是为你祝贺高兴的。只是，这去了新的地方，别将我们忘了才是！"

"怎么会呢？我会常给你们写信的。"

临走的前一天下午，芳和英专门请了假坐几十里路的车赶来报社为我送别。芳还特意带了她自己作的两幅小画，一张蜡梅迎雪，一张少女望春，后一张用的抽象画法，给我的感动更深。看得出这是芳的刻意之作。而从芳那水汪汪的眼睛里，我所感受到的除了依依难舍，似乎还有一股难言的怨艾。

天色已经很晚，芳和英都没有离去的意思。

说真的，我也不愿她们走，这一别，还不知道这辈子能不能再见得着面哪，打工仔行踪难料，说不定哪天就断了消息。后来我们终于商量好，让芳和英留在报社的办公室过夜。就这样，芳和英为了我睡了一晚的地板。

这一夜，我们谁也没有睡意，一直坐谈到凌晨近 3 点。

"说不定哪一天我会去珠海找你！"

芳的眸子漾着幽幽的光。芳说得挺认真，而我却只当她在开玩笑。便笑着说，那好，我就在珠海随时恭候。

离开东莞，我一个人孤孤单单来了珠海"开辟新天地"。

珠海不愧是个美丽的城市，我自然不能把这份美好的感受一人独占，我尽量将珠海的美丽详细介绍给大海那边的芳和英。因为我曾答应过。

“你把珠海说得那么美好，你就不怕哪一天我真会跑去给你找麻烦吗？我，你不知道，最喜欢扯着人家的衣襟说，我要这个，我也要这个……”

“我一直渴望无忧无虑地笑，与你相识，我享受过快乐，而如今你在海的那边，我，恢复了孤独，一个人穿行在夜晚的人流中，寻到的却是泪流满面……”

芳真是个毫不掩饰的女孩儿，我当时有一种强烈的心灵感应。但是，空虚的灵魂正被湘西的梅逐渐填充。梅的温存和通情达理，让我无法拒绝和疏远，我们的关系差不多已经发展到共同谋划未来的小家庭生活了。我知道我和芳之间彼此无法承诺什么。我只有咬咬牙忠告自己：面对落英丛中仓皇的啼莺 / 哭泣的心还能渴望到什么 / 隔着雨的帘子 / 唯有淌成天空下 / 悸动的河流 / 而且必须拒绝 / 混浊的泛滥……

没想到突然有一天，芳打来电话，告诉我她人已到了珠海拱北，叫我马上去接。

我放下电话，便往拱北赶去。芳一个人站在我们约定的公共汽车亭下左顾右盼，黑色的连衣裙，才剪的齐耳短发，跟上次寄给我的照片没有两样，依然很显出顽皮的孩子气。一见面就撒娇把小坤包撂在我肩上，自己逞强去扛行李箱。但对视之间，我已发现芳的双眼已经涨潮了。

“还是这个倔劲！”

我点着芳的鼻子，拎过行李箱来。

“你一个人来，这么重的行李，路上是不是很麻烦？”我问。

芳一甩头，说有人亲自送她到拱北。

“那人呢？”

“搭来时的车转回东莞了。”

我便怪芳不懂人情，人家大老远专程送了你来，怎么能这样随便就将人家打发掉呢？到了珠海，却没让人家到报社歇歇，让我尽尽地主之谊，

这如何过意得去！

“谁叫他自作多情，我不让他送的，他偏要送来！”

“你男朋友？”

“哼……”

芳没有正面回答我，但我已猜了个十之七八。后来从东莞来的一封给芳的信中，得知那男孩姓张，东莞一家工厂的助理，对芳钟情到奉若偶像的程度，但芳却对他很冷淡。尽管如此，张君对芳的热情没有丝毫减退，对芳的崇拜虔诚不二。现在想起来，我真替那张君抱屈。

在回报社的路上，我问芳珠海是不是真的很美，芳兴高采烈地点头。

“改天带你去海滨公园，看珠海渔女，登石景山。”

芳高兴得直跳。我就知道这个素来贪玩的疯丫头会得意忘形。

“只可惜，珠海再美也不属于我们自己拥有，我总觉得这一切的美丽也好、繁华也好，都与我无关。”我说。

“那一定是你没有用心投入！”芳反驳道。

我不想辩解，免得一来就扫了她的兴。

晚上，我带芳出去逛街观夜景，后来在一个街心花园坐了很久。好几次，我发现芳看着某个地方就出神好一阵，像是有什么难言的隐衷。再后来，芳说她来时妮托她代向我问好，说妮其实对我一直很有意思的，还让我给妮去信。

“妮是个难得的好姑娘。”芳充满热情。

我说妮不是有男朋友吗，难道她春节回家了断啦？似乎不大可能吧？况且当初妮就曾委婉拒绝过我——

“这你就不懂得了，人家那是在考验你的。你呀，真是个不消化的大傻瓜！”

“那就让她继续考验去吧。我可没那份心思了，我再也丢不起那个脸。”

“哟哟哟，好一个清高公子，只怕你到时后悔迟了。”

“我早就后悔了，后悔当初听了你的鼓吹，自讨了个没趣。你倒好，远远地站一边看大戏！”

但试探我的已并非妮子，而是端坐在我身边的芳！亏了我与梅之间的故事她至今还一无所知。

偏巧我在海南觅事的老同学不迟不早，也给我做起红娘来了。姑娘居然是我一位文学朋友的姐姐泉。其实我们也早已在春节期间认识了，我返广东时，那文学朋友没赶上送我上车，她姐却赶上了，还特意送了我一本《脱口而出》的小书，说是旅途消闲，以解无聊寂寞。我当时曾很感激她替我想得如此周到。

老同学将泉写给他的信（他们是以师生相称的）也一并附上，以示泉的好不是他凭空吹出来的。

老同学和泉的附信不小心让芳给逮住了。

“这位泉小姐挺适合你的，哥你就写信去追吧。”

“那好，你替我来写吧。”我故意逗芳道。

“真的，我一定要给她写！”

然而，终于有一天，芳与我到底谁也没能控制自己。我们各自从对方的眸子里感受到了无可压抑的欲望的火焰在心中焚烧。思想的防线顷刻间土崩瓦解，我们不由自主地紧紧拥抱在一起。

这突如其来的幸福令我战栗不已。我无以为报，只能将火热的吻叠印得更深一点，再深一点。

“除了你，可从来还没有哪个男孩子敢这么碰过我！”

芳偎在我突突心跳的胸口，娇嗔地说。

“连你那位初恋的老师和不辞辛劳远道相送的护花使者张大哥？”

“他们有这个贼心，可没你这个贼胆，再说了本姑娘也不会容许他们造次！”

“那我可成了第一个敢吃你这只雌螃蟹的英雄喽！——可千万别再冒出

第二个来，否则，世界大战就要随时爆发。记住喽？”

“你真衰！占了人家便宜还这么损人——我问你，你会不会对别的女孩儿也这样？”

芳的疑忌心发作了，我不敢再轻举妄言，忙用手去堵她的嘴。

“你从来就没有对我认真过，是不是？不准撒谎！”

芳定定地望着我，不依不饶。这问题叫我如何回答？我没料到，芳一开始就对我动了真格的，怎么我当初就识别不出来呢？我在心里狠狠地咒骂着自己：你真混！没用的东西！

我不知道我是怎样应付芳这个令我难堪的问题的。我打的那些马虎眼，照理一戳就穿帮。但芳并不怎么刨根究底。谢天谢地！

然而，芳的工作一直没有眉目。在珠海要想找到一份满意的工作，实在是太难了。能找得着的关系我们都找过了，都没有用。还是芳豁达，说她一个人出去闯闯。我只得由她去了，谁叫我这么没能耐！

夜里，芳告诉我明天一早就去一家工厂上班，做文员呢。

“芳，你真行！”我高兴得捧过芳的脸来就是一口，咬得芳哇哇地叫。

可第二天一早，我们乘公共车到拱北后，芳径直往长途汽车站走。我纳闷地问她是不是弄错了。

芳说没错儿！

芳自己亲自去买车票，居然是买到东莞的长途。

“我想还是回东莞好。那边我很熟，找工作自信不难。”

我的心里打翻了五味瓶。芳在珠海的这些天已经受够了委屈，她也是别无选择了。

我很清楚芳这一去，将意味着什么。我无法原谅自己，挽留已没有必要。我不住地向芳道歉，芳却反过来安慰我。

“不用为我担心的啦。我已经长大了，一切自己会好好把握的。到了东莞，就是我阿芳的世界了。”

又将劳燕分飞，芳和我紧紧相拥着，良久不说一句话。

“或许这一去，我便会从你的视线中消失得无影无踪，不再与你联系了。”

“为什么？”我不解地问。

“我也说不清，也许这是天意。噢，对了，那位泉小姐你可得抓紧点，一定要给她写信。你的年纪也不小了，该有个家了……不过，说不定什么时候我还会来看你？”

这就是芳给我最后的临别赠言？我噎在车窗外，半晌回不过气来。痴痴地看着芳从窗内伸出的手渐离渐远渐模糊，自己竟僵成木头一般。

原载《外来工》1994年第12期

爱情开花不结果

我也不知道为什么要告诉你这些琐碎平常甚而有些无聊的故事，我只是心里憋得难受，你不会笑话我吧？但我知道我这些七零八落的故事，构不成什么精彩动人的小说情节，所以我也不怕你去到处张扬了。你既然好奇，我也乐得向你和盘托出，所谓知己面前无遮掩嘛。不过，我讲完之后，你也该将你的罗曼史说与哥们儿听听，也让哥们儿我分享分享，嗯？老兄。

我真的不能再喝了，这一杯你无论如何得替我干了，我的舌头都开始荡秋千了，你总不想让我的故事中途卡壳吧？

她叫芸，和我是湖南同乡。她是个好胜的女子，曾经和她的一个中学同学李志文好过。但是，为了甩掉李志文，当初她不顾家里反对，辞了家乡的工作，只身南下到深圳去打工，大有一种“壮士一去不复还”的精神。至于她为何要下那么大的决心逃避和自己处了三年的男朋友李志文，后面我还会告诉你的。现在先跟你说说芸初下深圳打工的事，因为我那把兄弟绍求与芸的故事从此开始了。

那时候，芸和我那把兄弟绍求同一批被招进宝安一家台资制鞋厂。绍求凭着在我原来的公司跟我学了点制鞋的皮毛知识，又加之早先在贵州他表兄那里弄了个假大专文凭（而且还是英语专业），面试时海阔天空一阵吹嘘，居然让精明的老板当场看中委以车间主管的要职。绍求上任伊始便大提工厂生产改革建议，因之凭空便多出了个半成品仓库。芸理所当然成了半成品仓库的负责人，因为她是以工厂会计的身份被招进去的，但公司眼下又不缺会计人员，便让她去搞生产管理。半成品仓库是从生产部门独立出来的品检机构和调配单位，现在从属于“生产管理”部门。

因为半成品仓库就设在二楼成型生产车间的一角，加之半成品仓库本身就是直接为成型车间生产服务的，芸和绍求的接触便很频繁。绍求是个已婚但婚姻不和谐的人。他老婆是我初中同学，当初他们也是自由恋爱结合的，但不知怎的，有了孩子之后，他那一向温顺恭俭的妻子脾性便发生了变化，尤其是1988年他们夫妻双双从湖南应聘到贵州水城钢铁公司一所中学混了三年之后，据说是因计划生育双双又返回湖南农村老家。绍求原来在家乡的代课教师资格自然早就没有了，两口子在家里几无安宁之日。原因不外是“贫贱夫妻百事哀”，再加上婆媳关系不和，而绍求又是个孝子，什么事都顺着母亲而抑制妻子。在这样的情况下，绍求便负气独自南下深圳打工来了。先是找到我，在我原来的那家工厂干了一段时间，本来已是提升在望，却因为想着家里的宝贝女儿，便手痒痒偷拿了工厂一双真皮童鞋，不料被门卫察觉被炒了鱿鱼。没想他因祸得福，一出厂便找了个车间主管的美差儿，愣是春风得意起来。

我后来因绍求偷鞋的事受到连累，我的台湾主管对我的态度来了个180度的转弯，他甚至诈唬我，说我也有偷鞋的嫌疑，虽然我用自己的骨气保证了我的清白，但终因举荐不当失去上司信任。绍求进厂我是说了他一大箩筐的好话甚至立了军令状的。我好像被打入了另册的危险分子，时时被提防和挑剔着。人是有感情和知廉耻的动物，我已经没有意思再待下去了，但辞工又辞不了，便舍弃入厂时交的押金和最近一个月的工资不辞而别了，连押在写字楼的暂住证都不要了——反正那暂住证也已过了期。我从原来的工厂出来，竟一时找不着工作，在外面足足游荡了二十多天，睡坟头、

桥底、下水道，睡建筑队，被蚊虫叮得像红脸怪一般，还得提防着治安队。万一被抓了去，得送惠东劳改，少则三个月。在这开放区没了暂住证可真是无立足之地呀！我的心也乱套了，再这样下去也不是办法，身上又快不名一文了。便一次再次地去找绍求帮忙，绍求在他的新老板面前好说歹说，给我弄了个包装工的差使，就在他的车间。这工作是委屈了点，但我也只好以“大丈夫能伸能屈”安慰自己，先干着，慢慢再寻机会了。

芸和绍求很合拍。从我一进工厂大门，就见他们两个总是形影不离，有说有笑毫无顾忌，亲密得真如一对小恋人。芸兀自管绍求叫“司令”，我虽然觉得有点滑稽可笑，但细一想，她如此叫法也一定自有她的道理。起码从表面上看，芸在绍求面前，无论是工作上还是生活上都可以用“言听计从”来形容，而且总显出一副小鸟依人的姿态。工友们一本正经说芸是绍求的情妇，对我称呼芸则言必称“你嫂子”，我也不想反驳，这是他们自个儿的事，怎么亲热都好，只要不弄出问题来。不过这帮小子对芸和绍求捕风捉影还嫌不够刺激，时不时也把我拉进三角圈，说什么“兔子别吃窝边草”，神经兮兮地问我“与你嫂子是不是有了一手”。当然，对这种不善不恶的无聊玩笑，我也只有一笑置之，没去仔细计较。对于芸，我并没有主动接近过，甚至很少打招呼。尽管她是我把兄弟的密友，但我如今在人屋檐下低头做事，没必要去乱招惹是非。

但很快我才真正理解了芸和绍求的攻守同盟的实质性的另一面。由于三楼成型车间与二楼成型车间经常同时生产同一订单产品，半成品鞋面往往供应不上，为了提早完成生产任务，各自便展开了一场半成品争夺战。几个回合下来，三楼的宫科长与二楼的绍求便成了利益冲突的冤家对头。本来，芸与绍求同时进的厂，又在同一个楼面，又都是湖南人——出门在外，老乡观念很重的。况且半成品仓库又是在绍求的建议下设立的，芸在感情上便自然而然要倒向绍求一边，分配鞋面时免不了要存私心做点手脚，所以往往是三楼快没鞋面了，二楼的储备库里还有大堆大堆。为此，浙江人宫科长没少向厂长告芸的状，说芸分配鞋面不公，影响三楼的生产，并说了芸很多怪话。芸岂甘示弱，有一次，芸找足了理由当着厂长的面，将那浙江人狠狠羞辱了一番。宫科长更加怀恨在心，竟然在酒后骂出“奸夫淫妇”来，绍求跑到厨房里拿出明晃晃的菜刀，只差那么一点儿没将宫科长的三角脑袋破了瓜儿。

芸和绍求的亲密关系确实越来越超乎寻常了。但这时候我依然只是个地道的局外人，我与芸依然仅仅停留在偶尔点头打招呼上，有什么公事要接触，也只是客气地叫声“彭小姐”，并无热乎之意。我这个“从官到民”的小包装工，对这种白领阶层最好还是敬而远之，免得自寻烦恼。我只是私下里半真半假地给绍求提个醒儿：可别玩走了火呢，当心我那老同学玉兰寻来算你的账，她可不是盏省油的灯啊！绍求只嘿嘿一笑，说别听他们胡说八道，他和芸之间根本没有什么，但未曾说话整个脸儿已红成了个关公爷。我鼻子里哼哼，你装什么蒜呢，我又不是来给人当私人侦探的，有手段你尽管玩儿就是，我犯不着告谁的密！只是别太自个儿图逍遥了，也该为你这个光棍哥们儿算计算计，如有适当的角儿，给兄弟介绍介绍。

但是，春节回家途中，我与芸的关系出现了根本性的改变，我们开始变得亲热起来。在广州火车站广场，我们有五个多小时的候车时间，十来位同车工友挤在一处，坐在旅行包上傻等，不能没有话题。这广场上不是老板工厂，可以无拘无束随心所欲，我的爱说爱唱爱笑闹的活跃天性开始暴露出来。末了，芸背着去上厕所的绍求，对我和另几个小姐妹说：

“小马哥其实比‘司令’更有意思呢！”

我破例没有在这群自负的女孩子面前表现出受宠若惊来，因为我自信，除了不懂几句“How do you do”，其他所有方面，不说比绍求强，至少也不会比他差到哪里去。我做了个鬼脸，望着芸，故意慢条斯理地反问道：“是吗？可我不会用外国话来糊弄讨好女孩子呢！”

芸不恼不气，依旧一脸天真烂漫的笑，我看见芸的眸子里漾着水灵的

亮光，是一汪诱人的深潭。不知怎么，我突然就对芸产生了一种异样的感觉，但那时我依旧不敢肯定就是“喜欢上”了。你知道，我不是那么随便的人，何况这中间还横着一个把兄弟绍求。

不过，我对芸再也不心存芥蒂了，我们成了无话不说的好朋友，厂内厂外开始出现我和芸、绍求三个人形影相随的情景了。但我依旧没有在芸身上打什么歪主意。这期间，我在春节旅途上才一见钟情并对她信誓旦旦的另一位同厂女工没有返深圳，而且连她的消息也没有。我对那位很有诗才的女孩儿是动了真感情的，她的消失使我成天唉声叹气，提不起精神。芸看我自个儿折腾得差不多了，就正告我，说那女孩儿其实根本就不是一个正经货，犯不着为这样的人兀自烦恼。芸的话点醒了我，从此，我才又恢复了坦然。

芸真是一个天真稚气的姑娘，她很贪玩，爱搞小闹剧。她会在没人的时候冷不丁向你提出：“小马哥，我的腿好累，你背我上楼嘛。”说着双手便搭在我肩上，脚板离了地。我的心便猛地一颤，脸也不由自主地成了一片火烧云。还是绍求大方，当着我的面就背过芸好几次，每次都把芸逗得成个笑弥勒，我看着眼睛就像吹进了沙！

那时候，我们包装组用米粉来熬糨糊贴标签。有一天，芸来向我要了两包去，我不明白她拿米粉去做什么用，问她又不肯告诉我，卖关子说到时候你自然会明白。晚上下班后，芸来叫我去她宿舍，我去时，见绍求早已等在那里了，电炉上正煮着一锅汤圆呢。我这才恍然大悟芸要米粉的真正用意，我指着尚未沸腾的汤圆锅，笑骂了一句芸“你偷了我们的糯米粉原来是为了这个”？芸狠狠瞪了我一眼，噘着小嘴道：“还不是为了解你们这些饿痨鬼的馋嘴巴！”

我顿时心里涌起一股融融的暖意。

也不知从什么时候开始，多嘴的工友们在我耳边放肆说起不堪入耳的脏话来，什么“你们哥儿俩共上一个马仔了，当心你那把兄弟敲了你的卵子哟”，什么“你那野嫂子怕不是个良家妇女呢”！我毫不示弱地反击：“乱嚼舌根，老子和芸清白着哪，我那把兄弟也没你们想象的那么贱格！你们敢情自个儿早对人家存了贼淫之心，偏人家不睬你们这号獐头鼠目的下三烂，所以吃不着葡萄，就说葡萄酸了。奶奶的，你们当心着那张放狗屁的臭粪嘴挨巴掌扇呢！”我嘴上虽然笑骂着，但心里明白，知道其实工友们也并没有什么特别的恶意，只是想拿我开心而已。

但问题还真就出来了。清明前后，绍求老婆玉兰随人从老家到了深圳。后来据绍求说是在家里和公婆大闹了一场天宫，一赌气将一双儿女往娘家、婆家各丢下一个，千里迢迢寻夫来了。

玉兰的到来令绍求很是恼火。你知道这出门在外，尤其这特区地方，连个睡觉的地方都难找，那么贵的旅馆是绝对住不起的，没有暂住证，白天晚上还得提心吊胆担心被查户口的治安队抓了去。工作不是现成就有专门等着你来做的。虽然绍求自己在厂里也做到了车间主管，但照样没有半点权力安排一个人进厂。他又是个死要面子的人，轻易不肯低头去求人家的，何况就是求了人家也不一定给你面子。绍求只好气鼓鼓地将玉兰送到一个老乡建筑队里暂时安顿着，并嘱咐她不得随便外出乱走动，好好待在建筑队等他的消息。可玉兰心里安顿不下，一天便要几次跑到厂门口来催促绍求快点给她解决工作问题。为此，小两口差点在饭店里干起架来。我是第一次领略了老同学的泼辣勇猛，以前同学的时候可从没见她高声大气与人红过脸的。老同学没了词儿便咒起绍求“心里肯定有个鬼”。绍求涨红了脸只不作声。末了叹口气说“长头发短见识”，颇有不屑的意味。我想绍求“心里有鬼”怕还真是有鬼呢，便背过脸偷偷地笑。

玉兰进厂的事儿终于有了眉目，这主要归功于芸。芸找到总务说了不少求人的好话，又在厂长面前求了几次情，玉兰总算顺顺当当进了她的半成品仓库。

芸对玉兰的照顾可以说是无微不至的，可是玉兰却并不怎么领芸的这

份情。因为玉兰发觉，绍求主动待在自己身边的时间远比待在芸身边的时间少，尽管很多的时候我也和他们在一起，并且，绍求在芸面前显得开心满意，活像个小顽童，而在玉兰面前则表现得生硬勉强，像个精神囚徒。这对于一个已婚的女人来说，刺激是够大的，何况没有不透风的墙，工友们那些关于绍求与芸的闲言碎语并不拒绝偶尔进入玉兰灵敏的耳朵。

终于，战争爆发了。

在一个不加班的星期六晚上，玉兰乒乒乓乓找到我，叫我去一趟二楼车间，说有事和我商量。我懵懵懂懂跟着她来到车间，车间没有开灯，朦朦胧胧一片，借着窗外的光影，我看见绍求独自坐在流水线传送带上做着沉思状。见我来了，招呼我也坐。看样子，他们两小口刚才在这里争吵过，并且吵得还有点凶。

“什么大不了的事呀，非得要我来搅和？”我故作蒙乎地说。其实我早已猜出一些端倪了。

“你来评评理！”玉兰已是满腹怨怒。果然就是为了绍求经常和芸在一起的事儿。

“我说原来就是这事儿呀，老同学哟老同学，你吃这个干醋儿干吗？那我不也一样常和芸在一起嘛。”我故意做出一副处变不惊无所谓的样子。

“你是你，你一个大小伙子当然没人说得你，也不怕别人说；可是他，一个有妇之夫，老婆还在身边哪！”玉兰恨恨地说。

“我和阿芸根本就没有什么！”绍求气喘吁吁道。

“没什么？你还好意思说没什么！你也不张开耳朵去听听别人怎么说你的，丢下老婆打野食！我听了可害臊，老脸儿没地方搁。就算你和她没什么吧，小勇你说句良心话，一个大男子汉丢下老婆不去管，天天跟着人家大姑娘的屁股转，白天跟了还不够，晚上12点过后了，两个人还要在马路上磨鞋底，你们就是再清白，别人能不议论吗？不然，你到底还要我这个老婆做什么？好歹我还是你老婆呀！我平常叫你陪我去市场买件衣服你都推三推四说没有空闲没有心情，可陪人家大姑娘天天到半夜过后就有时间有心情了！你倒给我说说看，你还有没有把我这个老婆放在眼里当回事儿，嗯？”玉兰一通机关枪扫射过来，我又一次领略了老同学的伶牙俐齿，她是得着理儿不饶人的。老同学甚至把当年绍求如何像个无赖似的追她的老底都抖了出来，并揶揄绍求想做当代陈世美！

小两口各执一词互不让，我几乎插不上嘴。绍求口吃，可能还加上心虚，等玉兰连珠炮似的数落了十句，才勉强回上一句来。到后来，玉兰性起，便连骂带哭对绍求又抓又踢，将他那副金丝眼镜儿一把从鼻梁上扯下来，顺手摔到传送带的另一端。幸好传送带是橡胶的，眼镜完好无损，要不然第二天，绍求准得摸着墙走路！我看他们没休没止，也火了。说了句既然不听我的劝告，又何必找我来做摆设，要打要闹你们自个儿打闹吧，我可要回宿舍睡觉去了。

第二天早晨，上班时间过了十多分钟，还不见玉兰进车间。芸来问我知不知道玉兰干什么去了，我说我怎么知道，你去问绍求吧。芸便去问绍求，绍求装作若无其事地说可能在宿舍里还没起床。好一会儿，玉兰和芸来到车间，但见老同学双眼红肿如蟠桃，脸无表情，任芸怎样逗她也不开腔。“怪了，是不是昨晚司令欺侮你啦？”芸显然还不知道昨晚的事儿。我真替芸捏了一把汗，万一玉兰犟了脾气抖出来，可够你受的！

晚上照例没加班，芸来约我散步，我还诚惶诚恐，好像昨晚的事儿是我当的主角。

“小马哥，你好像有点不开心？”芸回过头来，将手上的“情人梅”递给我。哪里的话呢，我撮了一颗梅子丢进嘴里，告诉芸我没有什么不开心的。

芸便娇嗔一笑，说既然开心怎么老闭着嘴儿不开声，大男子汉老走在人家屁股后面，慢吞吞的好像个害羞的小姑娘似的。芸建议我们到郊外的山坡上去玩，说前些天她和绍求已经去爬过，怪好玩的，山坡上有很多不

知名的美丽的野花。

芸伸过手来拉着我，我还能扫了她的兴吗？后来我想，小情人的味道，敢情是与那酸中带甜的梅子一个样。我和芸在山坡上散漫地游荡着，山坡上确实有很多我叫不出名儿的野花，芸开始像只小野兔一蹦一跳地采摘各种花儿，一下子便采了一大把。

我受了芸的情绪感染，也顺手采了一把。

芸每采到一种花，便举起来，充满惊喜地问我：这叫什么花？孤陋寡闻的我每次只抱歉地摇头。

芸便一个劲地咯咯直笑，说哪见过你这样一问三不知的人，连金光菊都不认得，真是读书读蒙了！于是我又在芸的笑骂声中增长了一些花卉的知识。

芸一边采着野花，一边问我还爬不爬到山顶上去玩玩。我用手一指渐渐暗淡下去的天空，说今天爬山恐怕不成了，瞧太阳公早等得不耐烦，回老家去了呢，要不干脆找个地方好好坐坐吧，我的腿还真的有点累了呢。

芸说你真是个胆小鬼，天黑又怎么啦？以前在家乡，我一个人在乡下走过十里夜路呢。好啦好啦，不上就不上——对了，我们过那边草地上去坐，那里开阔些。

于是我们找了一片没有荆棘的开阔草地坐下来。芸说小马哥看看你采的是些么子花，便一把将我手中的花束夺了过去。我这里之所以要说“夺”，是因为芸的动作太夸张，让人感觉到一种女孩子特有的“霸道”，确切说起来应该是“要了过去”。

其实，我正准备将花束递给她，这些花也都是为她采的。

芸将自己采的花丢在一边，双手捧着我那一束，放到鼻子底下，使劲地嗅起来。一边嗅一边拿眼瞟我，说真的好香好香呢，我还从没有闻过这么香的野花，不信你闻闻看。说着将花束伸到我鼻子底下。

我用力一吸，唔，确实不错，香气袭人。我开了个玩笑说，怕不是阿芸你身上的香气也聚到这花上来了吧？要不然哪里会有这么香呢！不过，可惜，你是香气的袭人，我却没福做怜香的宝玉！

芸伸出另一只手，给了我当胸一拳：你坏！

我乐不可支，便伸手去捉芸捣拳的手，结果没有捉住，反使自己一个踉跄差点摔倒。

芸哈哈大笑，笑得直不起腰来。

等笑够了，芸突然问我她头上插起花来会不会好看。我说这还用问哪，美上加美呗。

芸便说，那好，你帮我插花吧。便将手中的花束递给我，然后端端地坐直身子，微闭双眼，做出一副陶醉的样子。

我将芸的头仔细端详了好一会儿，然后挑了一枝金光菊小心地插在芸的右鬓。这时月亮已经悄悄地爬上了山顶，黄昏虽然意犹未尽，但终敌不过夜的执着，淡淡的月色开始替代昏黄的日光。芸鬓发上的金光菊在月色的辉映下，透出一缕灿烂的温馨。

我精神为之一振，一种朦胧的美丽憧憬袭上心头。我将芸鬓发上的金光菊轻轻取下来，然后将另一枝小红花插上去，然后再取下来，插上另一枝紫色的花，一直将所有采集到的六七种花全部更换过。我觉得每一种花插在芸的鬓发上都那么得体，那么能衬托芸的美丽。

芸这时成了洋娃娃，任由我摆布，都一动也不敢动，我真怀疑她也进入了一种“简·爱状态”。芸怯怯地问我，插上这枝怎么样，插上这枝又怎么样。

我学了一句广告词：“味道好极了！”

“真的吗？”芸半信半疑道。

“那还用说！不信你自个儿往镜子里瞧上一瞧，不就知道我没有说大话了！”

镜子当然没有，芸说有镜子她也不想照，她说她怕破坏美好的想象

呢——我又将摘下的花重新全部插到芸的头上，使芸的头成了一个五彩缤纷的小花园。芸用手一摸，知道满头都是插花，哂笑着问我是怎么插的，是不是在编花篮了。

“别乱捣鼓，我编的花篮也是世界之最。”说着去揭芸按头的手掌。但我知道，我在此刻精神出了差池，我一触摸到芸的手背，便似觉有一股电流流遍了全身，我的手突地抖了一下。就在这一抖之际，芸的纤纤手指已将我的手紧紧握住了，同时我感觉到芸插满鲜花的头也斜向我的胸口。借着朦胧的月光，我看见芸微闭了双眼，一脸的沉醉，那是真正的幸福的神态。

我忽然产生了一种冲动，我有一种想俯身去吻芸微微张开的双唇的欲望。我并且感应到芸也在等待着我的行动，她的全身似乎都酥软了，整个头肩差不多已枕在了我的怀里。

我想，我不仅会吻了芸，而且还会将手探进芸的怀里，并继续伸下去，我甚至感觉到我原始的野性的血液已周身沸腾。正当我想入非非准备有所行动时，两只半明半暗的手电由远而近晃了过来。我站起身来，拉了一把芸，说有人来了，我们回厂去吧。可是，手电筒已经晃到跟前。

“我们是治安队的，请查看一下你们的证件。”对方先向我们出示了治安队员证。我们只好将各自的厂证交给他们查验。治安队员仔细查看了我们的证件之后，其中一个又突然要我们互相讲出对方的姓名和工作单位，这当然不会难倒我们。但我还是很有些不满——你们不明明看我们是同一个厂的厂证吗？怎么还这么多疑呢！

一切验证无疑之后，我们才获准离开，但治安队员又正告我们，谈恋爱不光要找僻静地方，也要注意安全。这山坡上到了晚上很危险的，常常有坏人到这里来做坏事，撞在他们手上就麻烦了，以后天晚最好不要到这些地方来，万一出了事怎么办！

我和芸唯唯诺诺谢过治安队员，离开山坡而去。芸一边往回走，一边说这两个治安队员还真有点意思，居然没有敲诈我们。芸说的这话也是有根据的，不久前，我们厂里有两位工友就在这片山坡上被三个人讹了三百多元去了，那三人也自称是治安队的。

芸还说她就知道我刚才想干什么。

我便顺着芸的话问她："那你说说，我究竟想干什么来着？"

芸说："鸡肠子有几道弯弯你自个儿心里清楚！"

我忙掩饰说："可别误会了好人，我没你想的那么坏。"

芸不语，好一会又突然调皮地问我："小马哥，你看我们到底像不像一对小情人？"

我被芸这个意外大胆的提问搞蒙了，装作有城府地反问她："那你说呢？"

"有点像，又有点不像。"

"你说不像就不像，你要说像嘛——那就像了呗。"

"滑头鬼。"

我肯定地告诉你，我对芸的爱恋从这天晚上竟渐渐明朗起来，我几乎忽略起资历深厚的绍求来了。当然，这只能藏在心里头。

对了，忘了告诉你，我至今还是个狂热的文学爱好者，我在宝庆教书的那几年，除了吃饭穿衣的基本生活费用，工资的其余部分都送给了书店和邮局，我别的什么也没置办，家里的书刊倒是满满两柜子。我自个儿铆着劲写了好几年，本子写了几大摞，可就是没有几篇能走得出去变成铅字的。这不，那次海南一个什么民族文化城搞了个"世界华文诗千家"征稿——据后来报纸上披露，那是一场文学诈骗案，作案的据说是几个打工打得穷途末路的大学生突发奇想做的发财梦。后来事情败露当然都遭了报应，但受骗者恐怕至今还有很多人蒙在鼓里。我就是那次事件的受害者之一，为了那次"世界华文诗千家"的入选费，芸硬是将身上唯一的一百元早餐费一分不剩地奉献给了我，自己硬撑了一个月的饿。

过后仔细想过，人家凭什么要这样子对我呢？还不是对我心有所属？

我对芸心存了一份暖融融的感谢。芸真是个大气的女孩儿，如果真有造化娶上这样的好女孩儿厮守一辈子，一定是福分不浅了。我有了一种痴痴的向往。

我开始有些妒忌起绍求来了，甚至暗暗吃醋，每当看到他和芸单独在一起，不管是什么事情，心里就会立即生出一种莫名的惆怅。如此，老同学玉兰便成了我客观上的同谋。我深知绍求对芸的友好实际上早已远远超出了兄妹的情分，而芸也在自觉不自觉地接受着这种说不清道不明的暧昧情意。

也许，你会对绍求和芸这种处理感情的态度嗤之以鼻。但是，我只想告诉你，我却并不因为芸和绍求的朦胧之恋而对芸有什么不恭之意。我反而觉得芸的可爱之处更甚。我暗暗和绍求较上了劲，只是还不敢让绍求感到我在和他较劲。我怕他看轻了我，更怕我败给他！

但突然有一天，绍求半真半假地对我说："小勇老弟，你也该正经找个女朋友，别再打红毛单身了。"

我说是啊，我何尝不想早点结束了这窝囊的王老五生涯，可是，百无一用是书生，眼光高的姑娘有谁会看得上我呢？大哥你要真是可怜小弟，就给小弟好好物色一个来吧！我心里的潜台词却是："那你就干脆将阿芸让给我好啦，别再吃着碗里的，盯着锅里的。"

绍求说："好你个精灵鬼，可别先就将死我的军，这样吧，你对阿芸看法如何？"

绍求这番表态真令我出乎意料，我做梦也想不到，他会给我介绍芸。

"阿芸？当然是个极好的女孩儿，打着灯笼都难找，本就是我的梦中情人呢。但我恐怕不行噢，人家不会看上我吧？"我嘴上这么说着，心里却在嘀咕："你小子不是正不要命地缠着她吗？"这话我没有说出口，因为我也知道，毕竟老同学玉兰是绍求无法忽视的，尽管他想挣脱婚姻的束缚，但权衡得失利弊，他还不敢太过放肆，就如人们说的，有那个做贼心没那个做贼胆。

但我还是不明白，他怎么会这么轻易地主动对芸放手。看来我那老同学使上什么杀手绝招了。

不过，还有一个致命的事实是，芸在家乡还有个正读大学的男朋友！我能比得过人家吗？

我说我不知道自己凭什么去追求芸。绍求说："就凭你爱她。"

"而且芸其实是蛮喜欢你的，这我能感觉出来。"

绍求又告诉我，芸在家乡确实有个读大学的男朋友，他们是高中同学，但芸现在已经不喜欢他了。芸现在其实心里很空虚很苦闷，很需要安慰。

我斗胆开了个玩笑，说有你"司令"安慰着不就行了吗？绍求就涨红了脸，警告我别胡搅，说让你嫂子听见可够你好受的。

我发现那一刻绍求的神情很悻悻。我至今没有弄清楚绍求对我说这番话的真正用意。

过了大约半个月吧，绍求又对我诉屈，说他真想离婚独自过日子算了，只是可怜家里那一对儿女，才不敢由着自己的性子。现在过得人不人鬼不鬼的，有什么意思，笼子里的鸟还可以在笼里拍拍翅膀，而自己却成天被烦恼缠得出不来气。我就知道那天他向我介绍芸的话是言不由衷的。

"一种相思两处闲愁！"我也说起言不由衷的宽慰话，我知道我的话也起不了什么作用，他也未必能听得进去，只是找我倾诉一下心中的怨气罢了。所以，末了我便说："你们家庭夫妻的事，我一个局外人也估不出个所以然来，你自己好好把握吧。"

我也怕言多必失。但我在心里暗忖：

"你小子可小心点，别只顾自己苦了我的老同学，又来害芸！"

有贼心没贼胆的绍求，和玉兰的夫妻生活依然磕磕碰碰修修补补地过着，这也许就是他们的宿命。我是乐得有这样的结果。

这期间，我患了一场大病，你瞧我现在这么瘦，就是从那次大病瘦起的。

一天半夜里，突然腰部疼得不行，叫醒了绍求和另外两位弟兄，送我去宝安中医院，我是一路打着滚到医院的，后来被确诊为肾结石，到现在都没有根治。第二天中午，我正打着吊针刚刚睡过去，被人轻轻推醒，我睁开眼一看，是芸和绍求来了，两人满头大汗，带了一大包慰问品。

芸说昨儿晚上没人去叫醒她，直到今天早晨上班后，“司令”才告诉她我病了。这不，中午一下班，就和“司令”踩了单车来医院，连饭都吃不下。从工厂到中医院，骑车要将近二十分钟，工厂中午就只有一个小时休息时间。

我很感激芸牺牲中饭和休息，特地赶来看望我。我嘴上说时间这么紧，其实你们不必要来的，我在这里有护士照顾着呢，但我心里却说你总算来看我了，芸你可得多来呀，我一个人待在医院里很寂寞呢！

芸说，时间再紧她也不能丢下小马哥一人在医院里。

“下午下了班，我还会再来看你。见不到我们的小马哥，我心里一刻也安宁不了！”芸简直在念着无懈可击的台词呢！我就怔怔地望定芸，叹息一声。芸和绍求还没出病房门，我就眼巴巴地盼起工厂下午下班的时间来了。

我在中医院总共住了五天。五天里，芸来看了我不下十次，有时候晚上 11 点多了，还要邀上几个作陪的一起来。我真的很有些过意不去，你知道工厂里的工作是那么紧张，一天十多个小时下来，已经累得够呛的了。

肾结石不是一两天可以治得好的，虽然医生竭力建议我多住一些日子，说趁结石尚小，可以用药打下来。也许说的是真心话，但我当时就有一种邪门的想法，认为医生不过是骗我多住些日子，多给他们医院增加一些收入！况且，我的经济承受能力也已不容许我再继续躺在这充满来苏味的白床单上哼哈作态了。几天的住院医疗费已经耗去了我近三个月的全部工资。我只好带药出院，回工厂上班。

出院后，绍求用了点手段让我调离包装组去给生产线做领料员。做领料员比干包装工要轻松。

自从我做了领料员之后，平常懒懒散散的芸，开始变得勤快起来了，半成品仓库的鞋面，几乎就是她和那帮小姐妹帮我送到生产线的材料架上的。芸说她见不得我一天汗流浃背的样子，见了就心疼，偏偏我自从这一病，身体垮了下来，干不得重活，一干力气活就容易冒虚汗儿。

也是好事多磨，正当我需要绍求全力关照之际，节外生枝，二楼的生产出了质量问题，几万双成品鞋拉到深圳外贸仓库，经外方验货员检验不予出关，需重新拉回工厂再次整理。于是几万双鞋又一呼啦运了回来，堆得满工厂都是，两条生产线只好都停了下来，集中处理退货。碰巧这当口总经理刚刚从台湾飞过来，见如此场面，大发雷霆，负主要责任的绍求自然脱不了干系。

我是目睹了绍求被总经理狗血淋头训斥的窘态。

台方上司训骂起大陆员工来，什么话最刻毒最伤人自尊，他们就捡什么话骂，好像忘了自己原本也是同一个祖宗的。也是在这些公司里我真正体会软弱被欺的滋味。但是我也是在这些公司里体会到了什么是“人穷志不短”的道理，先是有江西籍全体员工因为经理动手打员工，却把过错按到了工友头上，而引发集体罢工辞职；再是广西仔宁博不堪课长的刁难而与其大动干戈，负气离厂；当然还有写字楼的陈怀琴小姐因不愿陪厂长玩儿被穿小鞋扫地出门；本人当初放着现成的组长不当，从原来的工厂不辞而别，也就是为争骨气，不肯做坑害工友的帮凶，才跑出来做这包装工、领料员的。而如今，又眼见了绍求如何面对总经理的发落。

总经理竖着眉毛要绍求解释退货的原因。绍求说这批订单确实不好做，很多工序需要重新设计操作，而且这次的材料质量上也有问题，尤其面料的色差很严重，裁断车间又没有很好地配对，到了成型如何处理？至于胶水黏合力不强，这配方是厂长亲自确定的。绍求尽可能小心地陈述着，但

总经理不是来听解释的，他是老板，他不能眼睁睁地看着大把大把的钞票到手了又漏出去。

“这么说你就没有责任啦？你这个车间主管到底是怎么当的，嗯？不要给我讲理由，我不要理由，你在这里做主管就是你的责任，明白吗？我这里不需要不负责任的主管，你要是干不了，就立刻给我滚蛋！”

总经理戴着宝石戒指的手指戳到了绍求光亮的额头上，差点将那副深度近视镜也戳掉了。绍求摘下眼镜，一边擦一边也怒目相对，说了句“走就走，没什么了不起的”，就出了车间。

二十分钟后，绍求再返车间清理他的办公桌，将他的东西拿走了。临走，向注视他的工友们招了招手，说了声“再见”，便昂头而出。那声“再见”貌似说得很轻松，可是谁都知道，他的心里有多么的沉重，多憋屈，顷刻之间，为了啥都不值的“尊严”和“面子”而丢了饭碗。

绍求走了，流水线继续运转，没有谁为他的离去而叹息，除了芸和我。而他的离去并非他一人的过错，他也是为大家背的黑锅。

一番周折后，绍求去了东莞一个小镇，在临去东莞上班的前一天晚上，绍求和我进行了又一番长谈。除了交代我照看玉兰，更多地谈到了我和芸的事。

绍求特地嘱我要好好地把芸追到手。直到这时，绍求才肯坦白，他和芸的确曾经有过一手，但思前想后毕竟不够现实，而今被迫辞工出厂，往后相见都难有机会，当断还是断了好。他说他已和芸谈过了，他们是不可能有深入发展的，以后要联系也只能以纯粹的兄妹交往了。

“如果你不计较大哥，你就放手大胆地去追吧，千万别气馁，女孩子的心都是糯米做的糍粑，一热就软。我知道你是很爱她的。你们其实才应该是很般配的一对。”绍求拍着我的肩膀。

我还能说什么呢，我的心里像一溜打翻了的调料瓶，五味杂陈。

绍求去东莞后，几个月没有音讯给我们，包括玉兰。他在那边频频跳槽，难有固定的通信地址。好在我们大家彼此都已习惯了这种漂浮不定的打工生活。没有消息就是最好的消息。所以我和芸、玉兰碰在一起谈起绍求的时候，并没有多少沮丧，而且我发觉老同学玉兰对绍求的态度也有了很大的转变，言谈之中不无亲切和相思之情。我甚至开玩笑说他们是活该分开而居才和谐的一对。

遵照绍求的授意，我麻着胆子开始向芸发起了进攻。芸开始还装糊涂，但慢慢就有所回应了。我信了绍求说的女孩儿心是糯米糍粑的理论。

那天厂休，我本想邀芸和玉兰去看海的，但玉兰一早和一班女工友玩去了，芸因为有些数据要处理，所以没有出去，一个人躲在半成品仓库加班。我好容易才找到正在埋头算数的芸，说："好你个芸，真是积极呀，人家都休假了，你一个人来加班，是老板给你塞了大红包，还是想表现表现让老板提拔你去做副厂长？害我一顿好找！"

芸见是我，很高兴的样子，说："我正巧缺一个帮手呢，你来了就不愁啦！"说罢将一袋鞋面丢给我，让我清点。

整个工厂车间就我和芸两个，清着清着，我的思想就开起小差来了，我不时拿眼睛瞟埋头算数的芸，越看越有种难以抑制的冲动。于是趁着芸不注意，走到她身后，斗胆悄悄吻了她的头发。一股特有的女性温馨直入我的肺腑，我做了个沉醉的深呼吸。芸很快感觉到了我的举动，我以为会有一场暴风雨向我袭来了，但是没有，芸只是轻轻地抬头看了我一眼，那目光幽幽地，我没有从中读出责怪的意思，却感觉到了一种微醺的期待。

我顿时勇气倍增，捧住芸的脸一顿乱吻。芸象征性地抵挡了一会儿就不动了，任凭我的嘴在她娇嫩的脸上横冲直撞地扫荡。最后，两张嘴终于合拢在了一起。

我要坦白的是，我并不是第一次吻女孩子，一年前我就吻过了一个姑娘，那是我的第一任女朋友，但那时我每次都吻得很勉强很被动很无奈很索然无味，甚至连初吻也是。因为我压根儿就不喜欢她，是她追得我太紧，

我逃避不掉，所以就一直将就着她。但这一次的感觉截然不同，真的，我享受到一种欲仙欲死灵魂出窍的前所未有的快感。在强烈的拥抱互吻中，仿佛两个人的身心已融为一体，血脉相连了。

你不用审问我，我会继续交代的。当然啦，既然是个生理正常的男人，到了这种状态，哪可能没有进一步的欲望，不怕你笑话，当时的我可以说有点迫不及待了。情急的我一边吻着芸，一边伸手在芸的身上胡乱摸索，很快就摸到了芸的裙扣，便动手解起来。我解得很笨拙，也许是过于亢奋的缘故吧，解了好一会儿才解开第一个扣子。解到第三个扣子时，我的手不再笨拙了，像一条蛇一样一下从后背钻进了芸半开的衣裙里面，很快便探到了紧紧压迫着我的胸部的两只小脱兔，我如拾着宝贝似的将两只小兔子牢牢握在手里，并不停地揉捏。我听到了芸的鼻子里发出一种令人心醉的"唔"音来，那是女孩儿情不能自禁的情感流露。芸抱我抱得更紧了，身体有一种打摆子似的战栗。

站得久了，两个人都有些坚持不住，便顺势躺倒在刚刚整理好的那一堆鞋面上。我们在鞋面袋上打着滚，刚才清理整齐的鞋面又被弄得混乱一团。我突然身体一紧，感觉自己快要不行了，双手便顺着芸柔软的身躯往下滑去。刚刚触到那神秘的"雷区"，感到那激荡的春潮在汹涌，芸却像一只受了惊的小鹿，突然一把攥住我进攻的手。

"不行！"芸一脸的严肃，态度很坚决。我不得不就此打住。我明白贞操对于一个女孩子来说意味着什么。这种事在这种环境里是万不可大意勉强的，在我们身边，很多出门在外的女孩儿往往出错就出在这里。

我的手虽然被芸制住了，可我只感到一激灵，似乎有一股暖流从紧绷的体内喷射而出，良久，全身才渐渐瘫软下来。我将双腿夹紧不让芸看到我的湿裤裆，但是我肯定错了，芸一定早就感觉出来了。

暴风雨过去，我们静静地并排躺在鞋面袋上，我迷蒙地望着芸，慵倦的芸显得更加妩媚娇艳，楚楚动人了。

自从那次仓库事件之后，芸见我总是先羞怯怯地红起了脸，说话做事也没有了从前那种大大咧咧的放肆和随便，整个人都变了个样儿。我呢，也总有个兔子崽在怀里揣着不自在，说起话来老走调门，但我心里的幸福感和甜蜜感是没法儿形容的。什么叫回味无穷，我想此情此景之下的我就是。

我甚至时时都在盼望着下一次有进一步的机会。

正当我沉浸在爱情的温柔甜蜜和美妙憧憬之中，突然有一天，芸郁郁地对我说："他来了。"

我乍听之下丈二金刚摸不着头脑，问她到底是谁来了，令她这么神经兮兮的，总不会是绍求吧？绍求不是已经和你"划清界限"了吗？他来是用不着惊慌的，我们更应该高兴才是，前些天，我们还一起唠叨他来着呢！

"不是，是李志文，我那长沙的鬼冤家！"原来是她的未婚夫，我怎么就忽略了这个根本性的问题呢？

我曾听说过芸和李志文的事，但也听说他们早已经断了。怎么现在又冒出来，还要来纠缠？我问芸这到底是怎么回事。芸才吞吞吐吐告诉我，她如何与李志文同学时偷偷恋爱，如何又征得双方父母准许订了婚，后来芸觉得李志文太老气、没情调，又如何想方设法想与他分手。李志文当然不会同意，芸的父母更是不准女儿朝三暮四毁弃婚约，于是芸又如何在家里与父母斗气，最后又如何一气之下辞职下了深圳，她来深圳主要就是为了逃避婚姻。她以为离开家乡就没人管得着她的自由了。但无论她走到天涯海角，总有根无形的绳子在拴着她。更何况她原本又是个乖巧听话的孝顺女儿。她来深圳这么久，本没有与李志文有过直接联系，一定是他到她家里弄到了她的地址，前段时间一连给她来了好几封信，但傲气的她连看都没看就丢进了废纸篓。这回李志文趁毕业实习的机会，千里迢迢要来看芸。

没承想，这被嫌弃的小子还有这般的痴情和执着，倒使我暗生佩服。我有些心虚地问芸准备如何对待李志文的来访。

芸说她也不知该怎么办好。我违心地对芸说：“那你还是好生侍候着吧！”

芸幽怨地瞟着我，只不作声。

李志文来深圳的那天正巧下着大雨，他找到我们厂时正好是下午下班吃饭的时间。有人告诉芸说门外有位戴眼镜的小伙子找她。芸嘀咕了一句“冤家来了”，便端着饭碗出去找人，我也赶紧跟了出去看个究竟。

在工厂门口，我终于和情敌李志文打上了照面，天地良心，李志文的外表绝对强过我许多，看上去是个高挑文静的小伙，鼻梁上的深度近视镜说明了他的修养，但神情稍嫌腼腆了一些。我赶到面前时，芸正不冷不热地对浑身淋得湿透的李志文说：“我在这里一切好好的，你何苦这么远跑来。”

“人家想来看看你嘛。”李志文嗫嚅着，不敢高声。

“看什么看，有什么好看的。发什么神经啊？”这话怎么听着怎么让人难以接受，热屁股遇上了冷板凳，千里迢迢来看你，没有得到热情回报，反而一见面就是一顿奚落。如果不是我和芸之间有着不可告人的秘密，我都要替这小花痴抱不平了。

芸见我跟在一旁，怕我言多失口，便主动将我和李志文互相介绍给了对方，说李志文是家乡的同学，说我是厂里认识的老乡，言语轻描淡写，让人感觉是在刻意回避什么。我不知道李志文感觉如何，但我自觉好一阵尴尬。我看李志文浑身被雨淋得有点哆嗦，便提醒芸去总务那里登记一下，我带李志文先去我的宿舍洗个澡换了衣服再去吃饭，也算尽到我的老乡之谊。

李志文除了对我呆板地说声“谢谢”之外，一时找不出什么客套的言辞来应对。看来真是个不太会说话的人，更别说用什么甜言蜜语来讨好女孩子了，难怪芸老是开口闭口数落他“窝囊废”。

李志文在深圳一共待了五天，给我的印象其实还算不错，除了过于拘谨、不善言辞之外，应该算得上一个好男人。尽管芸对远道专程而来的他始终没有过好脸色，没有表现出恋人间起码的亲热，但委屈之下的他却是痴心不改，笑脸相陪，温存有加。我曾在私下里半真半假地逗芸说，有这么一个知疼知爱的男友，应该是一件幸运的事，倒是值得好好珍惜的。而芸总说我只会取笑她，拿她的烦恼寻开心。

芸是嫌李志文“太过老实，太没有一点男子汉气”，所以对人家总是表现得极不耐烦的样子，巴不得他立刻远远离去。照理说我与李志文已成势不两立的情敌，对于有夺爱之虞的情敌应该是想尽一切办法置之于死地的。可是，这些天来，眼见得李志文屡屡受尽芸的委屈，居然心生恻隐之意，在芸面前总是尽量维护着李志文。弄得芸也莫名其妙起来，背后问“猫哭老鼠假慈悲”的我，葫芦里到底卖的什么药，有什么不可告人的用意。

我的用意芸当然完全明白，她何尝又不明白呢，只要想起那个只有我们两个人的世界的厂休日，只要想起那个如痴如狂的热烈情景。但世界上仍有许多用意之外的事。譬如在自己的所爱面前维护势不两立的情敌，我甚至说过芸对“李志文很不公平”的话。可是你不要以为我在行侠仗义了，也许我的骨子里对于李志文来说装的尽是些坏水。

我有一种预感，最终得到芸的人依然会是李志文这小子。因为他过人的忍耐力实在太令人佩服。无论芸如何作难他，他始终可以做到毫不气馁。我常常教唆别人的爱情箴言，被这小子心领神会了个中精髓。我的爱情箴言是：“爱情成功等于死皮赖脸加上勇往直前。”他在芸面前无原则的温良恭谨让是到了家的，并且是自然表现出来的，没有一点点刻意而为的样子。你不要以为我在故弄玄虚做文字游戏，其实无原则的温良恭谨让的某些方面表现出来的具体情形与死皮赖脸无异，当然这里所说的无原则只是一种境界，其实是以大原则为前提的。这大原则就是认定追求目标，并且下决

心不追到手誓不罢休！李志文有这个原则。但我恐怕就有问题了，我是一个受不了多少委屈，没什么耐心的偏性子。我意识到与李志文竞争的结果，我会成为一只斗败的公鸡，绝对错不了。一想到这些，我的后背便觉得阵阵发麻，隐隐的悲哀竟由此而生。没有什么比预知事情的结果更可悲。总有一天，事态会完全改观，李志文会最后胜利，重新赢回芸对他死心塌地的爱。也许，我们在心里都相信：时间能证明一切！

我不知道李志文当时有没有窥探出我和芸之间的特殊关系来，从我们过于频繁的交往以及偶尔暴露的亲密行为，他应该不难有所觉察。他是不是在故意装聋作哑，或者自以为胜券在握以静制动，要做笑到最后的人呢？李志文这些天除了对芸百依百顺言听计从，与我也相处得相当融洽，临走还一再感谢我对他的所谓关照。

李志文回到长沙后，很快给芸来信了。芸将信拿给我看，信写得很长，满满六大张。头两张叙述了这次在深圳的感受，却字里行间找不出一个不快的字眼来，信中还提到了我，说我是个值得信赖的坦率的朋友。后面四张便是倾吐自己如何如何对芸的情意和思念，细腻却并不肉麻。我想不到，这家伙说话磨盘压不出一个响屁来，情书却写得也这般痴迷缠绵千言万语滔滔不绝，不由人不为所动。在大学时就被号称“演说家”而且又常爱舞文弄墨的我，只能自叹不如。

芸收起信，破例地没有往废纸篓丢，撇撇樱桃小嘴，说李志文一副奴才德性，语气刻薄得令我都要起一身鸡皮疙瘩。我想要是让李志文自己听了，内心会是什么反应？

对于李志文的爱情遭遇，我依然没有办法幸灾乐祸。我想起了古代兵法上有“以柔克刚”这一招。或许，爱情在李志文的心中是另一番耐人寻味的景象吧？“痛，并坚持着！”

不管怎样，芸现在是在我的身边，我得想办法牢牢抓紧，否则，凤凰飞走是随时都可能的，何况我又不是那种理想的梧桐树。我尽可能地找机会与芸待在一起，变着花样让她高兴。我甚至用了最损的招数，就是尽量在工友之中制造我与芸已经到了“那个”的份儿上了，我也不再怕工友们笑话我缠上了“干嫂子”。

为了尽早定局，经过多次干柴烈火的缠绵之后，我曾鼓足勇气试图向芸求婚，但芸不是缄口不语，就是哂笑着顾左右而言他，不肯给予我一点明确的回应。有一回竟莫名其妙地拉扯说“司令”怎么还不来消息。我心中猛一咯噔，脑袋总算开了窍：流浪汉的爱亦如水上浮萍，难得扎根哪。从此竟动摇了信心，不再奢提求婚的事。

不提求婚，倒也和乐如常，这大大出乎自己的意料。就这样继续着你侬我侬的罗曼蒂克，任由甜蜜的厮守空耗着爱情的光阴。

终于，杳无音讯的绍求也有了消息，他在东莞一家公司混上了总务主管，风风光光到宝安来将玉兰接了过去。小两口这回倒像新婚夫妻般亲密相依了。只不知去了东莞后，还会不会整出什么新的幺蛾子来，会不会烽烟再起？

我正告绍求，绍求也信誓旦旦保证，这回绝对是浪子回头，夫妻同心打工挣钱，要创造条件培养儿女读书成才。

绍求也问起我与芸的关系发展到哪个层次了，我显得无所谓地告诉他：“挂不上挡呢，开空挡，顺坡滑呗，滑到哪里就是哪里，那么认真干吗？”

绍求戳着我的鼻尖子，怒其不争地说：“你呀，这辈子不要娶老婆好了！”

“不娶就不娶呗，你不当初也说过后悔结了婚吗？”我让自己尽量表现得轻松。

“别错过了机会，过了这个村就没有那个店儿了。”

我不置可否，反正强扭的瓜不甜，何况不一定就能扭得成！

绍求这次来接玉兰，对我触动很大。是你的不会飞走，不是你的，拴也拴不住。虽说芸对我不错，可是总觉得拴不到一根红绳上。这让我不免

有时候会胡思乱想。我渐渐恢复了以前的玩世不恭的习性，时不时还和那班广东仔搓上一盘麻将或打打扑克“三公”，过过赌瘾。当然与那些牌技精良的广仔们比是赢少输多，偶尔赢上一回，纯粹是人家故意放我一马，吊吊我的胃口，好让我长期陪他们玩乐子。有时候，芸没空儿陪我玩，我就去找其他的女工友，反正芸又没有答应嫁我，我还是个自由身，干吗老是自己禁锢自己，吊死在一棵树上呢？当然很多的时候是故意做给芸看的，我要让她感觉到，小马哥不是没有女人喜欢，只要我愿意，还是有很多姑娘肯投怀送抱的。

那一次厂里举行中秋晚会，轮到我出节目时，我毫不犹豫地请半成品组的余小英与我合唱了一曲《夫妻双双把家还》，还当着大家的面在过来为我斟酒的小姐脸上甜甜地亲了一口。被吻的小姐也不恼不羞，一个劲地绯红着脸儿哂笑，我一乐，干脆又请了另一位小姐与我共舞，硬是把不知就里的芸晾在了一边，直到最后才坐回芸的身边去。

我本想气气芸，但芸似乎很沉得住气，时不时还开玩笑说：“小马哥的魅力可真不小哇，看架势厂里的漂亮女孩儿都向着你呢！”

我也不阴不阳地还她一句：“你怎么着，忌妒啦，吃醋啦？”

芸便嘻嘻地回敬道：“我是为你高兴呢，我为什么要嫉妒，我吃你的哪门子醋哪？我又不是你什么人！”继而眼睛里的波光便黯淡了许多。

李志文的信是来得越来越勤了，我也不知芸是怎么处理这些信的，但她再也不肯拿给我看了。我只觉得芸的情绪变化很大，变得越来越有点捉摸不定，没有了先前的开朗和率真，我的言不由衷的开导也显得苍白无力没有作用，说多了反而遭她的抢白：“你管不着我，你随我怎么样，我自己的事情我自己会处理好的，不用你来操这份闲心！”

直到那天芸红肿着双眼拿着“父病，速归”的电报来找我，我看了电报的落款，却是李志文拍发的。不知芸是不是过于敏感，她首先提出的疑问居然是：这电报所说“父病”会不会是真的？

“这有什么好怀疑的，你父亲本来就身体欠佳，难道李志文敢拍这样的假电报给你？”我还为李志文辩解起来。

芸说李志文不厌其烦地来信，内容也越来越露骨，甚至开始设计他们的婚后生活了。可是芸这头始终热不起来，李志文的一厢情愿的痴心总是难以感染芸打动芸，她很少给他回信，偶尔碍于面子回他一封，也只是用三两句不咸不淡、八竿子打不着边际的话打发掉。但是，芸的父母却是很看重李志文的，老父年老体弱需要身边有人照顾，李志文又是那么会献殷勤。说不定他们早已串通一气搞了什么阴谋召她回去，然后再逼她就范也很难说。

“我是真的真的不想回去，一回去就得面对那烦心事。我怕我一回去，这辈子就会被他们毁了！”芸的眼角有些湿润了。

我相信芸说的是真心话，以我个人的意愿，芸当然是不回去的好，尽管她并没有答应过我的求婚，但说真心话，我心里依然钟情着她，依然对她存有并不很实际的幻想。如果这次芸一回去，情况会是怎样呢？只怕我那一点点隐藏的幻想也要破灭了。

但君子成人之美，不成人之恶，如果真是她父亲病了，作为独生女儿的她却知情不回，万一老人家有个三长两短，会死不瞑目的，亲戚朋友也不会原谅她，她自己也无法面对将来，而我也将成为罪人一个了。于是，我只好违心地劝芸，无论如何还是回去一趟，这种大事儿玩笑不得，不管老父亲的病是真是假，都得先回去一趟，免得辜负父母的生养之恩，造成终生遗憾。我们不要成为一个不孝的人。

“回去之后，如果你父亲没事，你可以再做计较，反正脑袋手脚都生长在你自己身上，你想咋样谁还能奈何得了？”

听了我的劝告，芸方才下定决心回家去一趟。她拿着电报和请假单去找厂长，但求爷告奶，厂长就是不肯签字批假，理由只有一条：眼下工厂订单紧，除了芸自己，没人能替她做得了这份差。

没办法，辞工也得赶回去，百事孝为先。再说就是将来再返广东，到处是工厂、公司，凭芸的条件，要另找一份相当的工作也不是那么困难的事。

芸决定从厂里辞工。

在芸走之前，我们必须做些离别前的纪念性事情，人生沧桑，世事难料，这一别之后又将如何，恐怕连老天爷也不是那么计算得准。返长沙的汽车票我已帮芸办好，明儿个就要启程了。晚上，芸提议去照张合影，于是我们一起来到灵芝园照相馆照了一张快照，照片上的芸紧紧依偎在我的身侧，有一种小鸟依人的迷恋，但嘴角上的笑显然有点勉强。我知道芸的心此刻并不轻松，其实我也一样。后来我们在灵芝园的林荫道上漫无目标地磨蹭着，好长一段时间的沉默。公园的草地上、树荫下到处都是一对对亲密的恋人。走累了，我们便拣了一个僻静处坐下来，芸软软地靠在我的肩头，眼睛望着天空出神。“小马哥。”芸郁郁唤了我一声，我说做什么芸，便伸手去摸她的肩，很凉，又摸摸她的脸，湿了。我忙将芸拥进怀里，一边替芸揩着泪，一边安慰她，说哭什么哭呢，坚强些，你平常不是很坚强的吗？芸越发泪流不止，良久，她说有话要和我说。我便问芸什么话，可芸长吁一口气，又说算了不说了，说了也没用的。我一再追问，芸竟不肯开口，最后只幽怨地说了句：“也许这次回去再也难见到你小马哥了，如果真是这样，往后你会不会给我写信？会不会记得我？”

我抱着芸，说：“看你想哪里去了，小马哥是那么容易忘记旧情的人吗？放心吧，无论天涯海角，我都会记得你，都会牵挂你的。倒是你自己，可别忘了还有个孤苦伶仃的小马哥随时盼着你的消息呢！”我感觉到自己的眼睛也湿润了。

我们做了最后一次拥吻。从芸的动作表情中，我感觉到有一种强烈的要将自己全部给我的渴望，但是激动的我不知哪来那么强的克制力，居然忍住了。我并没有按照芸的暗示做，也许是出于一种潜在的良知，出于一种爱情的道义和责任吧。我虽然不是那种标榜操守高尚的人，但我当时的确为芸想了很多，一个女孩儿最珍贵的东西，爱她的人更应该懂得珍惜，尤其不要乘人之危，免得人家背一辈子包袱。我不知道我当时的想法是不是对，真的，我现在都还有些模糊，我只知道芸当时对我的反应有些失望，那是肯定的，我从她幽怨的眼光里能够读得出那份失望来。但是，我至今不曾为错失了那次机会而后悔，我保全了一个女孩儿最宝贵的东西。那一刻，我才突然感知人生是如此的淡泊而弥足珍贵。

当晚回到寝室，竟夜不能寐，一口气写了一篇情真意切的《送别》，其中有这么一些发自肺腑的句子，我现在还能一字不漏地背得出来："你来，像一片初晴的云彩，带给我新鲜和欣慰，凝滞的青春有了芳草露珠的颜色，我得感谢在灿烂的笑声里开过明艳的花；而今，你要离去，你的生命之根在唤我归去，亦当如一片轻灵的流云，不擦伤明净的天空，只留一缕无欲的圣洁，在无悔的灵魂深处……"

但是，我不敢把写好的文章给即将归去的芸看，我怕我无法控制自己而令芸难堪。

后来，我把我那篇《送别》寄到一家青年刊物上去发表了，没想到还受到不少的追捧，说我是个写爱情散文的好手。我却不知道该喜呢还是该悲？好长一段时间，我再没有写过一篇成功的爱情文章，因为我觉得爱情已离我而去。

载着芸的汽车已经启动，芸从车窗内使劲挤出头来，对我大声喊道："小马哥，别忘了给我来信啊！"

我手里攥着昨晚写好的那篇《送别》，故作潇洒地回答她："一定会的。"

芸的脸上已挂满了灿烂的泪珠。我终于彻底明白了芸昨晚想要对我说而终未肯说出的话。对于命运刻意的任何安排，我们谁也无法抗衡啊！

芸很快来信了，很短，大意说她父亲确实病重，可能好不了了，她必

须留在家里照料。但信中只字未提李志文，又说哀莫大于心死，自己对一切都已心灰意懒，只好听天由命了。不久，芸又来过一信，说老父已病故，少了一份牵挂，可能的话，她会早些返回广东，并托我先行为她联系打工的单位，仍然只字未提李志文的事。我托了好几个朋友，好容易给她联系了一家公司，可左等右等就是不见她来。

偏偏我也要辞工走人了，珠海的一家小报社看中了我，通知我去那边做见习编辑，这对我来说是一个天大的好机会，我可以从此混迹于所谓的文化圈子，做个高人一等让人羡慕的“文化打工仔”，离开连自己都瞧不起的流水线了。我权衡再三，只得临时写信告诉芸我珠海的新地址，并违心地预祝她和李志文恩爱美满，到时候记得请她的“小马哥”喝喜酒。

果然，到珠海后不久，我接到了芸寄自长沙的结婚请柬，也没有附写别的什么话，其实我知道千言万语已在不言之中。

我没有去长沙参加芸的婚礼，我不想去，我知道芸也没有要我参加婚礼的意思，她只是向我报个平安而已，我们的故事可以画上圆满的句号了。

接到芸的结婚请柬不久，绍求打电话告诉我，说芸又到广东来了，具体在哪里他也不太清楚。末了在电话里装模作样地开导我要“振作精神，重新开启爱情的新征程”。

我明白芸在家乡待不长，但还是没料到这么匆忙又下了广东。按理，她和李志文的蜜月还没有过完呢，也不知这次南下是她独自一人呢，还是与李志文双双出征？

还有，她这次回到广东，为什么要与我不相往来呢？

原载《佛山文艺》1995年第9期

浪子情怀

一

我将用所有的泪水，载回流浪的记忆，并且为匆匆而至的苦厄接风洗尘。未来的日子既然缥缈，我将不会再次错过生命的承诺。

还记得吗，第一次相约去看海的情景？

你，还有斌，我们三位恋海狂，三位从未真正见过大海的山里伢仔、妹子。

那时候，我刚从湖南老家只身来到特区，举目无亲，是先来不久的你和斌，以主动的热情，化解了我内心的孤独和寂寞。很快，我们便成了“臭味相投”无所不谈的“死党”，也许，正是因为人们常说的“心有灵犀一点通”吧？

你说你是受了海明威《老人与海》的影响，才决定来特区闯世界的，你在家乡本来也有安定的工作，但是，你不甘现状。你相信意志和毅力，相信自我，相信机遇但不相信命运。

对于神奇的大海，你有一种近乎狂热的崇拜。

斌也是。

其实，我又何尝不是呢？

自然的伟大与宽容，生命的深远与顽强，坦荡的海给了我们最无可置疑的印证。

海成了我们紧张而又枯燥的工厂生活中最迫切的向往。

如愿的日子终于姗姗来临了。那是一个艳阳的冬日的下午，因为生产材料不齐全，工厂临时放假半天。刚吃过午饭，你便火急火燎地跑到我的宿舍里，不容推却地对我说："走，看海去！"

我一下来了兴致，刚刚还愁如何打发这难得自由支配的下午时光呢。于是，我丢下手中你曾经极力向我推荐的《罗兰小语》，站起来跟着你一起往外走。

斌早已等在了宿舍楼外，也是一副急切难耐的样子——海，这勾魂的海呀！

细心的你没有忘记在路边小店买了矿泉水、梅子和一大袋柑橘，以供一路解渴。我和斌都风趣地夸你是"不打无准备之仗的凤将军"。

去海边的路我们谁也没有走过，只是凭着感觉在错综的径道上取舍，当然转了不少的冤枉路，但我们谁也不觉得有什么冤枉和辛苦，反而感觉比认识的道路走起来更有意思更有劲头。

这里的海岸没有黄金沙滩，只是些平阔的淤泥滩延伸而成。海滩上丛生着我们叫不出名字的小灌木，别有韵致地点缀其间。

我们开始沿着淤泥垒砌起来的丘堤行走，再往前，便是正在修建之中的机场码头的引桥。引桥长约一公里，笔直地伸向海的深处。

海委实是无限的壮阔，但从未见过海的我们并没有为海的表面壮观所癫狂，因为海的真谛早已融会在我们的情思之中了。

来游玩的人还真不少，很多人还自带了相机。可是我们没有相机，不能摄下眼前壮美的景色及三人同乐的情景，这真是一个莫大的遗憾。而今时光流逝，各奔东西，只有从破碎的记忆深处去追溯，去回味了。

引桥当时尚未连成一体。有些桩桩柱柱之间还隔着一段小距离，人们便找来一块长木板搭上。我和斌率先踩着颤巍巍的独木板走过去，平素大胆豪气的你却畏怯起来了。说实在话，独木板下面即是涌荡不止的蓝蓝的海水，连自诩男子汉的我都有点晕乎，双腿发软呢，何况你一个女孩子家。可是我又不能牵着你的手走，并不平稳的窄窄的独木板是没有办法让两个人同时走过的。我束手无策不知所措，而斌却似乎有点幸灾乐祸，一边嚼着酸甜的“相思梅”，冲着你我各扮一个滑稽的鬼脸，一边吟起即兴逗乐的“诗”来：“吃一颗梅子看一看海，心爱的表妹还没过来……”

你霎时羞红了脸，可你不服输。正当我一筹莫展发愣之际，你居然麻着胆子踏过了独木板。阿门，我手中那一把虚汗算是白捏了。

在引桥尽处的深水码头，我们意外地碰上了几位同厂的工友，一起聚闹疯玩之后，却不知鬼精的斌和那些工友提早悄悄回厂去了，单撇下戏水忘情的你我。我猜想，这是斌费了一番心机为我设计的。

这倒也好，索性再玩他个尽兴吧。在你的提议下，我们干脆找个地方安稳地坐下来，认真细致地体验一番海的韵味。

蓝空之下，各式各样的船只在海上往来穿梭，你神态专注地看着蔚蓝的远处，任徐徐的海风腥咸地撩起你披肩的散发。

我打开自带的《散文诗》杂志，不无预谋地找到其中我的那篇《心语》，朗声诵读起来：

“你来不来践约 / 这无关紧要 / 只要这海边的月色 / 只要这月色里的沙滩 // 彩贝闪着银光 / 每一片瑰丽 / 曾是一颗沧桑的海魂 // 我不要撷取 / 只把这宁静的思念 / 独对月下起落的潮汐 / 渐次激越……”

当然，我的诗是一心念给你听的，但我不知道你到底有没有被它打动过。虽然我们此刻所处的地方，既没有沙滩，也没有彩贝，更不是迷蒙的月下。我们却是相约而来，应该心有灵犀。

而将落的夕阳已把蔚蓝的海染成一片血红的辉煌来，来时涨的潮也早

已消退了许多。夕阳映照下，一群群洁白的海鸥忽起忽落，在退潮的泥滩上尽情地追逐寻找，好一幅壮观的黄昏觅食图。我抬眼看看身边的你，你却神情专注地望着海的尽头，似乎陷入了深深的思索，任腥咸的风撩起你黑瀑似的长发。我在一瞬之间突然感觉到了你作为一个女孩儿特有的不可抗拒的美的诱惑。我甚至产生了一种莫名的冲动。我拼命地抑制自己的思想不要越轨，可是越抑制越觉得心灵的渴望难以忍耐。我只得再次扎入《散文诗》的世界里寻求躲避。

跑马的思想刚刚安定，一旁的你却提醒我时候不早，该回公司了。我方始从缪斯的迷幻中再度醒过来，竟然大方地牵着你的手蹦跳着往回走。你用纤纤的指头戳着我的鼻尖，笑说我是个“大顽童”，你当时的神态，给我留下了永远难忘的记忆。

回厂的路上，我们便预约着下一次一起读海的日子。可是，我们却再也没有机会一起重温大海。

二

日子如云而逝，工厂的工作一直很忙，连个喘息的机会都没有，转眼便到了一年一度的春节。工厂放假了，工友们一队队离厂回家与亲人团聚过年去了，热闹的工厂一下子清静下来。浪荡惯了的我不准备回家乡，决定留在千里之外的特区过节，好在还有个“志同道合”的斌做伴。

你却耐不住思乡思亲的执着，要回老家与爸妈团聚去，你爸爸妈妈就你这么一个宝贝女儿，对你有太多的牵挂呢。我没有理由阻拦你回家。临别之际，我千叮万嘱，要你一定带些家乡的特产回来，好让我这个不归的游子也过过恋乡的瘾。

你没有食言，果然从家乡带来了许多风味特产，有咸腊肉、红皮咸蛋、榨腌鸭……最令我感到亲切动情的是红酸辣椒和白糯米糍粑。

我和斌大饱着这难得的口福，那样子一定像两只饿坏了的馋猫。

你一个劲地往我们的碗里夹着可口的家乡菜。我们的大口碗都堆成了一座小山包了。我们放开肚皮塞，直塞到喉咙管上来了，可你还是不满足，又剥了一个红皮鸡蛋放在我碗里，说这蛋是你亲自煮的呢。

我打着饱嗝说，我实在是吃不下去了，你不听，非要我吃不可。

我执拗不过，只得将鸡蛋掰开，一半递给你。你没有推托，并且学着我狼吞虎咽的样子，一张嘴全塞了进去。你姣美的脸顿时涨成红鸡冠花，被噎得双泪直流。一旁吃开心了直打饱嗝的斌和我，大拍着手掌看你和我们一起“出洋相”。

你被我们的得意气坏了，一边揩着满嘴的蛋黄和流到腮边的眼泪，一边挥动起纤巧的小拳头，猛地向我和斌砸过来。我的结实的背上有一种清凉的雨点洒落下来的惬意感觉，我故作憨态大声嚷嚷：“哎呀呀，真是太美妙了，能不能把速度再加快些，还差一点就达到崔健的大摇滚节奏了！”

“你坏！”一锤子定音，你红嘟的小嘴噘成了鼓胀的山刺梨，小拳头靠在我的背上不动了。

“好了好了，别再欺侮小妹了。这样吧，罚他再吃一颗酸辣椒。”

我被酸辣椒辣得眼冒金星，老泪纵横。斌却为自己的损主意幸灾乐祸，结果也被你罚吃了一颗，以示“公平”。

斌抹着辣得“嗤哈嗤哈”的油嘴，又借机敲起我的竹杠来，其实请你的客早已在我的计划之中，我当然会欣然应允。我拍着胸脯让你点你最爱吃的东西，告诉你辰哥绝不吝啬。

但你最后却定了让我请吃一元钱一碗的云吞，斌请两元五角一盘的炒田螺。你是为我们并不丰满的口袋着想，这份心意我们何尝不能领会！

“我们还要请你到馆子里吃海鲜，真的！”我和斌几乎异口同声地许诺着。

然而，真要吃一回云吞也不是一件容易事，当时我们的工厂在偏僻的

三围村里，那里当时连小吃店都还没有，进一趟市区真的很不容易，况且一个月一天的休息都不一定争取得到呢。没想到，连请你吃一回云吞的机会，我竟然都未能把握住。

三

春节后开工的第一天是元宵节。晚上，厂里举办了一个开工联欢会。年轻的台方课长天生是个艺术的多面手，他主持的晚会别开生面，传统的灯谜之后，便是自由联唱，一曲《无言的结局》唱得四川的阿冉小姐春心激荡，捧酒相嘉，却硬被潇洒风流的课长来了个长长的kiss。并且，课长灵感一发，规定演唱者一曲终了，男女歌者均要由指定的异性同胞敬上一杯酒，献上一个吻。

轮到我上场，我唱了一首很老的《游子吟》。我其实唱得并不好，因过于激动而嗓子有点沙哑，却也意外地赢得了不少的掌声。你竟然抑制不住主动走上前来为我斟酒。

你知道的，我平素本不沾酒，可是此刻，众目睽睽之下，满满一杯酒擎起来，我一仰脖子毫不犹豫地干了下去。但酒一下喉，我已是脸红耳热头晕乎了，然而人们却还一个劲地狂呼着“吻一个，不要飞吻，要长吻”，我看见阿斌也在人群中拼命地鼓噪起哄，还向我做了个意味深长的鬼脸。

你下意识地看了看我，低下羞怯的头来，但你并没有逃避，你也明白，这是没有办法逃避的，几百双眼睛正注视着你。

我壮着胆子，小声地对你说了句“请原谅”，将战栗的唇轻轻印到你青春的发烫的额际。你微闭着双眼，我分明感觉到你的额头自动地往前倾过来，迎合着我。感谢你，这是流浪孤独的我平生第一次实实在在地吻着一个少女的额际，一种幸福的电流传遍全身……不知不觉，我们的亲密情景已被精明的课长摄入了镜头，镁光灯一闪，羞涩的你慌忙丢下空酒盘，小鼠受惊般躲到了人群的背后，再也拽不出来。

“精彩，可惜时间太短，总共不到五秒钟，只有课长和阿冉时间的三分之一。”有人发出兴犹未酣的叹息来。

在大家的强烈要求下，我又与斌一起合唱了一首《特别的爱给特别的你》，在我的心里，这首歌是特别献给你的，敏锐的斌知道，我想，聪慧的你亦能真切地感觉得出来。

但我自己亦不明白，对你的感觉从什么时候开始有了这些微妙的变化，不见你时老是想着你，见着你时却又心慌意乱地好不自在。

洞察入微的斌曾善意地正告我，人可以漂泊一辈子，但感情却不可以永远做居无定处的流浪汉，需要坚定和持久，需要真情和专一。这道理我当然能明白。

因为元宵晚会上的表演，我被台方课长取笑了，当然，课长也是一片好心。

“看样子，你小子真的看上阿凤啰？”上班的时候，课长把我叫到走廊，笑着这样问。

“哪里的话！”我嘴上极力否认着，但是言不由衷。

“这又不是什么见不得人的事，正当恋爱，看上就看上嘛，不过，阿凤的性格你也清楚，可不是那么好调教的哟，你能管得住她吗？选太太可千万要选准哪，世上最没有后悔药吃的。哪，话又说回来，你真要是选中了，课长一定成全你。”课长拍着我的肩，意味深长地点着满脸麻子的大头。

然而，我依然只能感受到一场隐隐约约的罗曼蒂克。那层隔阂内心欲望的纸始终谁也没有捅破。我不知道，这算不算得上一个美丽的错误？

四

不知为什么，你突然变得沉默和怪癖起来，原先的那股热情爽朗劲顿然消失了，甚至连曾经与你无话不说的我和斌，你都开始有意识地保持了言语上的距离，与以前的你判若两人。这令我百思而不得其解。我曾带着疑惑细问过斌，斌也只有纳闷地摇头叹气。

并且又传来消息说你将辞工回家去。

干得好好的，怎么突然就想起要回家了呢？我与斌去宿舍找你，单刀直入地询问缘由。

“我要回去参加考试。”你郁郁地说。

该不会又是受了《老人与海》的什么启发了吧？但我相信你是很理智的人。如梦初醒的我心事重重，矛盾极了。我是多么想劝你能够继续留下来，这一去也许我们将成永别，今后再无见面的机会，可是我没有勇气说出口。你回家乡是去寻找自己人生的理想，是回去奋斗，回去创业，我岂能随便阻拦你呢？而且，这么久的接触相处，我深深知道，你认定了的事，别人的阻拦是没有什么作用的。

你不愿永无休止地做像我这样漂泊无定的浪子，你要追求属于你自己的人生归宿，实现你实实在在的人生价值。我在心里虔诚地为你祝福。只是，你居然没有将你的归期告诉我，也没有通知斌，以至于我们无法为你送行。

你不声不响地走了。也好，这倒省却了一场断魂的情节，要不，我还真不知道让失意的表情如何在长亭短亭独自收场呢。

你走了，我的心又开始在寂寞的荒野漫无目的地浪迹，好长的日子，我整天魂不守舍，频频出错，被好心的课长狠狠地剋了好几顿，还因为耽误工作挨过很重的处罚。可是，我不怪课长，真的不怪，他是不能体验我这份内心的彷徨惆怅的啊，虽然他也是出门在外，离家千里的“游子”。

我有时也难免怨怪你的绝情，我们朋友一场，你怎么忍心走得这么悄无声息，甚至连张字条也没有留给我们。然而，我终于发现自己错了，许多天以后，我到底还是在我的书本里发现了你临走前在一张精致的卡片上给我留的字：

辰哥，忘了我吧，我是一个不值得你太牵挂的女孩儿。人生旅程太沧桑艰辛，我却只能是一片脆弱的小叶子，载不动你过多的苦乐情怀。韶华易逝青春难留，但我会永远珍惜我们的这段缘分。衷心地祝福你心想事成。

小凤妹

我哭，我笑，我狂呼，我捶胸顿足，我无法容忍自己的粗心和怯懦，这一错，也许就这么错过了一生。

我心念着你，心念着你身处的故乡，在梦中，在醒着。你已是故乡哪一株飘动的杨柳，可还依稀望得见我这朵漂泊的浮云？往事历历在目，心事不堪攀摘，你去无消息，鸿雁不再传，纵任我牵肠挂肚，终亦是徒劳枉然。

我多么想告诉你，课长最后一次请我们去“老爷馆”吃自助餐。服务小姐端上一小碟酸荞头，课长意味深长地告诉我，在台湾，这种酸荞头只有富贵人家请宴才吃得上的，是真是假，我当然没法去证实。但我知道，在我们的老家，这东西是几分钱一斤的极普通极寻常的农家菜蔬，可是到了这异地繁华的都市，却摇身一变成了上等的待宾佳肴，这是多么富有社会讽刺意味呀！

我勉强吃了一颗酸荞头，我感觉酸到骨子里头去了。

吃自助餐过后不久，我与斌也都从工厂辞了工，后来我们迫于生计各奔东西，如今也断了消息。

我只有独自一人继续漂泊了。我最大的遗憾是没能和你及斌一起重温大海，没有机会一起去吃炒田螺和云吞，也没有机会再次吃到你亲自带来的家乡特产，更没有机会在霓虹闪烁、乐声如潮的晚会上一吻你的额角……所幸，我们彼此都不曾留下谨守如斯的诺言，要不，无法拾掇的承诺更将为不胜流浪苦厄的我徒增生命的重荷。

如今，身处都市的我，经常独自一人去街头小吃店品味炒田螺和云吞，但我不敢把这视为一种生活的雅趣；我也经常独自一人去看海，但我亦不敢把这当成一种人生的闲适。

作为一种思念，一种回忆，一种无期的向往，就如你在故乡清凉的夜色里煮一杯浓郁的苦丁茶。

原载《外来工》1995 年第 10 期

辰子的写真

辰子从来就不曾气馁过，但是在平心静气的时候，也会反省自己，是不是做了很多傻事。譬如吧，关于那个湖北女孩儿程慕虹。

认识程慕虹的确是平常得很，因为生病住院，请了几天假，待病好后再回车间上班时，便一眼发现中段流水线上，多出了一张陌生的面孔。

成型B线是辰子所管，所有进出的工人都要经过他的手。这半路杀出的程咬金，他理所当然地要过问的。这时，课长走过来，指着那陌生女孩儿解释说，因为人手紧，又招了一个来，而辰子前几天生病，当然就没有通过他了。增加人手是辰子求之不得的好事儿，只要不是那种笨手笨脚的。

“好好教教她，看样子还是蛮机灵的。”

辰子开始认真地打量这位新员工，得出的结论还是第一眼的感觉：小小的。无论是身材还是年纪，甚至包括偶尔答话的声音。但从娇小的身躯里，从那略显稚气的小脸庞上，却又分明昭示出一种叫辰子欣赏的气质——清高脱俗，似非庸俗之辈。这在打工的女孩儿群中还算是难得的，至少在辰子的印象里是这样。

辰子拍拍新员工的肩膀说：

“好好干，不会亏待了你的。”

辰子拍女工友肩膀的纪录到现在才突破了“零”。以前看到课长甚或其他男干部们总爱邪乎地对女工友拍拍捏捏，以此开心，娱乐消遣（有社会观察家称为“性骚扰”），辰子对他们的邪淫举动恶心至极。可今番自己对慕虹小姐的亲昵绝对没有半点狎亵的邪乎之意，完全是出于内心的一种真诚的欢迎和鼓励。

“那就多谢组长大人关照。”

慕虹手不停活，淡淡地应付道。那口气，用辰子的形容称得上不卑不亢。辰子越发喜欢这位“我见犹怜”的小不点儿了。

成型B线这个月的订单转做高跟鞋，大底需要在流水线上组合，中段一下子多了很多工序，从前段和后段抽了好些人来支持还是安排不够。组合大底的员工走后，只好叫慕虹填缺，自然来不及，却又没法再加人。可大底得一只跟一只组合下去，乱不得。无奈，辰子只好亲自在一旁帮忙。而这位“倔傲的小公主”却并不怎么领他的情，反怪他不会安排！累得臭汗淋漓的辰子可怜兮兮地对“倔傲的小公主”悻悻地笑笑，算是自我解嘲罢，有时也会阴阳怪调地说声“那好，明天就请你来安排？”

慕虹当然不会示弱：“等哪天我站到了你大组长的位置上，自然就会安排了。”

慕虹忙不过来，似乎是永远忙不过来了。能帮得上忙的也就只有他辰子大组长，帮着帮着也就习惯成自然，只要流水线一转动，便会自觉地在慕虹身边就位。以前可不是这样的啊，那时，哪个员工喊做不过来或者上厕所打开水，临时请他帮忙替一下，他总会视而不见，充耳不闻，心安理得地走开，而旁边的工友没法只得帮衬着做。这还算客气的啦，有时还会招致一顿臭骂讨个没趣下场。可而今，别人做不来他辰子照样不予理会，慕虹做不来，他不召而至，受了她的奚落还乐呵呵的。有时候，情不自禁的他，真想将慕虹的活儿全揽过来，让她一边休息去。

辰子心里一颤，怕是对这小不点儿有了特别的感觉？是的，准没错儿。

辰子想起了刷胶手黄铭，其实这位热情活泼的江西表妹早已对辰子看好，有事无事总爱找辰子近乎亲热。辰子经常写诗拿到报刊上去发表，黄铭就公开要求辰子每天为她写一首诗，并亲自抄录在她特意买来的漂亮的笔记本上。好浪漫的情致，好大胆的爱情表白，怕可以进得《吉尼斯世界纪录大全》了。为此，工友们都笑呼黄铭为辰子太太，黄铭非但不恼不怒，还美得什么似的，仿佛真是那回事。好残酷的撒手锏！别有心计的黄铭不是在努力制造一种事实假象吗？害得辰子心里不知什么滋味儿。无疑，诗是不可能每天为她写的，但人家那番过炽的热忱却怎好断然拒绝呢？冷淡了多次，难免要伤人家的心。不过，说句实在话，黄铭这姑娘也委实不错，聪明伶俐，能言善辩，又通大道理，性格也开朗，热情大方，善解人意，是车间里数尖的角儿，能够让她爱上的人一定是一种好福气。但是辰子总觉得他是不能拥有那份福气的。不是不懂女孩儿心，而是无法产生那种生命的承诺啊！他只能若即若离地一味在她面前卖傻充愣。所以黄铭痴痴迷迷对辰子示爱了数月之后，心也开始迷惘了，终于弄到借酒浇愁。有天晚上，又邀了另外两位据说也是受了爱情打击的老表（人们说打工妹更是容易受伤的女人），三个人关在五楼的宿舍里喝闷酒，每人居然灌了大半瓶广东米酒，醉得一塌糊涂，最后疯说要跳楼。把个头碰得鲜血直流，送到医院缝了七针。辰子知道后内疚了好久，但他还是只能摇摇头叹口气，爱情是不能勉强的。黄铭出院后似乎清醒多了，内心总算开了窍，她不再找辰子为她写诗了——说白了，她对诗也不是很懂。当然，他们依然还是好朋友，能以心换心的好朋友。黄铭有什么事总爱向辰子求个意见，甚至后来找到了真正的男朋友还要请辰子做参谋拿主意。她是把辰子崇拜得五体投地，只是不再存有那份爱情的幻想了。她安慰自己这是命里注定。

辰子也自始至终承认自己非常喜欢黄铭，她的性格与气质乃至很多的思想观念与自己有共通之处，但是，直到现在，对她的喜欢也仅仅只能做

到“喜欢”而已。

然而，对于慕虹，感觉就完全不同了。打从进车间见到她的第一眼起，直觉告诉他，这位新来的小不点儿将会被自己爱上！果不其然，辰子对她越来越迷恋，尤其是得知她还是个品位挺不错的真正的文学爱好者之后。

那天中午，吃罢饭后，辰子便到车间自己用铁架网围成并用纸板封闭的“办公室”里去准备写点东西，没想一拉开门，却见慕虹正坐在里面翻看自己的诗稿本。那样子看上去还挺“全神贯注”的，连自己进去了好一会儿都没发觉！

“怎么，你也喜欢这玩意儿？”

待慕虹将那本诗稿翻得差不多了，辰子才轻声问道。

“噢，有点喜欢，但不常写，也没你写得这么刻意。”

慕虹居然也写诗！而且居然认为自己的诗写得太“刻意”！“刻意”不是有“做作”之嫌吗？辰子一脸的惊愕，更要刮目相看了。

后来，辰子和慕虹侃了起来，主题照例是文学，他们从诗侃到散文和小说，便知道这小不点儿对小说散文的钻研也颇下过一番功夫，尤其谈到武侠小说时，辰子只有洗耳恭听了。辰子平常除了诗之外，别的文体很少涉足，对俗得不能再俗的武侠小说就更是不曾问津了。而慕虹非但对古今武侠小说的作者及作品如数家珍，而且见地也颇为新颖。慕虹特别推崇古龙的作品，说他的武侠小说里的散文写法，开创了武侠小说的新风格，其成就与贡献当在金庸、梁羽生们之上。一向自负经纶满腹的辰子居然如听天方夜谭！对这位文思敏捷的女才子越发爱慕得不行。

慕虹主动将她自己写的两大本手稿拿给辰子看，请辰子“指点”。辰子如获至宝，尤其是那本散文诗稿，更是令他爱不释手。这小不点儿，真亏她想得出来，看看：“田园荒芜，但我不拔去野草。在萋萋无垠的青葱之中，面对云雀和风筝的天空，披散如瀑的长发。捃弄柔美的云彩，怀抱金弦子的吉他，独坐于绿色的音符之上，招负笈的歌者的魂……”可以原谅的放纵，可以理解的痴狂，却是不可轻易拾掇的少女的纯情以及那份纯情的深刻！当然，很多篇中的“席慕蓉味”也很明显，那语言模式，那意蕴表达……毕竟也只是个初学者。

辰子和慕虹经常在他的“办公室”里一起切磋诗艺，很是投机。这天晚上下班后，已是11点了，慕虹又照例跑到辰子的“办公室”里“研究”他新近写的诗作。辰子收拾好车间，便在一旁陪着慕虹，偶尔回答慕虹对他的诗作提出的疑问。这当儿，后段班长黄志明来找辰子交报表，拉开门，见两人正凑在一起，便狂呼大叫说：“好哇，原来你们两个在这里干好事！阿虹，你不跟我约会，却和他躲在这里，我跟你没完！嘿嘿！”嚷嚷得几个没走的工友还以为发生了什么了不起的大事。

黄志明是厂里有名的老油炸鬼，为人颇有点玩世不恭，平素最好调侃女孩子，车间面皮稍为顺眼一点儿的女同胞，他差不多挨个儿沾过边了，所以大家送他一个“采花大王”的绰号，他自己更以“花爷”自居。这位已经与多任女友有了同居史的“花爷”，仗着慕虹是他的小同乡，事实上对她的骚扰已很频繁，慕虹对他是防不胜防，只要不是太出格，总是让着他，他们到底是老乡，不能太冷淡了他，出门在外老乡们总得相互有点照应。再说这人除了油皮点，骨子里倒也不是坏到哪里去。而辰子根本就找不到十足的理由阻挠他，他找自己的老乡玩玩开开心，你凭什么横加干涉？何况，你又是人家什么人呢？所以好几次看着黄志明强拉着慕虹去看电影或吃夜宵什么的，心里就起鸡皮疙瘩，恨不能冲上去一拳捣扁了他，尽管真要干起来根本不是人家的对手。况且，黄志明与辰子也抵得上半个酒肉朋友，此时的慕虹既非有主名花，谁都有请她玩甚至和她拍拖的自由与权利啊！不能一味地怪“花爷”不够哥们儿，你什么时候有过明确甚或暧昧的表示呢？

连邀请人家出去散步的勇气都没有！辰子在心里骂着自己窝囊废。倒是慕虹显得主动大方。

那天晚上不加班，辰子到市场去买了件衣衫，回厂的路上正巧碰着慕虹去找老乡。慕虹就问辰子这衣衫买得靓，是在哪一家买的，下次去买衣服，她也同他一起去，要请他帮自己挑选。其实辰子对买衣服根本就没有一点儿经验和信心。但他为慕虹这句话兴奋得一夜没有睡安稳。可惜的是，辰子一直没有创造出和慕虹一起去买衣服的机会来。

不过，事情好像是在朝着成功的方向发展。上班的时候，一向寡言少语的慕虹，话头开始多起来了，当然只是对辰子而言，一忽儿问辰子家里有多少人，都干些什么；一忽儿又问辰子自己有什么打算，琐琐碎碎连辰子自己都觉得无聊的问题，慕虹却那么津津有味不厌其烦。辰子感到慕虹问得不寻常了，也就一一如实作答，却在心里笑着自己。有时答得笨拙，慕虹就点他的鼻子，讥他是“傻蛋”，是“活宝”“现世宝”。辰子开始云里雾里了。他想，这大概就是爱情的前奏？

鞋跟不够用，补数的空儿，慕虹被派去帮忙磨跟，鞋跟皮尘屑喷了慕虹一头一身。辰子殷勤地为慕虹拍打着衣服上的渣末，小心拂去头发上的碎屑，轻轻揩掉脸上的灰尘。慕虹任凭他在自己的衣服上、头上甚至脸上倒腾，却只拿双水灵的大眼睛望着他娇笑，喜得个辰子呀！

“我昨夜写了首诗，但不太满意，你帮我看看好吗？”

“当然可以。晚上不加班，你来车间，我在车间办公室专候你，不见不散？”

可是“花爷”黄志明又来捣鬼了，他晚上非要请慕虹去看电影不可，硬是逼着慕虹点头应承了。

吃过饭冲好凉，辰子便在宿舍楼外守候。先见黄志明鬼头鬼脑进了慕虹的寝室，又精神焕发地出来往电影院方向去，还听得黄志明冲里面说了两次“我前头买票去了”。接着，打扮一新的慕虹和同室的贵州妹小王并行而出。辰子赶紧踅进旁边的一家小店里。

谢天谢地！她们不是往电影院方向，而是径直往厂里走。

车间里没有灯光，她们正在外面纳闷儿，辰子追了上来。

“我当你爽约不来了呢。”辰子开了车间的门和灯，请二位进去。

“我们这不是来了吗？我还以为你说话不作数，正要找你算账去呢。说好在车间里等我们，可一来却碰上个铁将军把门！小王，今晚该罚他请我们！”慕虹半嗔半娇道。

“那是当然，来，每人先给一块泡泡糖，等会儿一起去夜宵，我请你们吃炒粉。怎么样？”

“你要那样小家子气，我们有什么办法，钱在你身上！”

慕虹歪着后脑勺子，鼻子里“哼”着。

“好啦，请你们去帝皇大酒店可以吧？”

辰子故意慷慨起来，他知道慕虹是在逗着玩儿。

“哟，民间小女子，可不敢奢望那份帝皇享受，再吊胃口，只怕到时炒粉也吃不到了，小王你说呢？”

“我说等会儿先吃了炒粉再上帝皇酒店！”贵州妹小王也是块侃大山的料子。

辰子又有意叨念起黄志明来，说既然答应了人家去看电影，结果又爽约不去，放了人家的鸽子，不是成心害人家浪费电影票嘛。

“你以为我不去，那电影票就浪费啦？再多买十张怕也不嫌多呢，电影院门口保准有一个加强排等着他买票！”

吹过一阵牛，慕虹将昨夜写的那诗稿递给辰子看，题目叫“莲”：“分明有莲开的声音 / 极轻极柔极美妙 / 无限的雪光里 / 坚冰碎裂的声音 / 有如环佩之鸣 / 渐而回复在苍远的雪地 // 雪地之极渊所有的歌唱 / 所有滋长的希望和力量 / 都来自莲的蕊心 / 而歌唱着欢笑着的莲 / 它的活跃它的璀璨它的层层奔放 / 被我们厄苦的青春 / 所渲染所激越所象征所忘情 // 于是坚冰消失苍远消失 / 根的土地裸露 / 孤独的痕迹哭泣的痕迹成长的痕迹！”

辰子击节叫绝，说阿虹你是在给自己作自画像呢。慕虹嫣然一笑不置可否，只催他就诗论诗提意见。

诗的后面还有一节，辰子反复读了五遍，总觉得有蛇足之嫌，建议删掉。可慕虹不肯同意，她只是觉得那句意还升华得不够完美，一定还可以找到更完美的结句来。原诗的结句是：

“美丽的生命别无所求 / 以一粒朴素的莲子 / 最终沉默在爱情的幸福里”。

“哎，我说阿虹，你的诗其实是写得相当可以的了，干吗不向外投投稿呢？”

“我写诗并不是为了拿出去发表，只是写给自己看看而已，没有你那样的发表欲，巴不得全世界都知道你在写诗呢！”

“能发表的诗写出来之后不拿去发表，对人对己都是一种不公平！你应该投投稿，要不我帮你挑一些出来，寄给我认识的几位编辑，请他们推荐一下，一准能成功。”

辰子坚持着。可慕虹还是说她真的不想发表，她不图慕这种虚荣，不想出什么名，不必为她操这份闲心。

“我一定要让人们认识认识你这位女才子诗人！”辰子几乎在发誓。

一个星期后，辰子真的去慕虹宿舍索要她的诗稿，为她推荐作品。没想到慕虹对辰子的态度来了个180度的转弯，淡漠得跟陌生人似的。慕虹只是客气地说了声不痛不痒的“谢谢”，拒绝拿出自己的诗稿来，并且冷冷地说自己再也不会喜欢什么文学了。

辰子不解地问她为什么。慕虹回答：文学太累人，而她又不想活得太累！

岂有此理，真正岂有此理！

文学的确累人，但辰子想一定还有别的原因，一定！

从此，辰子本人也与文学一样，被慕虹冷漠了。辰子的作品被《深圳青年》《珠海》等刊物录用，辰子兴致勃勃地向慕虹报喜，却只能得到仿佛是从另一个世界传来的轻描淡写的一句“祝贺你”，没有再多一个字。

辰子很惆怅，一种前所未有的被人遗弃的委屈和失落感油然而生。

终于，辰子的铁哥们针车组领料员肖成仁在喝酒侃大山时泄露了原委。这小子很有点精，在部队当兵时练就了一身好拳脚功夫，画得一手好画，写得一手好字，跳得一手好舞，更弹得一手好吉他，侃大山吹牛也拿手在行，当然泡妞拍拖那更是轻车熟路不在话下，精精瘦瘦是个逗人喜爱的小伙子。因为是铁哥们儿，对辰子说起话来也就没有顾忌，乘着酒兴神秘兮兮地告诉辰子，他表妹就在辰子的手下，而且就是程慕虹！

“哥们儿，你可得帮我好好关照我表妹噢，委屈了她，我可饶不过你！”

肖成仁半醉半酣给了辰子当胸一拳。这一拳可真的捅到他心坎里去了，只觉得一阵撕裂的剧痛。

难怪最近以来慕虹的房间里怎么老是传出精彩动听的吉他曲了，难怪肖成仁这贼小子有事无事老是跑到成型B车间来，远远地望着中段发呆。这小子，兔子吃到窝边草了！

“你小子，真有你的！”说这话时，辰子不知道自己的脸露出来的是笑脸呢还是哭相。夺人之爱谁能受得了！他只是丢不了那份所谓的男子汉风度，还有理智在控制着他。

他想恨，恨得咬牙切齿，可又恨不起来，更不知怎么个恨法。女孩儿心，海底针，真是难以捉摸啊！

这小冤家真狠！狠到她虽然辜负了自己却仍不愿亵渎她！

辰子不能从慕虹身上移情，在工作上反而对她关照有加。慕虹组合大底分明已做得得心应手了，他还是一如既往地去帮她做；别人有事请不到假还要挨顿剋，可慕虹只要一开口他不假思索就批准了，没人替她，就自己亲自上。员工们都公开说他太偏心了。

其实，有时他也问自己：这又是何苦来？

别看慕虹人小不点儿又不爱作声，可发起脾气来也是够犟的。因为前段突然鞋子放得猛快，一时大底组合不赢，贴底那里一下子堆了一大堆楦头，整个中段后半部全乱了套。课长来了，仅仅责问了一句“你怎么这么笨，不会做就不要在这里占位置”，她便“哐”的一声将手上的鞋跟和大底撕开来摔在工位上，罢工不做了。气得课长叫来辰子要他写罚款单贴到公布栏上去。这倔慕虹索性闹起了辞工。辰子好说歹劝了不知多少个回合才将其劝住，罚款的事自然不了了之。结果是课长把辰子又损了一顿，说他对员工太迁就纵容，要管不住的！

也是，人家本就不再将你放在眼里了，你还那么自作多情地护着她，值吗？换了别人，早就找碴子让她滚蛋了。特别是每天下班后，总是看到她公然和肖成仁搅在一处，卿卿我我亲热得令他妒火中烧！

然而肖成仁似乎也好景不长，快到春节放假的时候，肖成仁请辰子喝酒，垂头丧气地对辰子说慕虹和他吹了：那个死八婆怪自己太“花心”！

吹啦？吹了就好！辰子感到离去的希望又要来临了，他庆幸自己总算没有让她难堪过，他舍不了她，尽管她是那么伤透了他的心。

放春节假了，工友们大多回家过年去了。慕虹的宿舍就只剩了慕虹和贵州妹小王两个人。机不可失，辰子找了个借口强行借走了慕虹的吉他。慕虹很不情愿，说自己正在练习。辰子便说隔天就奉还。

第二天晚上，辰子带了本杂志去给慕虹还吉他，慕虹正一个人躺在床上看书，见了辰子也不招呼。辰子并不在意，他知道她刚与肖成仁分手，心里一定很矛盾很难过，有心要陪陪她，便默默地坐到另一张床沿上去看自己带来的杂志，但他心慌得紧，差不多半个小时还没看进去半个字。开头慕虹也一心看她的书，不搭理他，后来可能实在忍不住了，才冷冷地抛过一句话，竟是个透心凉，她居然问辰子跑到这里来看书有没有觉得不是地方！

还能再卖痴装傻待得下去吗？辰子至此绝了望。

过了年，刚开工不久，成型A线的中段班长贵州小伙陈文勇来找辰子，说是要与他换员工。辰子问他又看上谁啦，B线要做你的第二梯队呀？陈文勇说他就要换程慕虹一个得了，至于辰子想要谁，成型A线中段的人由他挑。

辰子就明白这小子要在程慕虹身上打歪主意了，心里不由一紧。他知道这小子的烂底细，读书虽不多，但吉他弹得比肖成仁还地道。自从肖成仁与慕虹拜拜之后，那吉他便接力棒一样传到了陈文勇手上了。但此人是个十足的亡命徒，以前在东莞一家厂里拿菜刀与门卫打架，把人家的手砍了好几刀，听说他在家乡还留有案底，几年都不敢回去了。

不过，这家伙却是泡妞的老手，比起黄志明、肖成仁来还要厉害，他线上的女工被玩过好几个了，玩人的时候甜言蜜语殷勤备至，玩腻之后，找个借口一脚踢开，甚至干脆炒鱿鱼了事，是个心狠手辣的主。

这人又是个自大狂，仗着在鞋厂摆弄了几年，懂点机器调修，更是对一般干部大不恭，唯对辰子还算客气，他曾经看过辰子发表的几篇诗文，大概是想附庸风雅吧。

要换走慕虹，辰子当然不会答应，如果不是他陈文勇来要，辰子或许还会考虑。可陈文勇死活蛮缠，辰子只好推说这事得通过课长，要陈文勇直接找课长交涉，课长同意了他没二话。辰子知道陈文勇压根儿就不敢到课长那里去提的，因为他无法找出一个像样的理由来。倒是后来被课长几次逮住他上班时间不在自己的线上工作，却跑到B线来磨蹭，也不知是谁告了他的状，说他是来成型B线泡妞的，便扎扎实实吃了课长一顿教训。

但辰子知道陈文勇的德性，他绝对不会对程慕虹罢休的，在没有弄到手之前，他一定有法子折腾。

果不其然，不久之后，陈文勇又来找辰子，说他的马仔要辞工，千万不要批准她，为了哥们儿，这次一定得出手。辰子便问是不是程慕虹，陈文勇一捶脑壳说："不是她还能是谁？"

慕虹当真递辞工书来了，说是家里有事要马上回去，请辰子签字——敢情是被陈文勇骚扰得无法安宁了！辰子脑际掠过一丝苦涩的快意，但旋即又被一种油然而生的罪恶感驱除了。

辰子故作潇洒地调佩说："是不是要回去结婚啦？"

"是呀。"慕虹脸一红，也极力表现出一副磊落的样子。

其实很多员工都清楚辰子一直暗恋着慕虹，私下里嘀咕：这下可好了，真的要"孔雀东南飞"了。

有人偷偷地捅辰子的腋窝，扮鬼脸叫辰子别犯傻，这个字可签不得呢，签了就是一场永远不能再圆的相思梦了。

其实，辰子真的不希望慕虹走，尽管他明白自己无法从她那里得到哪怕是空虚的一丁点儿爱的承诺。可每天总能见见面，看上几眼也算是一种安慰。人啊，感情这东西真是不可思议！

"这个字我不能签！"辰子对慕虹说。而且幕虹递了几次他真的都没有签。

慕虹摊牌了："这回是你签字也得走，不签字也得走，火车票都已托人订好了，大不了这一个月的工资丢了不要！"辰子这才软下心来，不情愿地签了字。

慕虹对辰子说了最后一声"谢谢"，辰子听得出来，这一声"谢谢"说得真诚而恳切，完全是从内心深处发出来的，没有半点敷衍。并且，从那迷离的眼神里，隐隐觉出一种清纯的歉意。

慕虹走时没有来向辰子告别，却托同室的小王带给他一张纸条，上面写着："请原谅，美丽的错误不能承诺，但却不能不活得这么累。我想有一天还会再捡起那个累人的文学梦，还记得我那首《莲》吗？我现在想通了，同意你将最后一节删去。"

虽然连半个祝福之类的字都没有，但辰子的心踏实开朗多了，他感到如释重负的满足。

慕虹走后的第二天，陈文勇跑到二楼来对辰子咆哮了一番，大骂辰子太不够意思，将他快要到手的马仔放跑了。

辰子冷笑，不够哥们儿意思？你知道我们两个到底谁爱她爱得最深最真吗？混蛋！

原载《外来工》1994 年第 4 期

风里飘过的梦

那时候，我刚从闭塞的内地山镇来到这开放的沿海特区，除了一颗冒冒失失躁动不安的少年之心，懵懵懂懂的什么也不知道。虽然怀里揣了张曾自鸣得意的烫了金的大学文凭，却由于一无特区打工经验，加之一张乌鸦笨嘴，把自己原本真实的一些人生成绩，说得让人生疑，因而到处碰壁，吃尽了闭门羹。走投无路的我最后还是仰仗了在一家台资厂干组长的小老乡，将我的文凭及简历呈送到经理手上，又千求万恳说了不少保证，总算被恩准进厂，从此有了个暂时安身落脚的地方。

我按照入厂申请表上填写的时间准时到厂报到。在门卫室里，接待安排我的是一位很漂亮但看上去却十分傲气清高的小姐。这小姐还未进门，五大三粗的门卫起身相迎，口里夸张地尊称着“您好，冉小姐”，毕恭毕敬的样子。我忐忑的心里立即便有些虚怯和敬畏，我不知道这“冉小姐”到底有多大的派头。

“你就是李明？”冉小姐安坐在门卫室唯一的一张椅子上，轻启朱唇，但那居高临下的口气却令我顿时感觉到犹如一个小囚犯面对威严的审讯官，心中打起了哆嗦。

我小心翼翼差不多是一个字打一个结巴地回答着，以往那种神态自若的镇定和勇气全没了影儿。

冉小姐又将工厂的厂规向我细细交代一遍。尽管在应聘那天，经理已经明白向我交代过，并且我已将其中重要的内容熟记于心，譬如进厂要扣押金啦，迟到早退要罚款啦，一般不准请假啦，不能违反工作纪律啦，不准偷拿工厂财物啦，甚至包括尊敬领导、仪表整洁，等等。提及仪表整洁，我下意识地瞅了瞅自己那一身穿着，旧得发白的民警蓝的确良上衣，临来前从一个当兵的哥们儿那里特意要的肥大的并不合身的旧黄军裤，土头土脑的半旧解放鞋。8 月天，根本没有料想到还会有穿袜子这个必要。而面前的这位冉小姐，全身上下的打扮简直是奢侈，除了身上好看的叫不出名儿的高级衣裙，椭圆的脸上分明敷了一层白嫩的粉，小巧的樱桃嘴巴则涂得像鲜艳的红太阳，细长乌黑的柳眉儿也明显有人工描画的痕迹，两只隽秀的耳朵上还吊着黄灿灿的大金圈，一晃一晃亮光闪闪的直耀人眼，还有纤纤玉指上的金戒指、玉手镯，嫩藕般粉颈上的银项链……我不敢出声儿，只丧气地垂着头，聆听冉小姐的训导。冉小姐似乎一眼看透了我自惭形秽的心思，便多少带点宽解的语气说道：“当然，仪表整洁，不是说一定要你打扮得如何如何，一般只是要求衣服干净整齐就可以了，当然能穿好一点帅气一点那形象就更好了。再有，你的头发这么长了，你不觉得难看吗？最好去把它剪一剪。”

我鸡啄米似的点头答应着。

“你刚来，今天就不用正式上班了，先熟悉工厂的环境，我这就带你到车间走走。行李先放在门卫室，回头再安排你的住宿吧。”冉小姐说着便站起身来。

我诚惶诚恐地跟着冉小姐向车间走。冉小姐偶尔回头，发现我卷着裤腿，便立即令我将卷起的裤腿放下，并且警告我今后不要再有随便卷裤腿的习惯。我赶紧遵命，虽然放下裤腿走起路来很别扭，老是踩到过长的裤腿边。我便暗思这冉小姐未免管得太宽了，往后还不知道怎样在她的手心

里翻跟斗呢。

在一楼包装仓库转了一圈之后，我被冉小姐带到了二楼的成型生产车间。我平生第一次目睹了什么叫流水作业线，整个车间，上百号工人齐刷刷两排对列在不停运转的流水线两边，目无斜视，手不停歇，只能听到机器的转动声和人工的操作声。从最前面材料上线到最后成品小包装，就如一条滚滚流动永不停息的河。

这回算是开了大眼界。

我正愣神儿，冉小姐走近正在埋头修理机器的师傅，高声地对他说："这个人就交给你了。"然后将我往前一拉，指示我今后就听"姜课长"的安排。

叫"姜课长"的先生抬起头来，一脸的热汗和油污，瘦瘦小小的，大可以用其貌不扬来形容。鼻梁上那金光闪闪的眼镜倒是有些雅致。"姜课长"看上去也就三十多岁年纪吧。

后来我才知道，这叫"姜课长"的先生，就是这个车间的主管，当时正式的职务是成型课课长。

姜课长以前是厂里的工程师，大家称呼"姜课长"习惯了，一时改称课长还没习惯，不注意便漏了嘴。好在姜课长这人随和，不像其他威风凛凛高高在上的台方主管，叫他什么他都高兴答应。这在等级森严的台资企业里是罕见的。不过，冉小姐又另当别论，自打进厂，我还从没听见她叫过一声"课长"呢。原来，相貌平平的姜课长当时正与咱们的冉小姐打得火热，传言他们早就同居了。难怪冉小姐一上二楼成型车间，两眼就增添了神采！

"姜课长"接过我的入厂登记表稍稍浏览一过，并没有认真审视我，只是吩咐我先自个儿到流水线上到处走走看看，了解流水作业的各道程序。而他自己则又一头扎到修理机器的工作上去了。

我在流水线上一看便看到晚上 12 点（在类似的工厂里，晚上 12 点下班甚至凌晨到通宵加班是很正常的事)，才从门卫室里拿到行李安排了住宿。或许是过于疲困的缘故吧，这一晚我竟睡得特别香甜，丝毫没有初来乍到的兴奋难眠。这是自到大特区近二十天来睡的第一个安稳觉。不料第二天早上，正式上班的头一天就触犯厂规迟到了。厂规规定，一个月内迟到三次者就要强迫性自动离职，实际上即是开除。我来不及去食堂领早点，匆匆忙忙往工厂急奔，可是工厂的大门已经被忠于职守的门卫上了锁。除了我，同时被关在门外的还有七八个男女工友，他们在一个劲地恳求门卫放他们进去，但门卫铁青着脸不予理睬。

这时，厂区内的小广场上早有人在集合整顿队伍。工厂的规定，星期一、三、五早晨上班前，要集合上早操（有些操练动作就是流水线作业的操作内容)，并聆听经理的训话，这就是台方管理人员所津津乐道的“军事化管理”方式的表现之一。我们从门外远远望见姜课长手里拿着一根白色塑料棒，在指挥组长们清点人数。

这时，人事主管冉广琳（昨天带我入厂的冉小姐）从事务所里走出来，将门卫室门口工卡牌上还未打卡的工卡全部摘下（其中也有昨晚临时给我发的那张)，然后再到厂门口，按照工卡上的名字由门卫一一放进去，按指定到一边排好队，跟着广场上的大队伍一起做操，一起聆听经理训话。

经理训话完毕，大队伍解散，各回车间上班。冉小姐一脸正色地叫住姜课长，请他来处理我们这些迟到者。姜课长站在广场的花坛上，手中的白色塑胶棒一挥，我的三魂便丢了一魂。随着他的指挥棒，我们体转、跑步、俯卧撑，足足十五分钟以上，一个个被折腾得气喘吁吁的，又被狗血淋头骂一顿。看上去斯文弱小的姜课长，整起人来倒有狠辣的一套。姜课长训后，冉小姐又过来训斥一番，并告知我们每位的名字已登记在册，下班后各人到公布栏去看自己的处理结果。然后特别当着姜课长点了我的名字，说我上班第一天就迟到，这样下去的话，不出三天就可能被请出工厂。我唯有惶惶地一再保证下次再也不敢了。在上班的这头一个月里，我真的

再也没有迟过到，我自己也不知道哪来那么大的毅力，竟然一举改掉了在内地机关上班时早已养成的根深蒂固的睡懒觉的习惯。

下班后，果然见到公布栏里列了一长串的罚款名单。不用说我也是榜上有名的。这一分钟的迟到被罚掉了十元人民币，差不多这第一天就等于白给老板干了。重要的是我一进厂就坏了自己的形象，不仅给自己，而且还给介绍我进来的小老乡丢脸。吃饭的时候被小老乡毫不客气地又狠剋了一顿。就算我心里委屈，可又能为自己申辩什么呢？好在我还算给小老乡争气挽回了点面子，以后改得还算彻底。

不过，话说回来，训斥起人来挺凶狠的姜课长其实对人也并不薄待。我刚进厂时，他对我说过："好好干，公司不会亏待你的。"他真还没亏待我，并没有因为我第一天上班迟到挨了处罚而给他留下太坏的印象。而我自己呢，除了不再迟到外，姜课长交代我的事情，我都基本能够不打折扣接受下来，并想方设法尽量圆满完成。那时候，我还是个没有具体职务和岗位的储备干部，凭着自己的三分冲动，给姜课长提了不少生产管理方面的建议，虽然并没有全部被采纳，却也赢得了课长的青睐。有一天，姜课长与几位车间干部闲扯时，突然笑问我，如果给个组长叫我干，干不干得了。我不假思索地答道："这有什么干不了的？又不是干国家元首。"

"好，下个月就让你来当成型B组的组长。"姜课长爽快地说。我原以为这只不过是姜课长一句随便的玩笑话，当时只是敷衍地付之一笑，并没有在意。不想姜课长倒是认了真，到了下个月，一纸任命书，我真的稀里糊涂地当上了成型B组的组长。惹得工友们尤其是车间的干部们一个个妒红了眼，说我是行了狗屎运。他们中有好多也是正儿八经的大学毕业，有的当了一年甚至更久的班长、副班长，都没能沾上组长的边，而我这个进厂不到两个月的储备干部却一步登天一下子就坐上了这个人人艳羡的宝座。

得了器重的我不用说越干越卖劲，以比别人加倍的心力来管理整个车间，尽量表现出很强的敬业精神。但姜课长的敬业精神比我更强更虔诚也更真切，因而尽管他对下级、对员工要求严格得近乎苛刻，却依然很得人心。人们并不像痛恨其他台方主管那样憎恶他，都能接受他出乎常理的管理方式，似乎与他之间达成了一种心灵的和谐与默契。

但有一回，破天荒我与姜课长对干了一仗。

那段时间厂里订单多，客户催得又紧，每条生产线只得加班加点赶货，常常通宵不停班地连轴转。完不成任务我心里当然也挺紧张的，一个劲地给员工的工作量不断加码。但人毕竟不是机器，机器连续工作时间长了还得保养呢。连续不断的通宵加班，连我这个只会指手画脚的大组长都坚持不住了。那天刚到后半夜，我的眼皮便开始打架了，我私下交代了几位班长好好看管线上的生产，自己便躲进一边的货堆上睡觉去了。

我刚躺下不久，前段班长便来将我叫醒，说课长来了。我赶紧爬起来溜回生产线。但生产线上的情景实在糟糕，从头至尾百十号员工，一个个东倒西歪没精打采的，许多人手里干着活，眼睛却不由自主地闭合着。我心中明白，连续通宵加班他们也实在是太困乏了。姜课长穿着背心短裤（大概也是刚刚睡醒罢），从前到后检阅一遍，瞪大眼睛问我，这生产线上是怎么回事。我只得实情禀告，以博体谅。但课长却没理会，要我督促员工们打起精神加快速度。我还想辩白，课长一挥手，说别跟他讲理由。

但任凭我声嘶力竭喊哑了喉咙，也并不怎么管用。课长又命我停线将员工集合起来训了一通话，满以为可以振奋士气了，谁知员工们一坐回岗位，照样打起瞌睡来。我清楚，已成强弩之末的员工们任怎样也驱使不出好精神来了，只好麻着胆子向课长请示，今晚是不是就下班算了，这样勉强下去，生产不仅慢，生产的成品也会有质量问题，返起工来会更麻烦。

姜课长不听犹可，一听火气便上来了，说完不成订单任务谁负得起责！于是由他亲自指挥，再次将员工们从座位上叫起来，命令大家列队绕着流水线跑步，谁跑得慢就用楦头、凳子砸过去，搞得人人惊慌失措睡意顿消。有名女工大概还没清醒，跑着跑着便慢了下来，不想一只楦头飞过

去，后脚跟挨了重重一砸，痛得她龇牙咧嘴直掉眼泪。

这下子我可忍不住了，良知和同情心促使我冲着手握楦头的课长大声吼道：工人也是人，不是牛马不是奴隶，你课长这样对待他们我抗议！还要不要讲点人道主义？我不知道我的勇气和正义感突然一下子就那么强烈起来，全然没有考虑顶撞上司的严重后果。

被驱散了睡意的员工重新回到生产岗位，那位被砸的女工也一把鼻涕一把眼泪地继续干着自己的工作。流水线恢复了顺畅的运转，而我却被当场责令写出深刻检查，天明自己交到事务所去，由事务所通报全厂，并将罚款一百元以儆效尤。

按我过去在内地单位时的脾气，我是死也不会写这样的检查的。但眼下今非昔比，假如我不写这检查，再惹恼了课长，下场无疑将是被炒鱿鱼。自己被炒了鱿鱼没什么，弄不好连介绍我进来的小老乡也得受株连。我一咬牙，还是写吧，鸡蛋总是碰不过石头的。尽管言不由衷，总算在第二天早晨将检讨书交到了人事部冉广琳小姐的手上。冉小姐接过我的检查一看，直笑，说还中文系的大学生呢，字都歪扭得像鸡爪子，她这个高中生都可以教我写字了。我被一个没有受过高等教育的女孩子如此当面讥笑，自尊心再度受到沉重的打击，羞恨交加得脸上发烧，无地自容，赶紧灰溜溜地退出事务所。

然后便是煎熬地等待对我的处分公布。直到下午下班，公布栏里也未见我的检查贴出，更不见处分我的罚款通报。我至今都没猜透，是冉小姐故意没通知张贴呢，还是疏忽遗忘了？但这种事遗忘的可能性基本上是不会允许有的。奇怪的是，姜课长也没有再过问这件事。我的心反倒悬了起来，好像没受处分心里总不踏实不自在，不能心安理得。

我似乎觉悟了点什么，从此铁定了心跟姜课长一心一意好好干。慢慢我也明白了姜课长的苦衷，他对干部员工有时近乎苛刻的管理，也是出于无奈，他的压力也是挺大的。他是全公司台方管理人员中最年轻最没有资

历的一个，他必须在短时间内做出成绩来，证明自己不比那些老资历的课长们差。否则，如果他管理的部门一出问题，便会受到老资格们的白眼，更会受到公司的责难，而他在总公司那里得到升迁的机会无疑将直接受到严重的影响。我曾目睹过，有一回因材料问题（按说主要是原料课的责任），生产中次品较平时稍多了点，姜课长被经理叫到跟前，当着百十号员工的面骂得狗血淋头。那种委屈是我都无法承受的。经理走后，姜课长一个人躲到成品仓库的小角落里偷偷抹眼睛，当时我见了都直想哭。

其实，姜课长对待干部员工也并不只是一味的严厉，同样也颇有爱心与同情心。张小萍没了生活费，课长知道后，拿出五十元给她买了餐票。阿翠在工位上突然病倒，姜课长立即掏出一百元来交给她去看医生。他甚至还拿出自己平时不大穿的半新衣服鞋袜之类，送给那些经济困难的员工。车间里谁有了困难，只要开口找他，保准会很快得到解决。姜课长于是很得人心。

但其他的课长甚至包括经理们看不顺眼了，他们常有微词，说姜课长对成型 B 组的干部员工太宠了，工厂又不是慈善机构。是请他们来打工，要从他们身上赚钱的，不必对他们有什么怜悯恻隐之心，所以，王副经理对干部员工的口头禅便是：“不想干？那好，请便。厂门口每天都有人等着进来呢！”

与冉小姐熟悉以后，我便不再感觉她是难以接近的清高者或冷美人了。可能因为我已是姜课长的“红人”吧，在厂内厂外，无论上班下班，她都对我蛮热情的，还常常爱跟我开开玩笑。随便惯了，有时我也拿她和姜课长来取乐子，她也不恼不气。我已经可以对她直呼其名而不称“小姐”了。直到有一天，下班时，在事务所门口，她手里拿着一本杂志，猛然冲着我高声念道：“水灵的表妹她不采莲，却采着鲜嫩的蘑菇伞。”我一惊，这不是我前不久才发表在《新花》杂志上的诗作吗？看来，我这点舞文弄墨的功夫已彻底被她识破了。我本不想让人知道自己这点可怜的歪才的，因为

我明白，在工厂里，老板看重的是生产、利润，而不是什么诗歌小说。让老板知道自己不务正业，并没有什么好处，他们不需要诗人、作家，只需要老老实实拼命劳作的打工仔。

“喂，李明，告诉我，水灵的表妹是哪一个？”

冉广琳的脸笑成了一朵灿烂美丽的红玫瑰。我知道，我再没有必要对她隐瞒创作的事了，便故意逗她说：

“你算不算得上一个——水灵的？”

“我？哈哈哈……”冉广琳的笑声清脆而且响亮，“不对不对，你水灵的表妹也在江南，没有画舫也没有莲蓬，却有溜酸的梅子，翠绿的芭蕉，修长的篁竹（注：这些都是我诗中的句子）——她一定是个酸美人，对吧，我们的大诗人？”

我还想幽默下去，怎奈一时词穷，只得敷衍道：

“那敢情好！”

“大诗人，你看该不该请我的客噢？我可是全公司第一个发现你的伯乐哟！”冉广琳开始敲起我的竹杠来了。我便打趣道：

“情人梅吗？”

“棒极了。当然还要——冰激凌。”

我很乐意有机会请冉小姐一次客，何况这种请客方式是根本不用花什么钱的。我可以借此机会更亲近她，毕竟美丽的女人都是一种诱惑，假如中间不是横着一个重权在握、可以对我“生杀予夺”的姜课长，说不准我会斗胆对她有追求的企图呢！当然，我在她面前自惭形秽是另外一回事。

我真没想到，因为那一首歪诗，我的形象会在矜持的冉广琳的心目中陡然变得高大起来。冉广琳居然说要拜我为师！原来她也是个虔诚的文学迷。她告诉我，她曾经参加过全国好几个文学函授学院的学习，她现在还坚持不断地写诗，尽管从没有一言半句变成铅字。

“得空你去我的宿舍，我拿自己写的东西给你看看，你帮指点指点。”

“指点不敢当，欣赏可以。”

在冉广琳的盛情邀请下，我第一次踏进她的单人宿舍。

女士房间给我印象最深的，要算悬挂得满目琳琅的各种漂亮时装，以冉广琳的工薪标准，是没法拥有近乎奢侈的打扮享受的，不用说这全都是爱美的姜课长的功劳了。可见姜课长在冉广琳身上的确是下了不少功夫的。

冉广琳从立柜中端出满满一盘糖果瓜子来招待我这位“老师”。我们一边吃着糖果，一边天南海北扯话题。扯得最多的自然是文学。我凭着以前在大学里学的文学理论和文学史的知识毛皮，口若悬河起来，居然听得冉广琳如痴如醉！我在心里暗笑：难怪乎，是女子谅可欺也！我突然话锋一转：“冉小姐，你真的很爱我们姜课长吗？”

尽管很唐突，但我问这话也是有一定道理的。如今这世界的人们，见钱眼开游戏感情甚或为钱卖色已司空见惯，到头来真正有无幸福则不得而知。有道是：拿青春赌明天。既然我承蒙信任，也就不再顾忌，反正我也是关心她为了她好嘛。

冉广琳并没有正面回答我的问题，沉默片刻之后，便从枕头下翻出一个印有心形封面的笔记本来递给我看，我开头还以为是她的日记呢。打开扉页，只见一行隽秀的钢笔字映入眼帘：献给亲爱的峰。我明白了，峰就是我们姜课长的大名儿。

笔记本上满满一大本竟然全是冉广琳专门写给姜课长的情诗，许多篇章或前或后都有他们的爱情纪事。这的确是我始料不及的。这些诗若从艺术的角度来衡量，或许都嫌稚嫩浅白甚至粗糙，但字里行间表现出来的那种火样的痴情，不能不令人感动，令人惊叹。看来，冉广琳对姜课长的爱，不仅热烈而且执着，已深深渗透到灵魂和骨子里去了。这种爱是大有一去不回头的“英雄气概”的。

不过，偶尔，从别处听来的消息得知，冉广琳在与姜课长恋爱之前，已是一个三岁小孩儿的妈妈了。她的老家在四川一个不很发达的小县城。

据说她原来的老公是个很风流的花花公子，有了外遇连家都不想要了。而她又偏偏是个非常要面子、太看重感情的人。冉广琳一把鼻涕一把眼泪劝了老公不知多少回，但花了心的老公十头牛也拉不回来，毫无悔改之意，还动不动拳打脚踢、摔盆砸碗拿冉广琳母子做出气筒。没有办法，气不过的冉广琳呼天抢地与那负心汉大闹天宫一场，忍痛抛下小女儿，独自一人离家出走来了特区，开始过起流浪的打工生涯。好在后来遇上了我们的姜课长，总算又有了个精神寄托。俗话说，有缘千里来相会，这话用在冉广琳和姜课长两人身上是最恰当不过了。知情的人都说冉广琳遇上姜课长是“山重水复疑无路，柳暗花明又一村”。连我都要这么认为了呢！

对冉广琳的了解越深，也就越多了一分对她的同情和关注，原来这是个非常不幸的女人哪，可以肯定她矜持的外表下的内心是十分脆弱的，逃避曾是她唯一的选择。尽管而今倾心地爱着姜课长，但并不表示她能忘得了四川的那个“家”，忘得了那个负心的男人和可怜无辜的小女儿。毕竟还有许多现实需要她认真面对。

姜课长到底知不知道冉广琳在四川老家的底细？如果他知道心里又是怎么想的？对于我来说，这至今是个谜。

我很想弄个究竟。

下夜班之后，姜课长请我们几位车间干部去小店喝啤酒。当酒至半酣，大伙儿各自仗着酒劲侃起彼此的风流韵事来，侃着侃着便扯到了姜课长和冉广琳两个身上，于是一齐逼着姜课长讲讲他与冉广琳的恋爱故事。姜课长也不推却，抹抹嘴巴便从头细细地摆谈起来——

那是一年多以前吧。台湾地区较有名气的利丰鞋业公司决定到大陆来投资兴办制鞋厂。选好地点租定厂房后，作为公司的工程师姜得峰也就是现在的姜课长，与一班人马被派往大陆筹建工厂，姜课长主要负责工程安装。那时候，筹建工作十分紧张，连厂房装修都得亲自动手。有一位小姐没事天天跑到厂门口来问招工不招工，也不管姜课长他们答不答应，总是主动为他们打扫卫生啊，端茶递水啊什么的，俨然他们中的一分子，甚至连姜课长他们脱下的脏衣服，她都经常及时地帮他们拿去洗涤。就这样坚持不懈，正所谓精诚所至金石为开，终于感动了向有同情心的姜课长，觉得这位漂亮的小姐人挺不错的，很善解人意。待到工厂建成，便自然以功臣的身份优先招进了厂里，并在姜课长的极力推荐下做了全厂的人事主管。这位小姐便是冉广琳。以后的事不用细说，男女间的事，接触多了便不由得会产生那种感情。何况姜课长和冉广琳两人，一个独自一人身负使命漂洋过海，一个为躲避家庭痛苦远走千里，内心深处都难免不堪忍耐孤单寂寞，都彼此渴望一份温馨的抚慰。干柴遇烈火不燃也会燃，何况冉广琳又是那么的善解人意招人爱怜。开始的时候，姜课长的确还抱着玩一玩的态度，每次带冉广琳外出兜风总是大大咧咧，并不把她放在心上。但冉广琳却很认真，每次给予姜课长的不仅仅是肉体上的温存，更是一种精神上的抚慰。他们在一起时，冉广琳会变着法子让他高兴满意，工作上的烦累和思乡的愁苦便会一扫而光。渐渐地，姜课长被感化了，这大概就是爱情的力量吧，他越来越觉得需要她，离不开她了。一天不见冉广琳，姜课长便会神不守舍。他和她算是真正地恋爱了。

“哎，可是我现在也感到很矛盾，我们的事是很难处理的。”姜课长端起酒杯又干了一杯，我瞥见他红红的眼睛里透射出一股沉重的忧郁。

“阿琳去不了台湾，办不了手续的。我总不能在大陆待一辈子吧！阿琳也经常对我哭过，可我又有什么法子呢？我自己都不知道将来该怎么收场哇，能有个什么结果呢？”

“有情人终成眷属。课长，现在海峡两岸不都在讲和平统一嘛，只要情志坚定，何愁不能一起白头到老？”我瞅住机会来宽姜课长的心，这是个很好的拍马屁的机会。当然我的话也是真心实意的，我最见不得人伤感，虽然我自己也不免时常为自己伤感。

姜课长长长地叹口气：“可不知道要到什么年月才能变成现实呢！俗话

说青春容易老，岁月不饶人，我和阿琳不小了，我今年都三十岁了。总不能这样渺渺茫茫地空等下去，你说是吧？”

“这应该也难不倒你们哪，反正阿琳去不了台湾，你可以长期留在大陆办厂，不也照样天天厮守一起吗？”

“可我总觉得心里不踏实。要是万一哪天政策变了呢？”

“这个你还不相信？社会发展的要求，这改革开放的政策是绝对不会变的。所谓顺应潮流和民心才能繁荣稳定。其实，现在已经有不少大陆新娘结婚到台湾了呢。”

姜课长若有所思，最后慵慵地说：

“但愿如此吧！”

春节转眼便至。我因刚入厂才三个来月，被指定留下来守厂，不得回家乡。台方干部基本回去过年了。大年三十夜，却见姜课长和冉广琳一起来到厂里看望我们，并给我们带了春节礼物和压岁钱。原来，姜课长并没有与其他台方干部一起回台与家人团聚，而是留在大陆与冉广琳过着甜蜜的二人世界。两人一会儿广州，一会儿香港，一会儿又飞到厦门鼓浪屿，尽情地享受着浪漫爱情的无穷乐趣。姜科长曾对我说起他甚至打算去一趟冉广琳的四川老家，但冉广琳死活不愿意。我心里明白，对于冉广琳来说，“老家”几乎成了她思想和语言行动上痛楚的忌讳，一块难以痊愈的心病。

在春节复工后的一个月左右吧，平素很少言语的姜课长突然变得话多起来，常常莫名其妙地问干部员工们，他这个课长究竟好不好，够不够朋友。弄得大家都神经兮兮的。而往常一见我便爱笑的冉广琳却越发变得沉默寡言起来。

原来，姜课长的休假期快到了，半年未休假的他已接到台湾总公司要他回去述职休假的通知。不过，从气氛上猜，好像这次不仅仅是一般的例行休假那么简单。

那天一早刚上班，姜课长便将我们全车间的干部员工集合起来，向我们宣布：从今天起，将由洪课长兼管成型B组。姜课长接着又说了很多，他说他很感谢，在他主管成型B组期间，干部员工们与他配合得很好，为了工厂的生产，他有对不起大家的地方，还请大家多原谅。并要求大家与往常一样，在洪课长的领导下，继续好好干，为了公司的发展，同时也为了大家自己的利益。姜课长说他会永远记住和我们相处的这段日子，有机会回来，他还希望大家都在工厂，能够再继续合作共事。说到最后，姜课长的眼圈已经发红了，而底下的干部员工们却早已抑制不住，许多人脸上挂满了泪珠，有的甚至低声哭泣起来。说实在的，我当时心里很不好受，很舍不得姜课长回去，我是姜课长一手提拔起来的，算是他的心腹吧，他这一走，我的前程是好是坏便有点难以预料了。

姜课长讲完话，叫大家各回岗位继续工作，然后和洪课长步出车间。厂里送他去香港搭机的汽车早已等在广场上。

刚刚回到岗位的干部员工又一齐丢下手中的工作，跑到窗前依依不舍地目送姜课长离去。几位女员工急急地跑下楼去，将自己身上的一些小物件送给姜课长，姜课长都一一收了。这时，我才看见冉广琳从事务所里拎着两个大提包，很吃力地往车上搬，却始终没见她说一句话。直到姜课长临上车前，在她肩膀上轻轻地拍了几拍，低头对她说了几句什么话，她才微微地点着头，脸上露出十分勉强的微笑。可以想象，此时此刻，冉广琳的内心是怎样一种滋味。虽谈不上生离死别，却也是从此天各一方，不知何时再能聚首啊。

还好，洪课长接管成型B组以后，我依然颇得器重。他对别的干部员工表面上也看不出什么不好，大家的工作也照样卖力，可总觉得干起来就是没有姜课长在时开心畅意，总是若有所失的样子。尤其大家的心里有一种反感，就是洪课长经常向我们宣称，这次姜课长回台湾去，不是休假，而是被总部撤换了，可能他一回台湾就得另找工作。

“姜课长在厂里与人事部的冉广琳搞得乱七八糟，影响很不好。总经理

对他非常恼火，多次向他提出忠告，他就是不听，这回让他回台湾述职，实际上就是革他的职！”洪课长几乎有点眉飞色舞，一副幸灾乐祸的市侩相。我做梦也没想到，外表堂堂的洪课长，竟会是在人背后干这种落井下石勾当的人，虽然早些时候也曾风闻过他与姜课长争谋制一课总课长的职位。我由此对洪课长的为人很不以为然。

姜课长一走了之，冉广琳失去了保护伞，可就倒了大霉了。从前在厂里也算威风十足的她，这会儿却变成了一只霜打的茄子，连平时走路都仿佛抬不起头来。除了洪课长在我们面前飞短流长，也有其他人（包括厂里的一些干部员工）当面背后对她指指点点。就连经理也不再像以前那么信任她了，许多以前授权于她处理的事物，现在总见到王小娟助理在出面操持，大有要将冉广琳取而代之的架势。王助理是洪课长的“心头肉”，这个全厂早已“尽人皆知”。王助理与冉广琳在事务所内也堪称权力之争的劲敌。她原本也曾向姜课长“暗送秋波”献过殷勤，怎奈姜课长有了冉广琳，便不好再惹她的鱼腥味。王助理自讨了个没趣，无奈之下又转而向人到中年的洪课长抛媚眼讨取欢心。但当初因为冉广琳进厂比王助理早，资格比她老，办事又麻利，有主见，经理也很赏识，又赖姜课长明里暗里护着，王助理只好屈居其下。这下姜课长走人，冉广琳没了靠山，而王助理背后有洪课长撑腰，渐渐地不可一世起来了。冉广琳很有自知之明，知道自己已争不过王小娟，也只好由着她颐指气使。厂里好多干部员工虽然对王小娟小人得志颇看不惯，暗地里恨得痒痒的，却也只有干瞪眼的份儿。

发薪的日子厂休，我本来想去看望已经转厂的小老乡，自从他两个月前跳槽离开利丰进了另一家电子厂，我们一直没有机会见面。

我正想出门，冉广琳来宿舍找我，邀我去海边玩。我理解她，她说她近来闷得慌，除了我已没有别的可以说话的朋友了。她尽量把话说得很幽默轻松，但那种孤独无援的失落与痛苦总是难以掩饰。我只好取消去看小老乡的安排，答应陪冉广琳去看海。

也许，只有面对蔚蓝无边的大海，才能真正感受自然的伟大与宽容，生命的顽强与深远，爱情的执着与专注；也只有这蔚蓝的大海才能荡平心中的烦忧，抚慰受伤的灵魂吧。冉广琳一改在厂里的拘谨与落寞，表现得很开心的样子，凝望着她在沙滩上逐浪拾贝的矫捷丽影，那天真烂漫、活泼嬉戏的神态，我不由逗笑道：瞧啊，这分明是快乐忘忧的海的女儿哟！

但我知道，冉广琳只是在努力驱赶所有忧愁不快的意识和情绪，她的表现很不容易。她邀我来看海，是为了排遣心中难以抒发的苦闷，但她又不忍平白地将这种苦闷无奈地传染给我，毕竟我们也只算是萍水的朋友。

从海边回来，冉广琳又要请我吃饭，我极力推辞。她便生气地对我说"是怕我没钱还是怕与我在一起遭嫌疑？"我一时语塞，只好恭敬不如从命，跟着她进了一家路边小餐馆。

"我们喝点酒好吗？我想醉上一回呢！"

冉广琳提议道，嫣然地望着我。我还从来没有单独陪女孩子喝过酒，况且自己酒量又不大，心里还真有点发毛，万一两人都喝醉了怎么办？所以我只好答应陪她喝点啤酒，将她要的白酒退了回去。冉广琳看我很坚决地将白酒送到柜台上，便不再勉强坚持。

其实，冉广琳连喝啤酒都不行，一杯下肚，脸上立时泛起了红晕，说起话来舌头也不太圆转灵巧了。我想劝她少喝点，但她挥手制止了我。

冉广琳开始带着醉意问我道：

"李明，你到工厂这么久了，算起来我们打交道也不少，说真的，掏句心里话，你觉得我这个人到底怎么样？"

冉广琳紧紧地盯着我的眼睛，仿佛准备洞穿我任何敷衍的虚辞。

"很好啊！以我的感觉，你各方面都挺不错的，有能力，人缘也好，大家对你蛮佩服的，比王小娟绝对要强多了。"

我附和着，不由得又拿王助理来相比。但我也是凭良心说话，并没有刻意诽谤王助理的心思，也谈不上对冉广琳的阿谀拍马。

“那我与姜得峰谈恋爱有没有罪？”冉广琳反问道。

“谁说有罪啦？恋爱本来就是自由的嘛，又没有碍着谁！”

“那为什么洪课长总是与我过不去呢？”

冉广琳对我说，最近洪课长经常想方设法找她的麻烦，甚至一有机会就想纠缠她，在办公室公开对她动手动脚的，弄得她心惊胆战的都不敢一个人在事务所里待了。

“他把我当作什么人看待啦？”

还有那个王小娟！表面上猫哭老鼠假慈悲，还与过去一个样，可背地里做鬼事，尽找经理告她的状，说这样说那样。想当初王小娟刚进厂时，狗屁都不懂一个，十足一个傻大妹，还不是她冉广琳手把手一点一滴教会了她各种业务。如今翅膀还未硬，翻脸便不认人了。

我说这不很好解释嘛，洪课长与你过不去，主要还不是因为你跟姜课长的关系啰。他们是权力职务上的竞争对手，而你与姜课长的关系又是那么亲密，难道还指望他对你好不成？他给你的难堪实际上就是给姜课长难堪，贬低姜课长的形象呗。姜课长这一走，他又想对你施压，无非是把你当成那种随便的女人而已，认为可以从你身上占便宜了。你既然不肯买他的账，他当然恼火，还不把你打入另册才怪呢！至于王小娟，不过是鸡肚鸭肠，她也许根本没有意识到自己的悲哀所在，她只想整倒你，她就可以取而代之了。太庸俗的哲学，太拙劣的伎俩。

“咳！想不到我冉广琳怎么这么命苦哇！”

冉广琳又咕嘟将剩下的半杯啤酒灌下喉咙，开始回忆起自己与姜课长的恋爱经过来。她说：

“我现在连自己也说不清楚自己了，当初与他拍拖甚至发展到同居，完全是为了进这个厂，在厂里能谋个好职位，同时也想从他身上抠点钱，互相玩玩而已的。我真的没想那么多，反正我是结过婚了的人，没有必要把所谓的女人的贞操看得那么重，何况我老家那位老公也并不是什么好东西，不值得我为他保守贞操。但是后来，不知不觉我真的爱上了他，而且爱得那么深。他在台湾有没有女人，我管不了那么多。我也明白，这辈子不可能跟他去台湾。其实他也只是个像你我这样身份的打工仔而已，即使我跟他去了台湾，也不一定能幸福……”

我为冉广琳的坦率而感动，便一个劲地安慰她，说不定姜课长不久就会回来，你们可以重叙旧情，了却相思，那时再核计将来也为时未晚。

冉广琳说她对姜课长能回来已不抱希望，就算他真的有一天能回来，又能怎样呢？她承认他们之间从一开始就是不现实的。她又说她准备辞职，离开这片幸福的伤心地，并且已经打定主意。

“真好像做了一场梦。现在梦已经醒了。不过我从来不后悔。毕竟和他在一起的日子我自感是生命中最幸福的时光。”

冉广琳如释重负，站起来准备买单回宿舍。她还算没有醉糊涂。我长长地舒了一口气。

不久，冉广琳果然办了辞职手续，临走时来向我告别，并将她那本视若珍宝的诗稿托付给我，说万一姜课长回来就将这诗稿转赠给他，这本是属于他的，她的心已全部融化在里面。她只带走不再悲欢爱恨的躯壳继续流浪。

我问她的行踪，她始终不肯告诉我，只是让我不用替她担心，经过这么多曲折磨难，她不会再迷失。

我又问，如果万一我也等不到姜课长回来，这诗稿怎么处理。冉广琳毫不犹豫地说，就送给你做个永久的纪念吧，或许还可以成为你将来创作的素材呢。我被这个坦诚再次感动得不知说什么好。除了祝福，还是虔诚的祝福。冉广琳也真诚地祝福我：好人一生平安。

从此，我再也没有冉广琳的消息，而姜课长也始终没重回大陆，那本诗稿只好留在我这儿。

再后来，我也离开了利丰公司，虽然天涯浪迹居无定处，一路丢弃过

不少重要的行李，但冉广琳托付给我的那本诗稿，我却一直随身携带着，保存得好好的。我希望自己有一天，哪怕五十年后，再次遇到它的主人时，我可以毫不惭愧地拿出来交还他或她。即使这辈子再也遇不见他们，只要这诗稿完好无损地留在身边，对我也是一种道义上的慰藉。

原载《外来工》1997 年第 3 期

跟斗浮萍

满世界都是除旧布新的喜庆景象，镇政府大院更是张灯结彩喜气盈门。

然而，我的心里却莫名地烦躁。我隐隐地预感到，今天会出什么问题——我的右眼皮无缘无故地跳了一整天，与除夕欢喜的节日气氛十分不协调。我平常是不相信这种没有科学根据的所谓预兆的，但不知怎的，今天的心情特别不安。

是啊，除夕夜的联欢晚会已经顺利采访完毕，虽然一个人又拍照又做记录忙得不亦乐乎，总算没出什么岔子，镇党委书记和镇长的致辞也几乎一句不漏地记了下来。至于明天的团拜会，那是明天的事，现在也用不着太操心。剩下的便是挑灯赶稿，然后上床睡觉，在睡梦中迎接新年的钟声。

接下来还会有什么不妥之处呢？

对了，梁燕呢，她今天躲哪里去啦？晚会一直没有见到她的影子，原来她答应过到现场去拍照的哇。问电视台的小张，也压根儿没见过她的人，平常她总喜欢与小张搭档的。

嗨，这鬼妹子！本来，春节前镇领导同意报社三个人，可安排两个回家过年，只要一个人留守就可以了的，反正半个月一期的报纸周期长，过年回来再抓紧点也耽误不了多少事。毫无疑问，作为主编的我应礼让三先，

再说有些事情我不在也不太放得下心。能回去的只有贵州妹梁燕与河南小伙高江了。我拍着胸脯对两个部下说，你们就放心回家过个欢喜年吧，只是回来时都别忘了带点各自家乡的特产来给我尝尝新鲜。报社的事就不用两位牵挂了，有我在还怕有什么搞不定呢？你们回来保准及时印报纸。

高江欢呼雀跃，很快托人弄好了从广州到郑州的火车票（花的可是百分之二百五十的高代价，不过高江说值得，许多人花三倍以上的价钱还弄不来呢），与百万进城务工人员一起，挤上了北归的列车。这小子一看能回家乡过春节，高兴得忘乎所以，一激动便给了梁燕和我一人一个响亮的飞吻，那神态令人联想起他们家乡的马戏团小丑。我叮嘱他回来后别忘了写一篇关于与百万进城务工人员同回家的亲历文章。我说我要在头版留出版面来刊登他的文章，作为重头推出。

被恩准回家的贵州妹梁燕却自动放弃了这个机会，决定与我一道留守报社。当然，这对我而言是求之不得的了，多一个帮手多一个伴，何乐而不为？何况，整个大院，除了我们报社三个外来工，其余的基本都是本土人士，都有一个温暖的家在这里。

作为外来的“文化打工仔”，在感情环境上似乎比其他行业的打工仔更敏感，更容易触景伤怀，更容易滋生孤独与寂寞，更容易产生失落的感觉……所以梁燕的自动请缨，使我空荡荡的心，一下子充实了许多。尽管背地里高江曾向我“披露”过她许多“难以见人”的隐私，尽管我也觉得这位贵州妹子机灵的外表下有一种隐藏的虚伪或者别的什么不光彩。

我说那好吧，梁燕就与我一起留守大本营，你只需每天为我提供饮食服务（因春节放假，食堂停止供应饭菜）外加房间和衣物的清洁工作。至于采访，写稿、编稿、划版的事由我一人包了，到时也将你的大名一起署上。

梁燕赶紧声明：除夕夜的联欢晚会还是要参加采访的，主要还是想利用这个机会练习晚间室内拍摄技术。

给我两盒胶卷好吗？梁燕热切地望着我。我爽快地答应了。这么一个小小的要求还能拒绝吗？更何况她也是为了提高技术工作质量呢！

但是，两天后，也就是农历腊月二十八，梁燕跑来告诉我，那两卷胶卷已被她用掉了，请求我再给她一盒。面对她那略带歉意而又美丽迷人写满企盼的大眼睛，我还有什么话可说呢？只好再次满足了她的要求。但到现在为止，我还没有福分吃上一顿她做的可口的饭菜。

每餐只好用白开水泡方便面做简单的填充题。我知道她跟谁玩去了，虽然我一直没见过那个叫白一丁的人。但我已多次从高江那里听说过她与那个叫白一丁的男人的罗曼史，而且那个叫白一丁的人的文章我也在报刊上读过一两篇。作为本土作者而言，客观评价起来，这白一丁还算是不错的。而站在圈子的角度，我认为异性文人之间较别的男女更容易产生吸引和缠绵之感，这比较客观也比较正常。人本来就是感情的动物，更何况又是专擅抒情写意的文人墨客呢！至于风流韵事之时而发生，这也并不奇怪，情之所至，自然而然嘛。只是特别提醒，一定要善于把握与控制这个“感情”度，否则就会走火入魔，引火烧身。

梁燕是不是已走火入魔我尚且不敢妄加断定，但我早已闻听，以前不远千里随她而来的男友，最后被她毫不客气地从身边赶走了，一个人背着行囊独自回了贵州老家。听说那男人原是贵州某县邮局很有前途的技术工人，不顾家人的坚决反对，一意孤行到这个沿海小镇邮电所当临时工的。爱情的力量在他身上可见一斑，令自诩情圣的我自愧远远不如。

关于梁燕，我还从各种渠道——在很大程度上还要归“功”于高江——风闻了她的许多情况，至于这情况的真实性或谓可靠性，我没有必要去查证。我不是搞户籍调查的，再说她与我也没有什么利害冲突。对我而言，只要她在工作上别太出格，每月按时完成自己的采编任务就万事大吉，我管她那么多闲事做甚？我们都是些没有根基的打工仔打工妹，今天还不知明天的事呢，最重要的首先要明哲保身，只要她不找碴儿，在工作

上多配合支持我，就谢主隆恩了。

但看来我所风闻的有关梁燕的诸多情况不像是虚传，有鼻子有眼的。这实在是个颇有意思的女子了。

首先是她的户口问题。她初来报社应聘时报的是贵阳市的城市户口，但据高江（比梁燕晚来半年多，而我又晚了高江一年才到）私下透露，他曾见到过梁燕的身份证，因而也就揭穿了她的户口西洋景。那时，高江刚到任，梁燕给他腾写字台，不巧自己的身份证遗落在写字台的抽屉里，待高江接过钥匙一开抽屉，秘密自然泄露。不过高江还算厚道，他发过誓，除了我以外，他从未对任何人讲起过这件事。也就是说，这个自称贵阳城市人的漂亮女孩儿，根本就是个典型的偏远山区的乡下村姑。其之所以这样做，无非是为了抬高自己的身份。在我们中国，有一种传统的世俗观念，就是城市人似乎比农村人高人一等。我不胜唏嘘，有时甚至会陷入思索：这究竟是梁燕的虚伪呢，还是中国现实户口制度的虚伪，抑或社会世情的虚伪？如果我也是个内地农村的女孩儿，要来这沿海开放都市建立根基，我会不会也来梁燕这拙劣的一手呢？我真不知道。

其次是她的学历问题。据说她当初自报家门是贵州大学中文系和西北大学作家班的高才生，也就是说她读过两所名牌大学并且是这两所大学莘莘学子中的佼佼者。而她应聘时填写的年龄是二十一岁，读完两所大学出来又有过一段工作经历却才这点年纪，那的确是很了不起的。但与梁燕接触几个月后，我委实有点将信将疑了。不过我这个人不太爱对这些将信将疑的事刨根问底，没有必要嘛。更何况严格讲来，这也属于她梁燕的个人隐私，至少我是这么认为的，道德观念也制约着我不去刨根问底。

接下来就是她的工作经历和成名问题了，连同她的学历一起，我主要是从原来出版的报纸中一位老文艺工作者的文章里得知的——这位老者是从内地某县文化馆馆长位置上退下来后应聘到这个镇文化站担任顾问的，并曾一度主持过现在由我主编的这份镇报，大伙依旧称他为何馆长，以示敬重。而且我还得知，这位老者认了梁燕做干女儿，究竟是谁主动相认，就成了悬而未决的一个小小疑案。何馆长那篇文章的题目我已记不全了，但文章的内容却一直记得非常清楚，大体是说梁燕少年成名与幼时刻苦的传奇，说她三岁便开始背诵唐诗宋词，七岁时已通读了《三国演义》《红楼梦》，到十岁便精读了楚辞、汉赋，十七岁在文学创作上一举成名，至于成名作是什么，好像文章里没有具体提出来，故而我现在没有一丁点印象。说她两所大学读得如何随心所欲，读得出人头地。接着便当之无愧地进了全国著名的《女友》杂志社，并很快成为该杂志社的骨干编辑、记者，接着便回贵州省文联工作，并迅速成为文联最年轻的活跃分子，接着……总之，这是一个传奇式的青年女作家，文坛崛起的一颗耀眼的新星，才华横溢，光彩照人，锐不可当……与何馆长的文章并列的，还有一篇梁燕自己的关于海南经历的散文，文章署名为“黑点”——这是她一直以来所使用的笔名。那篇文章既写了她只身去海南时，海南文坛大家们怎样对她刮目相看，怎样盛情招待她，并叙述了海南作协领导怎样与她共进晚餐谈笑风生不以长辈自居自傲；又写到某位名作家如何给她介绍《海南纪实》，如何又陪她走街串巷领略海口风光风情，甚至还曾许诺请她入盟《海南纪实》；等等。然后慨叹海南没文化，海南无风景，不如归去。然后我们这位少年才女鬼使神差地归到了这个号称真正文化沙漠的小镇，并一待就是近两年。不可思议，你说是吧？不过，说句良心话，那篇署名“黑点”的文章写得还蛮生动流畅，虽然不免有王婆卖瓜的攀星之嫌。假如将“黑点”换成“舒婷”“叶梦”之类，人们也不觉得逊色。唯一有点疑惑的是，省作协领导和著名作家会不会有如此热忱？会不会也不厌其烦地陪她们去逛街购物，而且乐此不疲一逛一个整下午？他们有那份心劲吗？

咳，管她呢。这鬼妹子尽管来路不明，没有人能够弄清楚她的真正底实，但总比我到来在先，而且凭她的实际才能，应付这张小小的镇报采编还是绰绰有余的。至于她的热情好动，加上那张甜美水灵的小圆脸，与其

共事倒也很有一种别致的情趣，尤其是常常无缘无故地突然对你哭起鼻子来，哭过之后转过脸来又破涕为笑，那娇嗔憨态还真不乏惹人怜爱之处。难怪那位擅长写男女情爱文章的白一丁先生放着美丽贤惠的妻子不疼，转为这位漂萍般的流浪女孩儿痴迷得神魂颠倒了。我突然觉得，在这个女子虚伪的背后，又透露着童稚未泯的天真。她的虚伪行径似乎缘起于对社会认识的过分天真，而我们的社会往往也不免表现得天真可笑。怪谁呢？

但重要的是，这个虚伪缘于天真的贵州村姑现在成了我的部下，我们也算有缘千里来共事吧。好在盛名之下的梁燕至今还没对我摆过才女作家的架子，对我，基本上还是尊重、客气的。就是与高江，表面关系也还过得去。但我知道，高江对她并不仁慈，背后向我打过梁燕的小报告，而且不止一两次。

以上便是我对于作为同事和部下的梁燕的粗浅认识，但不一定全与工作有关。

但今天我的右眼皮跳得如此厉害，采访现场又不见梁燕的踪影，使我不由得将不祥的预感往她身上联想。听人说，她最近常常醉酒，对于一个活泼开朗的女孩子来说，不是一个好兆头。虽然那位叫白一丁的先生与她暧昧有加，但并不能表示他们就一定“前景乐观”。尤其对梁燕来说，夹在一对夫妻中间，也应该清楚自己扮演的是什么角色。听说那位白一丁先生的合法夫人是海关的工作人员，家庭背景也挺牢靠，地位处境远非流浪女孩儿梁燕所能比拟，关键是白夫人与一丁先生还有一个聪明可爱的小儿子，这近乎是横在一丁先生与梁燕小姐之间的一道难以逾越的天然屏障。可虚荣与天真的梁燕似乎执迷不悟，死心塌地要与那位白一丁先生纠缠在一起。有时连我也纳闷，这梁燕是不敢或者不愿正视现实吧？她莫非在自欺欺人？按她的涉世经历，她应该有个比较明智的抉择啊！她到底又在图个什么呢？百思不得其解，简直是个难以捉摸的谜。不，一团迷雾！

我决定去敲梁燕的宿舍门了，尽管午夜已经临近，尽管我心里并不十分情愿，尽管一个单身男子这个时候去敲一个单身女子的门有点儿那个。

房间没有灯光，门是锁着的，不知里面有没有人。我小心地敲门，没有动静，又轻轻唤了好多声，还是没有反应。我耐着性子在门外站了五六分钟，然后准备离去。这时一阵风吹过，一股呕吐秽物的气味夹着酒气扑面而来，我心里一动，便抡起拳头使劲擂门，并大声呼唤，但里面依然没有动静。我情知不好，只得咬着牙一脚把门踹开。谢天谢地，这胶合板做的门表面精致，真要破坏起来倒也简单省力。门一开，一股浓烈的臭味扑进鼻孔。我摸索着开了灯，顿时傻了眼：房间里一片惨不忍睹的景象，梁燕敞着睡衣斜卧在单人床上，脸成死灰，一旁的桌子上是倾倒的酒瓶和小药瓶，地板上则是黄白黑相杂的呕吐物。我伸手试试梁燕的鼻孔，几乎感觉不出呼吸的存在了。

从小药瓶推测，梁燕一定是酒后服了安眠药。我从未独自面临过这种场景，的确有些惊慌失措。整个大院空荡荡的，再没有别的什么人，没有办法，我只好将半死的梁燕强拉起来背上，往医院送。

酒精和药物的作用使平常活蹦乱跳的梁燕变成了一团烂泥，没有任何意识地从我背上直往下滑，还未到大门口便累得我气喘吁吁大汗淋漓了。幸亏这时值班的门卫从家里来了，他家就在镇南头，回家吃个团圆年饭是情有可原的。我赶紧招呼门卫帮忙，一同将梁燕送往医院。好在医院就在对街不远。

值班医生一见我们就没好声气，说越是逢年过节，不要命的酒鬼便越多，让我们交钱办入院手续，我在交钱的时候才来得及告诉医生，她不仅喝了酒，还吃了安眠药。医生眼一瞪：好，酒药同服，你的小夫人真不愧女中大豪杰，视死如归呀！可是你这个大男人大年三十夜晚又干什么去了，却让老婆弄成这个样子？我被白白地冤枉了，但我此时没有心思为自己辩解，只求医生快点办好手续，快点让梁燕远离死神，倒是一旁抱着梁燕的门卫老兄为我声明：这不是他老婆。医生的目光马上转向门卫，狠狠道：

不是他老婆，那是你老婆？那你更脓包！门卫被医生这一突如其来的痛斥窘得满脸如火烧山。他还嗫嚅着想继续解释，但医生已不再理睬，吩咐组织抢救人员去了。不一会儿，医生、护士们来了。开始为梁燕灌肠洗胃。

直到第二天早晨，梁燕才真正地苏醒过来。一睁开眼，便问自己怎么会躺在这里，听了我的回答后便哭了起来，一个劲儿地怨自己“太傻太天真”，并央求我不要把这件事传出去，尤其千万别让镇里的头头们知道，说不定人一出院就会被炒鱿鱼。

出于一种打工仔的同病相怜，我决定尽自己的力量为她保密。我宽慰她好好养病，然后回去叮嘱另一个知情人——门卫老兄，我用两瓶“孔府家酒”堵住了他的嘴。这位仁兄果然很守信用，直到梁燕离开报社都没有吐露半点风声。

今天是春节，我又匆匆忙忙赶去采访了镇四套班子与有关企业的团拜会。然后给梁燕打扫了房间，又炖了只甲鱼往医院送去。刚出门又猛然记起，梁燕在医院还一直穿着昨晚那件睡衣呢，于是又折转去从她床头找出一套干净衣服带上。梁燕接过衣服，倒也没怎么窘迫，只是羞涩地说了声“谢谢”。我突然发觉，这个不知天高地厚的女孩儿成熟多了，也诚实多了。

甲鱼汤是我们分着吃的，因为我不吃，她也不肯动嘴。我一时吃得太仓促，把鱼汤溅到鼻尖上，我没有在意。梁燕见了，赶紧拿起桌子上的餐巾纸，小心翼翼地为我揩干净，又在我溅汁的地方轻轻地抚摸了一下。这一刻，我有一种异样的感觉，原来这鬼妹仔还是这么善解人意的啊！当然，我并没有为这轻轻一抚弄昏了头脑。

大年初二早晨，我正在编辑部里赶写综合采访稿，梁燕来了。原来她自个儿做主出院了。看到她虽然清瘦了不少，但往日的神采并未见褪去，我心里感到一股没有由来的欣慰，我让她先回宿舍休息，她不肯依，说要帮我划版。有三个版的稿子已经编定了。我便拿出一个版来给她划。想不到才用了一个小时，那个版就被她排划好了，交给我过目，居然胜过我自己最得意的版面设计。我满意地点点头并认真地对她夸奖了一番。听了我的夸奖，她又要求划另外的两个版。我拗不过，只好将另两个版的稿子也一起交给了她。我们两个一直忙到快1点钟才收摊。梁燕说，小刘哥哥，今天我做饭给你吃，就做我们贵州的酸汤鱼，挺好吃的，好吗？她以前总是略带揶揄地称我为“主编大人”或“刘总”，今天竟然破天荒地叫起“小刘哥哥”来，而且又那么地温婉亲切。我有点受宠若惊的兴奋，忙说好哇，我盼这一天可是从去年盼起的，今天总算有馅饼从天上掉下来让我解解馋，祭祭五脏庙啰。说完，又夸张地打了一个响指。

梁燕烧菜还真有一手，下午5点，四菜一汤终于大功告成，其中她的拿手菜贵州酸汤鱼，色香味更是到家，比起那公共食堂的厨师爷来自有胜数。看着满桌的诱人菜肴，我说还是喝点酒吧，低度的红葡萄好吗，但不许醉。梁燕有点不好意思地点头。我将两只高脚杯倒满，提议为梁燕的康复先干一杯，而梁燕则非要先敬我一杯不可，在她的一再坚持下我只好恭敬不如从命了。接下来我们便推杯换盏，不知不觉，一瓶红葡萄便干了个底朝天。贵州同胞受着浓厚的传统酒文化的熏陶，一个个都变得豪饮海量起来，连妇女们都不例外。那年我到黔东南采风，在一个民风古朴的苗寨里，一位苗家大嫂硬是逼着我与她对干了三大海碗苞谷烧，要不是陪同我前去的文化馆王馆长包容关照，我一准要在那位好客的大嫂面前“现场直播”。梁燕不愧是酒文化之乡的传人，当我的头开始感觉昏沉的时候，她却是兴致渐浓。

放点音乐好吗？好久没有跳舞了，我想请你跳一曲。梁燕将高脚杯轻轻地握在手里，两只美丽的大眼睛热切地望定我，小嘴角泛起红葡萄一样甜甜的醉人的笑。我说好吧，不过我不太会跳，你教教我。

梁燕的舞技比起她的职业工作来似乎更加娴熟，在她的带动下，几近舞盲的我居然渐渐也能随着音乐节奏旋转自如起来。偶尔，梁燕苗条细腻的身体和我贴得很近，从她身上散发出来的一种淡淡的美妙的体香，使我

感到一种战栗的温馨，我甚至忍不住不时冒出一些想入非非的念头来。我真的很担心自己，会不会控制不住情绪而做出什么越雷池的荒唐举动，我暗中狠狠地咬过自己的下嘴唇，逼着自己努力去想别的事情。

两曲之后，借着酒劲，我鼓起勇气要探询梁燕除夕夜傻帽儿举动的原委。梁燕倒没有回避，痛痛快决地将前因后果对我来了个竹筒子倒豆豆。

梁燕坦率地告诉我，那两天，她从我这里拿了相机和胶卷，是找那个叫白一丁的男人游锦绣中华和世界之窗去了，又在民俗文化村泡了一天。回来后本想要白一丁一同来镇上观看文艺晚会的，因为梁燕想在当夜的采访活动中大出风头，这种场合，她一般是不放过表现机会的。没承想，在白一丁单位的宿舍里，与白一丁的老婆狭路相逢了。那白夫人可能是受的刺激太大，居然不问青红皂白，一个巴掌掴在梁燕粉嫩可人的脸蛋上，顿时天旋地转起来。梁燕还指望白一丁出面来保驾，哪知这小白脸见了夫人就像老鼠见到猫，哼都不敢哼一声，蜷缩在墙角的沙发上，捧着个榆木脑袋装憨做蒙。白夫人边掴梁燕两巴掌，边指着门口厉声说，不要脸的野骚货，你给我滚出去，往后骚情别骚到我老公门上来，再让我逮着，有你的好果子吃！白一丁想站起来有所表示，但经不住白夫人的河东狮吼，只得像条被打折了脊梁骨的癞皮狗，蔫在沙发上再不敢轻举妄动，任凭肝火冲天的白夫人发着夜叉的威风。

梁燕被掴出了“白公馆”，只觉得万箭穿心。这种奇耻大辱，自打娘肚子里掉下来，还从未遭受过。尤其想起自己受辱之际，白一丁那个缄默表情，仿佛与他无关，就更加来气儿，自己诚心诚意跟你好，连对自己痴心爱慕的男朋友都毫不犹豫地甩了，而今不幸受到你夫人如此的侮辱与伤害，你却没事一般爱理不理，丝毫不为所动，到底还有没有一点儿人性？平时对人家信誓旦旦，关键时刻却撒手不管，更何况当初根本就是你欺骗我，愣说自己是什么红花仔。骗了人也不打紧，只要你对我好，我也无所谓。我好后悔，可是已经没有后悔药吃了。我受的这份耻辱，有谁能帮我洗刷呢？想想还不如死了干净，这样一了百了。于是便干出了那晚的糊涂事来。

梁燕说得很累，我起身给她倒了一杯加陈醋的雪碧，但她却坚持继续喝红葡萄酒。我怕她真的醉倒了又有什么事要发生，就把着酒瓶不肯再倒。梁燕看出了我的顾虑，莞尔一笑，宽我的心道，不碍事，就算我真的醉了，也绝不会再干那种傻事，再说还有你这个保护神在呢！说到这个份儿上，我也只得由着她了。

喝着喝着，梁燕突然盯着我问道："小刘哥哥，你会不会从此更加看不起我，认为我是个下作货，不像个正经女孩子？"我连忙摇头否认，声明自己的立场，我说每个人都有爱他人的自由，也有被爱的自由，同时也有选择爱的方式的自由。至于她与白一丁之间的爱情故事抑或准爱情故事，一来我不甚了了，二来也不想饶舌，更何况爱情这东西很多时候的确是"说也说不清楚"的。总之，就我个人的观点而言，我想恋爱本身就应该是无辜的，而爱情的结果当然也只能随缘而定。

"现在想来，我自己倒是觉得仿佛做了一场噩梦，中了一回邪，就像有首歌里所唱的，糊里又糊涂啊！"梁燕轻轻地叹了口气。我赶紧安慰她，说小妹呀你别那么悲观行不行，振作点，俗话说吃一堑长一智嘛，连这个打击都承受不了，还出来闯什么世界呢！话未落声便自知失口，只好惴惴地打住。

梁燕不以为然，但也没有表示异议，她再次举起酒杯来，只想喝个痛快，颇有点要来个一醉方休的架势。我觉得此时拒绝已没有什么意思，反而会更伤她的心。

又是几杯下肚，梁燕真的醉了，但她的思维还很清楚，对我歉意地一笑，说一时尽兴便违背了今晚的初衷，很抱歉。

看到梁燕不胜酒力的醉态，我想扶她到床上去休息，不想我的双腿比梁燕的还要软三分，一踉一跄地像根风中的狗尾草。梁燕点着我的鼻子哈哈大笑起来，惹得我自己也忍不住笑个不止。

扶梁燕上床后，我准备回自己的宿舍，却被梁燕一把拉住。梁燕娇嗔地对我说，你不想听听我的故事吗？说不定对你这位真正的作家倒是个很现成的小说题材呢！这话的确使我受到了极大的诱惑，最近我正构思写几篇关于打工题材的系列小说，正愁手头的创作素材太贫乏。梁燕的提示让我喜出望外。

于是，我搬了张小椅子，在梁燕的床前轻轻坐定，梁燕坚持要我坐到她的床沿上，我感觉到她汪汪的大眼睛里有一种含义复杂的迷离的光亮。

我只好惴惴地坐到她的床头去，谁知她突然一把搂住我的双肩，几乎将我的魂魄吓得出了窍。我一时不知所措，以为又会有什么荒唐事要发生了。说真的，我也并非那坐怀不乱的柳下惠转世，也有七情六欲，对情欲诱惑的抗拒意志，并不是坚强如钢，尤其在今夜这种环境，这种氛围之下。但我还是很惶恐，因为有镇文工团首席主唱酒后和同事乱搞男女关系被炒鱿鱼的前车之鉴。

然而，梁燕并没有要“引诱”我的意思，不过是我自己太过敏感和想入非非罢了。她只是一时难以抑制自己的激动，不由自主地搂住我的肩膀嘤嘤哭泣，这便更让人滋生一种楚楚可怜的珍爱。心中乱了方寸的我不知该如何开导她，单知道哄孩子般不迭地叫着“别哭，别哭”，只差没有吓唬她“再哭狼外婆就要来了”。

梁燕终于渐渐止住了哭泣，平静下来，将娇柔的身子从我的肩膀上移开，揩了揩眼泪，斜靠在大枕头上，开始了她的叙述——

其实，我并不是什么城市人，更谈不上什么大学高才生，至于“少年成名”，那完全是虚假的编造。我的家乡在贵州西南一个边远小县穷乡僻壤的小山村，祖祖辈辈是面朝黄土背朝天的老实农民。姊妹五人中，我排行老四。因为家中没有男孩儿，在重男轻女思想根深蒂固的家乡，很受村里人的排挤和欺负，弄得我爸在乡邻和族人面前抬不起头来。但我爸是个十分要强的人。我小时候也是蛮争气的，学习成绩也一直不错，在前面三个姐姐相继辍学嫁人之后，我爸决心不惜代价送我上学。希望将来有一天，我能够金榜题名，光宗耀祖，在村上风光一番，从此可以挺直腰杆做人，不再受人欺凌。我很理解我爸的良苦用心，所以读书也特别用功，十六岁那年，终于以优异的成绩考上了我们县的最高学府——县一中。我成了我们村有史以来第一个进县城学府读书的人，也是我们村第一个能上高中的女孩子。通知书送到村上，我爸很扬眉吐气了一回，在家里摆了两桌酒席，请村里和族上有头脸的人吃喝了一餐。他们对我家还真的刮目相看了，都以为我将来会成为天上的文曲星呢。

然而，好景不长。在我上高三的时候，一场大病要了我爸的命，我们家立时成了可怜的寡母孤儿。

家庭突然失去了顶梁柱，我妈无奈之下便想让我退学回家帮衬家务。说实在的，靠她一个妇道人家，又要支撑家庭，又要送两个女儿上学，是无法承受得起的。我那出嫁的三个姐姐，自家的生活都过得紧巴巴的，根本就顾不上对我们。我那在乡中学上初二的妹妹倒是开通，二话没说自己退了学。但我却死活不肯退学，那时我对考大学是抱有很大的信心的，尽管上高中后我的成绩在班上已不再出色，老师对我也不抱多少希望。而最重要的是通过两年多的县城生活，我已经深深地感觉到了农村的落后与当农民的悲哀，我是下了决心要摆脱落后与悲哀的农村的。更何况，一旦真的回到农村，我将无法逃避乡邻们世俗的轻蔑的目光，将再次被认定为蚀财的扫把星。

我与妈妈僵持着，最后还是可怜的妹妹一把眼泪一把鼻涕的劝导，并答应我读书的费用由她来承担，我妈才勉强同意我把高中念完。但她正告我，如果我能考上大学，她卖房子当家产也会送我深造，要是考不上的话，想再复读是万万不可能的。

我向妈妈立了军令状。我妹妹也给我鼓劲，说姐你一定要好好读，这读的是我们姊妹俩的书呢，不考上大学可对不住咱死去的爸。

但是，可恨老天爷捉弄人，自我感觉不错的我终于还是无可改变地名落孙山了。张榜之后，我差点没伤心绝望得跳河上吊。

大学没考上，但我已横下一条心不想再回到贫穷愚昧的山旮旯，我也没有勇气面对可怜的妹妹那殷切期待的目光，我是把她的前程也一同毁了呀！

我决定在县城找一份差事做做，安下身来再谋发展。

我的校友刘源也没考上。因为他爸是县邮电局的干部，他很快就被安排到邮局上班了，俨然一副踌躇满志的样子。我与刘源早就认识，相互之间也有好感，说穿了是他先追求我，但后来却又成了我主动与他亲近。

我急需在城里找个靠山，以我对刘源的了解，他还是很靠得住的人，家庭条件也比较理想。尽管刘源的爸妈一开始并不赞成刘源与我交朋友，他们对农村女孩儿有一种与生俱来的近乎歧视的轻蔑，而最现实的问题则是我一无工作二无户口累赘太大。可是刘源认了死理，发誓这一辈子只跟我好，再也不会找别的女孩子。刘源的父母在儿子的软硬相逼下，终于让步，勉强认可了我这个准儿媳妇。

我先是在一家个体商店打工，自从成了刘源家的准儿媳妇之后，刘源一天到晚嚷着让他爸为我找工作。他爸妈也觉得反正我与刘源关系已经确定，迟早要娶过门来的，再不给我找个固定的工作对刘源也有很大的影响。

于是，在刘源的爸爸的努力下，不久我也成了邮电局的一名临时工，被分在报刊门市部卖书报杂志。对我来说，这的确是一份很称心的工作，既体面又轻松，许多县城的同学知道我在邮电局上班后。羡慕嫉妒得要命，都说我的八字命运真好。

在报刊门市部还有一个好处，就是可以免费读到许多精美优秀的书报刊，这也是打发无聊时光的好办法。因此一闲下来我就拿起架上的书报来读，先是读着解闷儿，渐渐地不知不觉迷上了诸如《读者文摘》《女友》《小说选刊》《名作欣赏》之类的刊物，继而也就懵懵懂懂地爱上了文学，尤其是席慕蓉、汪国真、琼瑶、岑凯伦流行之后，我觉得自己也该有所行动了。于是我开始为写作发痴了，诗歌、散文、小说，什么来了灵感就涂鸦什么。同时我有了强烈的发表欲，因为这是自己在文学才能方面最有说服力的证明。我们的县报在我投稿二十次后，终于慷慨地为我编发了一篇小散文。为此，县文联主席上邮电局领稿费时还特意到报刊门市部去看望过我，并对我说了不少鼓励的话。我于是更加飘飘然起来，以为会从此声名鹊起，时来运转，平步青云了。

刘源也为我能在县报上发表篇文章而庆贺，并且真诚地说他早就看出我是个当作家的料，那神气颇有点伯乐识马的自负，他甚至怂恿我去大学读作家班。

大学作家班当然不是想读就能读得上的，但后来我的确读上了陕西某杂志社举办的文学创作函授班，不需要什么资历，花费又很少。你还别说，读那个创作函授班，还真使我学到了不少东西。当时杂志社可以选拔部分学员到编辑部做见习编辑，见习期一般为三个月，当然全是食宿自理，并要交纳一定数量的见习费。说是优秀者可以向有关报纸杂志推荐工作，不过据我所知，没有几人真正被推荐过。我想，这也是他们网罗学员的一种手段吧？

西安三个月，使我眼界大开。我甚至不想重回闭塞的小县城了，再说那里也没了我的立足之地，我是临时工，离开几个月，位置早就被别的关系人顶替了。靠刘源来养活非我所愿，事实上也不可能。于是我一合计便到了省会贵阳。也许是吉人天相吧，适逢一家报社招聘广告业务员，我便硬着头皮去应聘。关键时刻，我这张脸加上西安的见习证明助了我一臂之力，报社同意试用三个月。

为方便拉广告，报社还给我发了一本非正式的“记者证”。我揣着“记者证”到处瞎碰，虽然没碰上什么大广告，却有幸结识了一位准备闯海南的女同胞，她是某公司的秘书小姐，颇有文才，曾在省内大小报刊上发表

过不少文章。受她的启发，我也萌生了闯海南的念头。那时正值第二次海南热方兴未艾之际。我将打算与她一谈，她竟爽快地邀请我一路同行，并表示愿意在资金上为我提供赞助。决定之后我打电话告诉刘源，刘源无论如何不同意我去海南，说如果我在贵阳实在混不下去的话，干脆回到小县城去，再让他爸想办法为我物色一个适合的工作，然后再想法把我的户口弄到县城，并提出要和我结婚。我让他明白了闯海南的决心不可动摇之后，他只得无可奈何地表示，准备停薪留职跟我南下，并且信誓旦旦地说即使天涯海角，他也要与我相爱相随。那一刻，我几乎被他的虔诚感动得要跑回小县城去与他长相厮守了。

我们到海南不久，刘源便摸打着也赶来了。他在海口一间脏乱不堪的破旧出租屋里找到了我。与我同去的那位女同伴，进了一家外资公司，说是当私人秘书，究竟具体干些什么我也摸不清底儿，但她每天出门除了涂脂抹粉，便是浓妆艳抹，给人一种神秘兮兮的感觉。我是坚决不肯进到那种地方去的，我不愿吃那种青春饭，我要吃文化这碗饭。海口市内的报社、杂志社我几乎跑遍了，但没有一家能够接收我，因为我到底拿不出一样过硬的证件来。这样浪荡了将近一个月，弹尽粮绝，已经开始接受女同伴的周济了。女同伴也劝过我多次，说人在江湖身不由己，凡事不必太认真、太固执，不一定非要吊死在一棵树上，如果愿意试试找找别的工作，她可以帮忙联系的。她所在的公司还需要一名文员，工作倒也轻松，待遇也不薄，只要思想放得开点就行。走投无路之下，我差点儿意志动摇了。正在这个节骨眼上，刘源来到了我的身边。他告诉我说，为了来海口找我，他与他老爸大吵了一场，硬逼着局长办了停薪留职手续。刘源的冒失到来使我很尴尬也很恼火，因为他事先并没有征得我的同意，但他的到来也使我暂时摆脱了经济困境。他从家里借了两千块钱，够我们俩好花一阵子了。

刘源每天陪我顶着热辣辣的太阳或冒着咸腥的风雨在海口的大街小巷瞎转乱撞。尽管我们费了九牛二虎之力，可结果依然毫无所获。刘源建议我去找作协试试，或者干脆直接求见海南的作家什么的。我那时还真没这个胆量，知道自己肚里有多少墨水，在明察秋毫的大作家面前只会露馅现丑，只会自讨没趣，而且十有八九很难见得着这些大名人，所以一直不敢轻易造次。不过，虽则刘源的建议没有被我采纳，但却给了我很大的启发，就是想方设法利用名人效应去实现自己的目标。这一招果真奏效。

在刘源到海口后，我们又白白奔波了半个多月。工作依然没有半点着落，我完全泄气了，决定转移阵地。刘源不失时机地提议去深圳或者东莞碰碰运气。他有个把兄弟的亲戚在东莞一家报社打工，听说是当记者，或许可以关照关照。

离开海南之前，刘源硬拉着我去逛了趟三亚。平时窝窝囊囊的刘源，这回居然还幽默地说起了俏皮话，说什么不到天涯海角，我这只愣头小鹿是不知道回头的。我们在三亚美美地玩了两天，痛快淋漓。刘源什么都依着我，只要我看中什么，他就毫不犹豫地为我买上，虽然他清楚自己所带的两千块钱已所剩不多，而且还要到深圳、东莞去开辟新天地，前途未卜，但他不愿也不敢扫我的兴。好在我除了些小小的工艺纪念品外，对于那些昂贵的奢侈之物并没有显出太多的喜好。因为我也是时刻掂量着他的口袋的。

刘源的殷勤非但没有赢得我的欢心，反而引起我一股厌烦的情绪，也许这就是所谓的逆向心理吧。总之，我没来由来地开始看他不顺眼，总觉得他这个人有些庸俗、窝囊，没有男子汉气概。也就在这个时候，我开始怀疑自己，是不是真的爱他。

我与刘源到东莞后，很快找到了他把兄弟那位在报社打工的亲戚。那位老兄叫陈锐，想必你也熟悉他的名字，他在报社也算个红人，文章很得老总的赏识，与同行的交际也不错。陈锐对我们的求助没有推托，于是我编了些抬高自己身价的假简历交给陈锐。

几天后，陈锐通知我们，说有家镇报招采编人员，可以去试试。陈锐

亲自陪我到报社应聘，因为他的面子，我得以顺利通过面试的难关，报社愿意试用我。试用期每月五百元工资，由报社免费提供食宿，而且第二天就可以走马上任了。临别时，陈锐意味深长地叮嘱我，干咱们这一行，第一要紧是把事情做好，将名气打出去，才会吃得香，至于你原来的底细怎么样，没有人去关心的。他并且许诺将在这方面尽量帮我。

得了陈锐的指点，我在那家报社还真的做得不错，自始至终没有露半点馅儿。

但我在那家镇报没有待到三个月的试用期满便走人了。因为我自己利用工作交际的方便，又找到了一家待遇更好的单位，也就是我们现在供职的这家报社。当时，报纸刚创刊，报社原来只有从广西某县文化馆请来的退休何馆长。这何馆长虽然资格老，但毕竟人老了，又患着风湿痛，诸多力不从心的事，往后都要靠我帮衬他，否则很快就会被淘汰掉的。这一点，他自己比谁都明白，故而便打定主意要巴结我，我们一见面，他便问长问短，热情得什么似的，我于是也将计就计，诳他说自己是贵阳市人，先后就读于贵州大学中文系和西北大学作家班，并曾在《女友》杂志及贵阳市文联供过职，本来《海南纪实》的主编对我很感兴趣，答应介绍我去他主办的另一家内部刊物做记者，但条件太艰苦，我没有同意。到东莞这个小镇上来，纯属阴差阳错，不过嘛，对于体验生活为将来创作做准备倒也无妨。

这何馆长被我天花乱坠说蒙住了，他还真会吹捧人，很快就写出了介绍我的文章《少年作家梁燕的成名经历》，并且要我也写一篇关于自己经历的文章，一同在第三期报纸的副刊上发表。我便将在海南流浪的经历改头换面添油加醋地敷衍成篇，把文坛名人硬扯到我的故事中登场亮相，并且有板有眼地编造了某著名作家请我共进午餐谈笑风生，而好动的某杂志主编还百忙抽空陪我逛街一边讲解当地风情的故事情节。过后，我真的非常惊讶自己编谎的能耐居然这么强，编造这样的弥天大谎竟也不脸红心跳，而且最关键的是人们对我这个所谓“少年成名的女作家”居然深信不疑。何馆长的介绍文章和我自己那篇《海南纪行》发表后，又被市报转载了，还真在文坛上引起了小小的轰动，我真的“一夜成名”了。

何馆长借口关心年轻人，经常在生活上给我照顾，尽管刘源对我的照顾已经非常体贴周到了。对了，我忘了告诉你，我未到报社来之前，刘源已在镇邮电局找了份打邮包的工作。后来，何馆长提出要认我做干女儿，我也觉得这没有什么不可的，身边有个长辈代行父职，不是一件美好的事情吗？何况我又是少年丧父、缺少父爱呢。没想到很快便有人风言风语，嘀咕我与何馆长怎么怎么。天地良心，何馆长这人本质是好的，他对我并没有起过半点坏心眼。至于我，更加压根儿也不会想到要与这样的老头子有什么不清白：他只不过是要找个同盟罢了，我呢，纯粹是为了报答他带给我的诸多好处。我们之间确实难有什么崇高可言，但也绝不干下流胚子的勾当。

有关我与何馆长的谣言终于传到了刘源的耳朵里。一天晚上，刘源来我宿舍时，我见他一副心事重重的样子，问他干吗哭丧个脸。谁知他冒出一句话，说有人对我与何馆长不怀好意，在诽谤我们，还问我有没有听到这种议论。我一下子来火了，随手将一只茶杯摔在地板上，指着刘源的鼻子吼道，你是不是感到委屈啦？就算我与何某人有什么瓜葛，犯得着你刘源来教训吗？我梁燕算你什么人，让你这样吃干醋？你要真是受不了，觉得我丢了你什么人，趁早给我滚远点，别再来纠缠我好了。刘源见我发那么大的无名火，蒙得不知所措，再不敢作声，默默地将地板上的茶杯碎片捡起来，用拖把擦干地板，便黯然地坐到一角出神。那夜我始终没有理他，他干坐了一个多小时的冷板凳，最后没趣地走了。

刘源走后，我的火气仍没有消除。奇怪，别人造谣中伤我，而我却将火气发泄到真正关心我爱我的刘源身上，还觉得这是理所当然。而他那副逆来顺受的卑躬样子，更使我认定了这是一个没有出息的土老帽儿。我对

刘源不仅厌烦，简直是有些嫌恶了。

但刘源并不在意我的嫌恶，照例每天准时来为我做可口的晚餐，只是比以前更加沉默寡言了，如果我不主动与他搭话，他一般是难得先开口的。我有时心里琢磨，这个刘源怕真的是不可救药了，这么不懂得讨女孩儿的欢心，将来还怎么一起生活？难道注定真要与他平淡无味地厮守一辈子吗？我甚至后悔当初为什么偏偏就瞎了眼，糊里糊涂让他缠上了。我常常无缘无故莫名其妙地兀自痛哭。没有人能够理解，就连自己往往也闹不明白。

那时候，我与刘源的关系是公开的。其实刘源也不是一无是处的人，在我的影响下，他也开始学习写点文章，文笔居然还相当不错，颇得同仁的赏识。因此，每有聚会，同仁总要邀他一起参加。我本来就好出风头，鬼使神差地觉得带上一个跟班的赴会是一种风光，况且刘源的长相倒也称得上眉清目秀英俊潇洒。然而煞风景的是，他居然对我们的聚会沙龙表现不出多大的兴趣来，好像纯粹是为了我才勉为其难地参加的。每次的聚会上，别人天南海北口若悬河妙语连珠无拘无束豪爽气派，他却三副石磨也压不出一个响屁来，像个木头人似的尽现呆相。我每带他参加一次文友聚会，便感到丢了一回脸，回来后总免不了与他大吵一场，或者干脆生闷气儿。待我闹够或者气累之后，他便赶紧递上冲好的咖啡，并低声下气地解释他不适应那种热闹场面。我对他的自我辩解总是嗤之以鼻不以为然，并尖刻地讥讽他是稀牛粪敷不上墙，彻头彻尾一个见不得世面的土豆子。

不久，白一丁在我的生活中出现了。他的出现对我来说，就如一块石头掉入一池死水中，激起了阵阵涟漪。我们是在一次文友沙龙上认识的。那天，与往常一样，我照例将刘源带上了。尽管他很不情愿，但也不好违拗我。聚会没多久，刘源便乘大家海阔天空之际，悄悄躲到一个小角落里独坐去了。这时，白一丁端着酒杯走过来，要与我干杯——我们早已交换过名片，知道这位风流倜傥的白一丁先生，不仅是位写文章的高手，还是检察院前程看好的年轻检察官。

我正在为刘源这登不了大雅之堂的憨包窝火着，白一丁的敬酒正中了我的心病处。我一赌气，便与白一丁连干了三杯。旁边有人在起哄，连声高呼“好酒量，好酒量”。白一丁干脆挨着我坐下，一边与我拉呱起来。他不仅有张英俊脸庞，有翩翩的风度，而且谈吐也相当不俗，既有文人的高雅生动引人入胜，又有检察官的逻辑条理和精辟中肯，而且不论东西南北、古今中外，什么都能侃得出个道道来，与笨嘴拙舌的刘源简直别如天壤。我心中不由得暗暗对他产生了一种莫名的好感。舞曲响起，白一丁很自然地邀请我跳上一曲，而一曲下来，我竟然迷恋于他潇洒的舞姿，主动提出与他再跳一曲。再后来，我干脆就只跟白一丁一个人跳，对于别人的邀请则一概推托。

我与白一丁在舞池中缠绵悱恻，而刘源一直窝在那个昏暗的角落里一动不动地做他的木墩子。白一丁趁跳舞的当儿居然提出了约会的请求，而虚荣的我竟也爽快地答应了，因为这正是我此刻所希望的，鬼使神差，对于这个风流潇洒的可心男子，我的确有些恋恋不舍了。

不过，这时的我，并没有产生要与刘源分手的念头，也没有要与白一丁搞什么三角恋爱的想法。我之所以答应白一丁的约会请求，只是想换口新鲜空气，放松一下自己的情绪。同时，多交一个朋友多一条路，对于我们这些出门在外江湖浪迹的人来说，总是件好事吧？与刘源长久待在一起，使我很感压抑甚至觉得窒息，无聊透了。当然，我也不完全否认，我是很喜欢白一丁，这是个善解人意的男人，很懂得怎样给女孩儿带来乐趣，而刘源就不行。

我与白一丁的第一次约会是在东莞大戏院，那天正好是越南中央歌舞团来华演出到东莞。演出相当精彩，其中有一个节目是中国民歌联唱，那变味的中国话听起来别有一种迷人的美感。我正看得入神，猛然感到右手背被白一丁温暖的大手轻轻捏住。我心里打了个激灵，扑通扑通跳得慌，

脸上也立刻滚烫起来，我不敢吱声，也不敢动弹，甚至连头都不敢晃一下。但惊慌之中又不愿将被握住的手抽回，反而任凭他进一步抚摸。我甚至油然而生出一种似是而非的满足感，并很快便理解成所谓的“幸福”。

从戏院出来，白一丁带我去了他的单人宿舍，那时我还不知道他已经有了家室，而且已是一个儿子的爸爸。我们在他的宿舍里又喝了些冰镇啤酒。后来白一丁打开音响请我跳舞，再后来他拥抱并且吻了我，而这一切都是我在半迷半醒中不由自主地接受了。唉，女人的防线怎么那么脆弱，我几乎是被他一攻即破。怪谁呢？现在想来真如一场春梦。

那天晚上，我们玩得并不太晚，我坚持要回镇上来，不愿住东莞的招待所，更不愿在白一丁的宿舍里过夜。白一丁便用摩托送我回来了。我自信那晚没有熟人看见我坐在白一丁的摩托车上，就算看见了也会认为我是搭的出租车。不想第二天刘源冷不丁问我，昨晚送我回报社的是不是那位叫白一丁的先生。我倒抽了一口冷气，但立即故作镇定，说没有的事，自己昨天到一位女文友家里玩得晚了点，是自己搭车回来的。刘源没再吭声，只背着我深深地叹了口气。

可能是良心上的补偿吧，这天我对刘源一反常态的好，反而弄得他不知所措。到最后还是将我压得牢牢的厌恶情绪引发出来了，并一发不可收，我甚至赌气说要与他一刀两断，免得再来惹烦我。我将刘源轰出了门，并接着整整五天没有搭理他。

那些天刘源总是失魂落魄的样子，我曾刻薄地讥笑他成了丧家之犬。但他依然坚持每天等我回来吃晚餐，有时一等便到深夜 12 点。

同仁之间的聚会越来越多，起初刘源总是陪我一道赴会，但我渐渐不能容忍他一而再、再而三地丢人现眼，他在身边使我感到面子丢尽。再说白一丁也是这种聚会的常客，有刘源在场，我便很不自在，觉得他碍手碍脚，不方便我与白一丁太过亲热。于是渐渐地，我不再让刘源参加我们的聚会了，我有时找个借口，有时干脆什么理由也不要。刘源隐约感觉到我与白一丁的暧昧关系，但不敢对我明言。为这事他曾一个人偷偷哭了好多次，但他还是忍痛维护我的声誉，面对别人的种种议论，常常公开为我的行为辩护。他是那么深深而痛苦地爱着我，现在想来我真是辜负了他的一片痴情。

没有刘源在一旁碍事，我与白一丁在各种聚会上如鱼得水，同仁公然用“郎情妾意”评价起我们的关系来。我们也的确热乎得非同一般，可以说是肆无忌惮了，甚至发展到无论什么场合，一有机会总是出双入对形影不离，颇有点“恩爱小夫妻”的样子。

我对白一丁的感情已经越陷越深，到了不可自拔的地步。他有权有势才貌双全，而且对我又宠爱有加呵护备至，与这样的男人厮守一处又何乐而不为呢？况且他还可以帮助我成就自己的事业，摆脱生活的困境。跟着刘源混日子过生活，既没有爱情的乐趣可言，更看不到什么希望和前途，只会窝窝囊囊一辈子。我渐渐觉得刘源成了自己事业、前途和美满生活的绊脚石。经过反复思想斗争，我决定要搬掉这块绊脚石，我要与刘源摊牌亮底。

出乎我意料的是，刘源虽然很痛苦，仿佛意识到我们分手也是必然，因而表现得相当大度，并没有与我为难。他只是反复问我，是不是深思熟虑过了，是不是非分手不可，是不是那个白一丁真的能给我一辈子快乐和幸福。我生硬地回答：是、是、是！刘源说，既然这样，那我成全你，不过我可以肯定地告诉你，再不会有人像我刘源这样待你的，包括那个白一丁，你要好自为之。我当时根本听不进刘源的忠告，以为他不过是自作多情，妒忌心重，自欺欺人罢了。

刘源平静地与我分手了，不久他辞了工，一个人孤孤单单回贵州老家去。他走的时候没有来与我告别。是我害得他离乡背井，又是我给了他无情的精神打击，他走后，我心里一直很惆怅。我这才发现，原来他在我心里并不是没有一点位置，只不过是在不很敏感的深处。

原来自欺欺人的是我自己。白一丁表面上填补了我精神上的空虚，甚至满足了我某些物质上的追求，但我却忽略了一个最根本的问题，他本是个有家的男人，我与他纠缠在一起，究竟明不明智，值不值得，又会有什么结果？当时，我只觉得自己完全被白一丁征服了，甚至无法想象离开洒脱的他自己的世界将是什么样子，而白一丁的信誓旦旦更让我吃了定心丸。

事实上，刘源走后不久，我就从各种风言风语中了解到了白一丁有老婆孩子的事实。当时，我气晕了，自己苦心营造起来的幸福世界一下子被击得支离破碎。我不顾一切地跑去质问白一丁：你为什么欺骗我，隐瞒我！不想他却嬉皮笑脸地辩解说，这是他的个人隐私，怎么能对我直言相告呢？再说，爱是两个人的事，与他人何干？如果我真的告诉了你，你岂不会从我身边飞走？真正的岂有此理。但我终于没能犟得过白一丁一番甜言蜜语的温存。我原谅了他，也不敢奢望他与老婆离婚转而与我一起过日子。“不在乎天长地久，只要曾经拥有。”在心底里，我爱他胜过爱自己，唯一希望他能对我好一点。公平地说，白一丁对我也是真心的，只是他离不开老婆孩子，他得对自己的家庭负责。这是我以前不曾想到过的。

自从他的西洋景被戳穿后，他不再忌讳在我面前谈他的老婆孩子，而且总不知不觉表现出一副满足的幸福神态来。他没有意识到，一不小心便会伤了我那本已脆弱不堪重荷的自尊心。这时，我才会真正地反省自己，究竟扮演一个什么样的悲剧角色？

我开始酗酒，经常一个人在酒吧或宿舍喝得酩酊大醉。我开始怀念起朴实真诚专一的刘源，怀念起他对我的种种好处。我常常怀着一股深深愧疚回忆与刘源在一起的日子，现在与过去的比较总让我感到彻骨的痛。我自问，刘源哪一点对不起自己？没有。他是一块金子，而我却像扔一块石头一样把这块金子丢弃了。我的良心开始折磨我自己。我常常在半醉半醒之间梦见刘源，他还是像以往那样周到体贴，梦中的我，开心地笑了。可是梦醒了，失落便如一把锋利的刀，把我割得四分五裂。我知道，今生今世，刘源再也不会回到我身边，我只有带着无法言说的苦痛为他祝福，以减轻自己精神上的负担。

我也曾试图与白一丁断绝关系，但却像犯了鸦片瘾一样，过不了几天，便想他想得发痴，魂不守舍。我感觉得到，在白一丁身上，实际上又多了一重刘源的影子，他体贴周到又不失风度。这种感觉可能是别人不能体味得到的，但事实又如此。我在白一丁身上倾注了更多的热情，把所有的温存体贴给了他，只求牢牢抓住他的心。却不曾想到会在这个我最需要关怀的时刻，无助地让白夫人羞辱得落花流水人格尽失，除了死，你说，情急之下我还能有什么明智的选择呢？你救了我，可是我的痛苦却不知会蔓延到什么时候？不过别为我担心，既然我死不成，便会好好地活下去，生命是宝贵的，我将努力去珍惜它。

我无言以对，但却有一种解脱桎梏后的轻松。

春节过后，梁燕不辞而别，去向不明。

原载《佛山文艺》1998 年第 10 期

浪子不回头

“干，退瓶也只不过十五块五毛！”

好像台湾大诗人洛夫先生的这句话是专为辰哥今天的独饮而准备的。

“先生，您好像有点不胜酒力了。我还能为你效点什么劳呢？”

女侍者见辰哥一气将那瓶桂花陈酿咕嘟咕嘟灌了个底朝天，心中便有些惴惴。

“不胜酒力……哈哈哈……不胜酒——力——嗝——”

辰哥将空瓶望半空一晃，又重重地擂在圆桌上，震得那只晶莹的玻璃杯在桌面上情不自禁地跳着印度式的婆罗舞来。若不是女侍者眼疾手快及时挽救，只怕早已因辰哥的豪气而“粉身碎骨”了。

“再来一瓶，怎——么——样？”

辰哥双手捏着空酒瓶，头无力地架在撑着桌面的两肘上，舌头有些僵直地在酒气浓重的口腔内打着圆圈，两个眼珠子却铜鼓般瞪着嗫嚅的女侍者，扩散的瞳孔仿佛一股火流要穿透对方的肺腑。

女侍者受不了这种鬼怪式的瞪视，显得不知所措，不由得心里打个透凉的寒噤，机械地将身子转了一个角度，避开了辰哥正面喷来的酒气和眸光。

“先生，你醉了，不能再喝了。”

女侍者尽量赔着小心。到餐馆来独自买醉的人，她也经历了许多，反正兑付了足够的银钱，要醉生梦死是你的自由，谁也管不了，也懒得去管，到时账单一清，送了出门万事大吉。但自辰哥一进店，女侍者先自在心里就打了算盘，凭直觉，今天的买醉客是个颇有些气质的人物，所以，当辰哥半瓶桂花陈酿下喉伊始，呼吸刚由清转浊，便暗自有些心中不忍了。

“我能喝，我不能——今宵酒醒何处，杨柳岸、晓风残月——嗝——小姐——嗝——你真美，能陪我喝一杯吗？嗝——”

辰哥瘫软着做了一个邀请的动作，可怜兮兮的落魄。

“多谢，我不会喝酒——先生，你真的不能再喝了。”

女侍者拿了块湿热毛巾，轻轻替辰哥敷拭着昏玄的额角，却不想拧下了这位“英雄汉”不轻易弹的老泪。

“你哭了，先生？”女侍者表情惊诧。

“是吗，我为什么哭呢？——”

“有什么不顺心的事吗，先生？”

“笑话，我有什么不——嗝——顺心，我是——嗝——浪子不——嗝——回头，举世皆浊我独清——嗝，哈哈……”

喷着浓烈酒臭的声调变得令人毛骨悚然的凄怆。

“先生，你的住处在哪儿？要不要打的送你回去？”

“回去？我已经没有归宿，我是浪子——嗝——不回头——嗝——拿酒来——嗝……一醉方休——嗝……”

“先生——”

“少废话，拿——酒——来——嗝——我有钱——嗝——”

女侍者只得取了酒，替辰哥重新斟上，辰哥端起酒来一饮而干。侍者再斟，一连五杯下肚，辰哥酒劲大作，抢过酒瓶来要自斟酌，手一哆嗦，酒瓶“咣当”一声砸在桌子边上，碎了。辰哥把持不住，一个趔趄栽在碎

酒瓶上，一股股红的热流从额际汹涌而出，一种前所未有的爆裂的兴奋，思维越发混沌起来。随即感觉到窒息的灵魂出了七窍，纷纷脱离沉重的身体飘然而去，及至渐渐失去了知觉。

辰哥醒来，已是第二天的早上。

“我怎么躺在这里呢？”

辰哥觉得额头隐隐作痛，伸手一摸，只摸到了绷得紧紧的纱布。辰哥深深地叹口气，朦胧地记起昨夜发生的一切，睁眼看见伏在床头柜上倦睡的女侍者，一种负罪的歉疚涌上心头。想自己二十五年来，纵然放荡，却还从未这么肆无忌惮不顾后果地独自买醉过。这一次不仅害苦了自己，也连累别人，唉！怎么就混账到这步田地呢？

辰哥吃力地翻了个身，吱吱的响声惊醒了梦乡里的姑娘。

“醒来啦？”姑娘揉揉眼，关切地问道。水灵的眸子显然布满了劳顿的血丝。

“难为你了，真不知该怎样感谢你。”辰哥嘴角露出一缕惨然的苦笑。

“好过些了吗？”

“好多了。唉，想不到会给你添这么大的麻烦，真是过意不去啊。”

“快别这么说了。其实——我也有过这样的经历。”

说着，姑娘羞怯地低下了头，又好像自言自语：

“不过，我总算明白了，人不能老是折磨自己，生活本来就不容易——你喝水吗？”

“谢谢！”

一杯水下去，枯涩的喉咙顺畅了许多，辰哥忽然另有所悟。

“小姐，难为你这样的关照，可我连你的名字都还不知道呢。”

“你一定要知道详细吗？”

姑娘觉得挺有意思。

“是的。”

“喏。你自己看吧。”

“蓝仕萍——唔，挺诗意的名字，你爸妈一定是饱读诗书的雅学之士吧。”

辰哥一边看着姑娘的身份证，一边赞赏道。

“恰恰相反。我的名字是我上高中的时候自己取的。我原来的名字叫小福，我嫌俗气。”

“你起仕萍这个名字，当然也是有理由有深意的啰。”

“嗯——那是一个4月天的早晨，我在溪边读书，偶然看到有青红的小浮萍漂过，顺着水流一去不返。我灵感一来，就取了‘仕萍’做了我的名字。”

“好一个浪漫故事。一定还有更精彩的故事吧？”辰哥由衷地慨叹。

“噢，时间快到了，我该回去上班了。这是你的钱包和证件，除去昨晚的餐费和入院费，总共还剩一百五十三块，你自己再算算，看对不对。另外，要不要给你厂里打个电话，昨晚太晚了，来不及打，打了估计也没用的。”

“不要打电话。幸亏你没有打。”

但蓝仕萍还是给辰哥厂里打了电话。

蓝仕萍走后，辰哥开始静下心来，回想二十五个春秋有棱有角的人生历程，想自己大学毕业分配在一个中学里教数学，除了干好自己的本职工作外，着魔似的迷恋着诗。还带动了一大帮稚气未脱的学生也来挤这豆腐块，居然成立了一个颇为热闹的“文学沙龙”，干脆连社会上好多复杂人员也涌了进来。一时间办刊物搞笔会，闹得沸沸扬扬，不亦乐乎。却不想公安局大驾光临，硬将自己请了去，原来有名社员因流氓罪而进了看守所。他在看守所里不好好悔罪，却大肆宣称自己是“文学沙龙”的骨干成员，主力干将。不用说沙龙也受到牵连，最后只得解散。辰哥恨不得剐了那小流氓的皮。

后来，社会上刮起停薪留职热，辰哥心里直痒痒。他的好几位同学都下海捞世界去了，听说还混得蛮不错。何不潇洒走一回？可教委不肯批！辰哥于是就胡来，课也不上，天天拿了钓竿去江边垂钓。没有办法，领导只好给他开了绿灯。临走，辰哥对送行的同事大言宣称：前脚跨出学校的大门，后脚就不会再跨进这个门槛。

就这样，辰哥单枪匹马懵懵懂懂地下海来深圳闯世界。开始在宝安一个偏僻的乡下工厂找到一份差事，不久即与经理干戈一场。原因也很简单，星期天晚上，辰哥和几位男女工友在宿舍跳舞唱歌，被言“有伤风化”——这家工厂不准男工到女工宿舍串门子的。

“难道经理们天天出去打秋风就不伤风化了？”辰哥理直气壮。

“放肆！去叫守卫来，把他送到治安办去！”经理气急败坏。

“老子自会走，治安办怕什么，又不是国民党的渣滓洞集中营，能把老子怎么样？”

但是辰哥错了，在治安办，他委实好好领受了一顿拳脚功夫，并差点被送去了惠东劳改农场。

出厂后，辰哥睡过乱坟岗、下水道，为的是逃避查户口，那光景真的如丧家之犬。但辰哥从没后悔过，反而觉得很痛快。后来，辰哥结识了来自黑龙江的阿威，一个五大三粗的东北大汉。也许是患难之交，他请辰哥住进了自己租的房，同住同吃。一天，阿威自供是干“黑道”的，并想拉辰哥也入伙。辰哥不吭一声悄然离开了这位“患难兄弟”。

总算皇天不负，辰哥终于进了现在的这家鞋厂，并凭自己的本领做上了管理干部。

工厂的节奏是紧张的，但技痒的辰哥又禁不住提起了那支不安分的笔。很快，不长不短的文字开始在特区的各种报刊上出现。辰哥的名字开始在厂里歪把子红了。

但这种红无异于一颗化脓的肿瘤。

流水线顺畅地流转，厂长下车间来巡视，分管成型段的辰哥被叫到整理段，厂长拿起一只成品鞋。

“当”的一声敲在辰哥的头上，训斥道：

“你文章写得那么漂亮，为什么鞋子做得这么糟？要不要将你的稿费贴到公布栏去（即罚款）？我看你是不想混下去了。出了问题，我要你负责！”

辰哥顾不得被敲得头痛，拿起那只鞋子仔细看过，告诉厂长，毛病不是出在他那个段，是前帮段出的。

“为什么不向前面反映？就知道推卸责任，嗯？”

“岂有此理！”

前段的班长反倒若无其事。

辰哥感到不平和屈辱，觉得很难继续长久待下去。他所求的是那份尊严和自由。

况且爱情也在这个时候重重地伤了他的心，好容易用精美的情诗引来的姑娘，却轻易被人用“淫靡”的吉他诱惑了去。

天涯何处无芳草，东方不亮西方亮！辰哥决计要离开。他开始旷工，空空一人了无牵挂。

所幸口袋里还有几百大元，且不管他，难得一回潇洒，先上馆子买他一醉。不是谁说过“醉里有乾坤”吗？于是乎，便优哉游哉地踱进了蓝仕萍所在的这家餐厅，演出了开篇的那幕闹剧。

中午，好友阿灿和课长来到医院，说是厂长临时集会上通知的，还说厂长也可能来医院。

“屎蛋！”

辰哥想啐唾沫。

果然，下午厂长也来了。厂长先是批评辰哥不该私自离开工厂，更不该酗酒伤身，最后叫辰哥伤好后回厂上班。今天一天，辰哥不在，车间乱糟糟的，生产影响很大。

辰哥缄口不语，他心里却在冷笑厂长那副无法遮掩的伪善嘴脸。

晚上，蓝仕萍特意为辰哥带来了银耳莲子炖鸡汤。这大大出乎辰哥的意料。

“饿坏了吧？今天店里很忙。”

“你其实不必再来的，我已经能够自理了。”

看着辰哥大口地喝着鸡汤，蓝仕萍清秀的眉角显出满意的光亮。

辰哥一边吃，一边将厂长们来医院的事告诉蓝仕萍。

“我不打算回厂了。”

“为什么？”

“我无法忍受。”

“那你有什么新的打算吗？”

“天无绝人之路。”

辰哥将空饭盆重重地放在床头柜上。

“我相信。但我们都要有自知之明。”

蓝仕萍目光深邃地看着辰哥，只觉得血液在加快地流动——因为昨晚的事情，老板威胁说要炒她的鱿鱼呢！

原载《珠海文化》1994年第3期

《珠江潮》1994年第4期

变心的翅膀

翠花的模样的确不如她的名字那么漂亮。

这是桂北山区极普通平常的农家女子，由于桂北山区特有的水土滋养，造就了这位农家女粗糙黝黑的皮肤和线条平板的身材，没有那种娉婷袅娜的姣美妩媚。不过，作为一个农家女，倒更显得朴实厚道，也生就了一个好农把式的条件。这在世代以农为本的山区村寨还是颇值得欣慰的。在这个贫穷落后的山区里，多少年多少代都是日出而作，日落而息，男人们没太多的时间和耐心去欣赏女人线条，女人们自然也没有太多的工夫和闲心去做那个穷讲究。对于本分的山里人来说，耕田种地养家糊口过日子是生活的第一要务。再说，漂亮又不能当饭吃，譬如农家娶媳妇，就宁愿选择那种腰板结实能吃能干的农活里手，若是光有一副杨柳腰，一张瓜子桃花脸，肩不能挑手不能提，干活没有力气的俏孬妹，不见得人家就中意。除非是只金凤凰，飞出山里去，不然的话，只怕嫁不到一个如意幺郎呢。

山里人自有山里人的规则。

翠花高中毕业那年，成了山里第一代真正有文化的新农民，这是很值得羡慕的大事情。虽然中华人民共和国成立五十多年了，这穷山旮旯出高中生却还是破天荒第一回，出女高中生就更是前所未有独一无二了。

并不漂亮的翠花便一时成为山里人中的明星人物。

上了高中的翠花不仅有文化有知识，人又勤劳刻苦，屋里屋外都是一把好手，乐得阿爸阿妈屁颠颠地逢人便夸。自打翠花毕业回家，家里大半事情被她揽了过去，每天起早贪黑从不叫苦叫累，比个男娃子还要踏实出息。

出息的翠花到了谈婚论嫁的年纪，牵动了多少山里人家的心思，那段日子，前来说媒提亲的恁是将厚厚的木头门槛踏矮了三寸。那托媒来的男方一家比一家殷实，心花怒放的阿爸阿妈不知应承哪一家好，恨不得多生一群乖乖女出来，给这些理想的亲家一家分配一个小媳妇。遗憾就只这翠花和比她小几岁的妹妹翠珠两个，而妹妹翠珠才刚上到初二，远着呢。

说实在的，翠花的家在山寨里也是数一数二的殷实户，来说媒的每一家，认真掂量起来都算是门当户对，那些门不当户不对的人家，虽有爱慕之意，却也不敢轻易指望。但面对众多门当户对的候选人家，翠花的阿爸阿妈一时却下不了决心，便从中圈了实力最雄厚的三家竞选者，让翠花自己挑定一家。阿爸阿妈觉得，这么好的闺女，挑选女婿绝不可马虎，就像花中选花，一定要选出最好的人家才划算，才能称心如意。

可是，翠花的心思谁也没有估摸到，所有的候选人家一个个毫无理由地吃了翠花的闭门羹，都被毫不客气地拒绝了。

原来，翠花早已私下里与人订了终身，那男的是她高中同学，叫杨捷，山那面杨家坳人家。

背着父母私订终身，这在封闭的山里人眼中是大逆不道败坏门风的弥天大罪，要在过去，是要被族上抓去坠崖沉潭的。即使现在，总还是没有打破父母之命媒妁之言的老规矩。这也难怪，山里人家不开化，与外面世界接触少，恋爱自由的观念很难渗入他们的头脑。翠花的阿爸阿妈被气得七窍生烟，心口沤血。可毕竟是新时代了，而且事情既已发生，假如男方果真家境不错，符合父母的择婿标准的话，那也只有认了。然而实在不妙得很，杨捷家的村子杨家坳是山里远近出了名的穷村，村里人因为穷，连好事的媒婆月老都不愿往那里跑，平常姑娘家一提起杨家坳就直摇头，因此寨里的老少光棍汉们排坐下来都可以开宴席了。在穷得叮当响的杨家坳做人，人都会矮一截。而经过翠花阿爸阿妈的一番明察暗访，杨捷的家境就更加令人寒心：这小子自幼父母双亡，一直靠村寨里的救济长大，读书也是乡里供的学。家里就他一人守着半间年久失修的破土棚，天晴晚上可在屋里数星星，天雨可在床底养鱼虾，家中别无值钱一物。尽管他也算是村子里的大秀才，人也长得英俊潇洒，可就是没有一个女娃儿相中他。山里人也讲实惠，哪个姑娘家会愿跟一个穷小子去过吃了上顿愁下顿的艰难日子，受那份窝囊罪呢？

只有不可理喻的翠花，深深地爱恋着穷得裤裆打秋千的杨捷。翠花的爸妈怎能容忍得这一对不知天高地厚的痴心人呢？在他们看来，自己的女儿一定是吃了什么迷魂药，鬼迷了心窍，是瞎了眼睛往火坑里跳，往苦海里沉，做爸妈的哪有不心痛？他们好话说了千遍，要翠花悬崖勒马断了与杨捷的关系，并在翠花拒绝答应的情况下，收取了一位提亲人家的聘礼。

平时老实听话的翠花这回反了，居然当着来认亲的小伙子说她早已是人家的人了，要他趁早死了这条心！来认亲的小伙子差点没被气出个心肌梗死，最后只得在翠花爸妈的好言劝慰下气鼓鼓地回家去了。翠花爸妈指天发誓保证说，他们的女儿绝对没有那回事，只不过是她一时不知好歹说的气话，请未来的女婿爷千万不要有别的想法，等过些时候，他们一定让女儿自己去认家门见公婆。为免夜长梦多节外生枝，翠花的阿爸还不忘提醒小伙子回去后及早准备婚事。做父母的以自个当年的经验，认为女儿家再犟，一旦逼着办了婚事推入洞房，一夜夫妻百日恩，便会什么都认命，心也就不会再野了。

翠花的阿爸阿妈一天到晚苦口婆心劝说女儿回心转意，还请来了族上的长辈们轮番教训，可翠花始终都是那句话：我这辈子只要杨捷，一定要

嫁他，我又不是家里养的一只猫狗，中意给谁就给谁。

什么样的劝导都没有用，气昏了的老爷子忍无可忍，一个黑煞掌掴在翠花的脸上，顿时泛起深红的血掌印。老爷子下了最后通牒：要么去死，要么断了与那穷小子的念头！然后一把铁锁将翠花锁到东厢楼。

娘肚里十个儿，翠花的阿妈成天一把鼻涕一把泪，说是前辈子造了什么孽，养下这么个不孝女，只想把爷娘老子气死。甚至不顾长幼尊卑，给女儿下跪作揖，求女儿回心转意。

翠花与杨捷的事，就连平素无话不说的妹妹翠珠都极力反对，认为姐姐为那个穷小子这般痴情太不值得，太不可思议。假使翠花一意孤行，将来真的嫁过去，还不是受一辈子的穷，不会有什么好日子过的，到头来还得害苦了娘家亲戚。长痛不如短痛，趁早忍痛割爱，现实一些，多为将来的幸福打算。

关在东厢楼的翠花可是吃了秤砣铁了心，任凭爷老子发老虎威，娘老子哭天喊地下跪作揖，翠珠妹妹磨破嘴皮，就是不肯屈服，不肯妥协让步。在一个漆黑的雨夜，撬开窗户逃了出来，冒雨摸黑，翻过十里山路摸到了杨家坳。那晚，杨捷第一次用男子汉宽厚的胸脯温暖了翠花被泪雨淋湿的心。

第二天一早，翠珠给姐姐送饭时，发现东厢楼空空的，叫声不好，赶紧禀告阿爸阿妈。翠花阿爸一听说女儿撬窗逃走了，气得差点要撞墙，慌忙请来族上几位叔伯大爷商量，然后纠合寨上一班男壮劳力，扛着锄头、扁担，直奔杨家坳。

因为一件要紧事，杨捷中午被村里人喊去乡里了，临走叮嘱翠花在家好好待着。不想杨捷刚出去不久，翠花阿爸便带着大队人马气势汹汹地寻上门来。翠花因昨夜冒雨赶路太困，还在床上睡着，突然闻得屋外喊声连天，情知不妙，胡乱穿好衣服，欲从后门溜走。谁知后门也有人把住了，翠花刚把门拉开半边，便被守候在此的两个本家兄弟逮了个正着，一索子捆了个牢牢实实。

翠花被五花大绑推到屋前的坪地上，她阿爸一见这个不孝女儿，冲上前去不分青红皂白就是两扁担砍下来，一边号叫着“看我今天不打死你这不要脸的下贱东西”，要不是拉着的人多，只怕翠花三两下就会被打得没了气息。

被本家亲戚们拉扯着的翠花阿爸便对着杨捷的家门口破口大骂，骂杨捷是只缩头乌龟，既然吃了豹子胆敢勾引他家女儿，为何现在却躲着不敢出来见人，有种的话就钻出来和他拼个死活。本家亲戚们也一边起哄帮腔。翠花阿爸便越发骂得来劲，把杨捷的祖宗十八代一个不落地唤来钻过他的裤裆，又一个不落地操了几十遍。

有人提出杨捷若是再躲着不出来，就掀他的瓦、砸他的锅。结果，杨捷那本无值钱之物的破棚子在一阵锄头扁担的扫荡下很快就砸了个稀巴烂。

杨家坳的人听见翠花阿爸领着人马浩浩荡荡吆喝着开了过来，都赶到了杨捷家屋坪前。起初，有几位年长的老者试图劝阻，不想被红眼公鸡般的翠花阿爸一顿呵斥，讨了个没趣，只好远远退到一边做隔岸观火。当翠花的族人们像一群疯子般砸杨捷的破屋子时，再也没有人敢出面干预了。

砸完了屋子，翠花阿爸才重重地吐了口恶气，与耀武扬威的族人们一起牵着五花大绑的翠花，在杨家坳男女老少们的众目睽睽之下扬长而去。

晚上，杨捷从外面回来，看到家中被砸得一无完物，屋里屋外也不见翠花的人影。寨子里的人来告诉他，下午翠花阿爸带了一帮人来过，翠花是他们抢回去的，屋子也是他们砸烂的。杨捷一听，一股热血涌上脑门，便晕倒在门槛旁。

杨捷决定去找翠花阿爸理论，讨个公道，可人还未进翠花家的大门，便被一顿乱棍打了出来，杨捷未曾招架，结果被背后一榔头砸了个腿骨折，一头栽倒在地。这时，被关在屋里的翠花撞开门，顺手操起桌上的长剪刀，呼地冲到痛得在地上打滚的杨捷面前，高声喊道：你们若再敢动一下他，

我就死给你们看。

所有人被翠花的举动惊蒙了，一时竟不知如何收场。翠花阿爸气得咬牙切齿，狠狠地对翠花道："丢尽了祖宗脸面的东西，你若是一意要跟着这小花子去要饭，我也成全你，打今儿起，就先断了我们的父女名分，从此不再相干，往后永远也别想踏进这个家，永远也别想再回陈家庄来！"

"不回就不回，我偏要自己活出个人样来！"翠花背起地上的杨捷。一步一晃地走出院门，走出陈家庄，走过山梁，消失在雨水泥泞的山路尽头。

从此，陈家庄少了位能干的女娃子。

翠花将杨捷背回家，将被砸的家当收拾好，又跋山涉水到三十里路外的小镇上去请来草药郎中替杨捷治伤。深受感动的杨捷躺在翠花温柔的怀里不知所措，只是一遍又一遍地重复着：这又何苦呢，这又何苦呢？他甚至劝说过翠花离开自己，重新回到陈家庄，回到她阿爸阿妈的身边，回到她阿爸阿妈为她选定的男人那里去，再不要跟着他受穷受欺。这使翠花很生气，自己之所以弄得众叛亲离的结果，图的又是个什么？不为别的，只为你杨捷才是志同道合的人，有文化、有知识、肯上进、人穷志不穷。眼前困难一点怕什么，只要两个人齐心努力，凭着自个的智慧和勤劳，何愁将来过不上好日子？

一个月后，杨捷在翠花的精心护理下腿伤痊愈了。翠花便赶紧催促着去乡里办了登记，大概乡里的民政员同志也耳闻过他们的故事，所以在办证的时候对他们说了很多鼓励的话，这更坚定了翠花对未来生活和幸福的信心。

翠花的确是位了不起的女人，在她的计划下，与杨捷一起起早贪黑自力更生，利用自己学到的文化知识在小家庭里干起了科技种养，不出三年，硬是盖起了两间新瓦房，添置了家具。他们的宝贝女儿也出世了。他们成了一个快乐的幸福之家。

虽然三年来，翠花也日思夜想她的阿爸阿妈，但他们都和她断绝了关系，连妹妹翠珠也不肯原谅她，从没有来看她，也不与她通音信。翠花曾多少次萌生过回娘家去看望阿爸阿妈的念头，可是一想起当初自己离开他们时的情景就后怕。再说，杨捷也不同意她去看他们，他们留给杨捷的屈辱还没有从感情中完全消除，他也不愿翠花和自己再受委屈。

翠花很爱自己的丈夫，也很尊重丈夫的意愿，她只有耐心地等待，她相信总有一天，阿爸阿妈，还有妹妹翠珠，会与他们冰释前嫌，原谅他们，重归于好的。翠花越来越为自己勇敢的选择而心感宽慰。

一天晚上，小两口一番温存后，杨捷突然提出自己想去广东打工，这正合了翠花的心意。她想，虽然这几年由于夫妻二人辛勤努力，家境大有好转，比上不足比下有余，但毕竟山里条件差，要想一下子富起来可不是件容易事。更何况男子汉就应该到外面去经经风雨，见见世面，总比一辈子困在穷山窝里不出门强，就算不能捡个金元宝回来，也能长长见识嘛。于是便极力怂恿丈夫出去闯世界。

杨捷带着翠花的深情厚望，辞妻别女千里迢迢来到了热闹繁华的南方大都市，一番周折，终于在一家电子厂找到了一份工作。杨捷工作积极努力，生活勤俭节约，每月出粮后，首先便是去邮局给家里寄钱，除了生活必需之外，不再留下多余的钱来。因而月月便有数目不小的汇款单从千里之外的大都市寄回桂北山区的杨家坳，寄到翠花的手中。每次，翠花接过汇款单，心里总要泛起甜甜的幸福的微笑。

更使翠花感到幸福甜蜜的还有那一封封温存体贴的家书，诉不尽的思念，道不尽的缠绵。杨捷在信中总忘不了给翠花介绍都市的繁华以及工厂的繁忙，并随信寄回了他在广州火车站及工厂门口拍的照片。照片上的杨捷风度翩翩，一副踌躇满志的神态，令翠花看得爱不释手，对着照片一个劲地亲吻。杨捷说，等攒够了钱，条件好了，他要接翠花到广州、深圳美美地玩一圈。翠花每次回信也都极尽温柔和体贴，告诉他自己是如何的想念他，牵挂他，每天都教他们的女儿念“爸爸”，又叮嘱他一个人出门在

外，凡事都得靠自己，千万要小心身体，累了困了就别强迫自己蛮做，向老板请个假休息几天——她不知道在这些老板厂里请假比找工作还要困难得多。但一个妻子无微不至的关怀却是无法忽视的。

转眼春节到了，翠花带着咿呀学语的女儿，整天在门口盼望归来的杨捷，可盼来的却是迟迟才到的二百元汇款单和一封短信，信中说因厂里要赶货，春节回不成家了。翠花能够体谅丈夫的难处，俗话说端了人家的碗就得服人管。她只有紧咬牙关，强按思念的痛楚，和女儿一起度过了一个无人问候的寂寞的春节。

然而，春节刚过，便有流言传到了翠花的耳朵里，说杨捷不回家过年，根本就不是什么厂里忙赶货，而是和一位打工妹躲在一间出租屋里逍遥。翠花不信，她怎么能轻易相信自己深爱着的丈夫会变得那么花心，无情无义呢？她一直感觉到自己在丈夫的心中有多重的分量，她曾经是丈夫生命中唯一的精神支柱，丈夫又岂能忘记与自己曾经患难与共的日子，更何况现在又有了可爱的小女儿。翠花本想写封信给杨捷，但终于没有勇气动笔。她太信任自己的丈夫了，她想，如果自己冒冒失失写信去问这种事，一定会伤透丈夫的心，会影响到他的工作，他的前途——听说他前不久被老板提升了。

尽管翠花信任自己的丈夫不会做出对不起她的事情，可传言说得那么有鼻子有眼睛。俗话说无风不起浪，毕竟广州那种灯红酒绿的花花世界，到处都是干柴烈火的孤男寡女，天天黏糊在一块，不出问题也难保啊。想到这里，翠花不由得打了个寒噤。

事实上，杨捷的信的确渐渐稀疏起来，寄钱的次数和每次的数量也明显地少了，终于有一天，杨捷在信中说到自己在厂里待不下去了，准备找机会转厂，之后便很久没有消息。

翠花在焦虑和渴望中空盼了四个月，还是不见杨捷的片言只语寄回，而关于杨捷拈花惹草的传闻却在杨家坳传得沸沸扬扬。寨子里的人见面就问：你老公都在广州包二奶不要你和囡囡了，你还蒙在鼓里，为他守什么活寡，还不要着紧把那混账东西撵回来，免得你们娘俩再遭罪。村里的名声也给他败坏完了。

无奈之下，翠花决计到广州去寻夫。她将三岁的女儿托给寨子里一位好心大娘，只身一人挤上了去广州的汽车。

翠花几经周折找到了杨捷原来打工的厂子，到门卫处一问，居然告诉她真有杨捷这么个人，并且还是厂里的总务科科长。门卫反问翠花是杨捷的什么人，翠花如实回答，并声明是专程从桂北老家来寻他的。门卫便显出一脸的疑惑，说翠花一定是搞错了，他们的杨总务还没结过婚，哪里来的老婆？这不是开国际玩笑嘛！如今这世道真是什么事都会发生，黄花崽一下子便变成了别人的老公，够劲够劲！可不管门卫怎样奚落自己，翠花还是央求他进去通报一声，无论如何让杨捷出来一趟，她好见见人心甘。门卫便嘟囔着去到写字楼禀报。不一会儿，门卫从写字楼出来，对翠花两手一摊，说他们的杨总务不见翠花，正与经理商量大事来着。翠花还想坚持什么，门卫便一板脸孔，凶神恶煞起来，翠花只好极不情愿地离开，她决定等到下班时再来门口堵人。

可直到下班的人流全部散去，翠花也没有见着要见的人的影子，她开始怀疑自己是不是真的找错对象了。但明明自己的丈夫原本就是在这个厂，现在既然又有一个与自己丈夫同名同姓的人，难道真的就这么巧，走了一个杨捷，又另外来了一个杨捷？凭直觉，这不太可能。可是如果这位杨总务真要是自己的丈夫，为何又不肯出来见她呢？看来，唯一的解释便是这小子真的当上当代陈世美了。

翠花不甘放弃见到那位叫杨捷的总务科长，便一连两天猫在厂门口不远处的小卖部里观察着。终于，第二天下晚班时，一张熟悉的面孔闯进了翠花的眼睛里。翠花抑制不住激动，一边高喊着杨捷的名字，一边不顾人流的拥挤，向那张熟悉的面孔奔过去，完全忘记了一个女人的矜持。

刚刚跨出厂大门的杨捷被突如其来的喊声惊了一跳，但他立即故作镇定起来，面对周围怀着异样目光与神态的同事工友们，解释道：这是我大姐。便拉着翠花迅速离开了人群。

杨捷将翠花带回一间小出租屋里，刚一关上门，便黑着一副雷公脸，显出极不耐烦的样子，质问翠花不好好在家里待着，跑到广州来干什么，翠花本想先与杨捷亲热一番，再细诉衷肠，奈何杨捷一开腔对她这么不客气，仿佛她不该来，坏了他的什么好事似的，便忍不住委屈地哭泣起来，可一时又不便直截了当地道明原委，只好闷闷地说道：人家还不是想你嘛！

“你来了，那囡囡怎么办？”杨捷不好再发作，便装作关心地问道。

“给寨上三婶带着。”翠花用衣袖擦掉噙在眼眶的泪珠。

这一夜，杨捷给了翠花远离已久的温存，使翠花重又找回了过去的恩爱感觉。她几次欲开口询问关于杨捷花边传言的事，但话到嘴边又没了勇气，甚至连杨捷扯谎说跳厂的事都不敢再盘问。这是一个善良的容易满足的女人，她不忍心难为自己的丈夫，她甚至在心里想，即使那些传言是真实的，她也要原谅他，因为那种事情，认真起来也不能全怪他，更何况他现在已经回到了自己的怀里。

翠花枕在杨捷粗犷有力的臂弯里做着种种美好的联想，不料杨捷突然对她说，等过几天出了粮，就让翠花回桂北老家去，家里久没有人照管是不行的，囡囡也不能长久离开她。但翠花很坚决地告诉他，家里的一切都已安排妥当，囡囡早已断奶，跟着三婶很乖的，她这次是做好了长期出门的打算，也要出来打工挣钱，想早一点翻修房子。然后恳求杨捷给她在他们厂找份工作，杨捷起初还是坚持要翠花回桂北老家，但翠花死活不依。杨捷态度越硬，翠花心中的疑团越大，最后她只得摊牌，逼问杨捷是不是真的在外面有了新欢，不要她娘儿俩了，不然的话为什么这么火急火燎地要赶她走。杨捷连忙分辩自己绝对没有那回事，并指天画地发誓说，如若自己做了对不起她翠花的事，宁愿遭天打雷劈！

“那好，你就给我找一份工作做，反正我是不回去的。”翠花不肯就此罢休。

“那我就去试试看吧，但不一定能成。”

第二天下晚班，杨捷回到出租屋，告诉满心希望的翠花，厂里现在不招人，老板不肯通融。又问翠花别的厂子愿不愿去。翠花说，实在进不了杨捷他们的厂的话，别的工厂也得进。于是，三天后，翠花进了离杨捷的工厂五公里路远的一家塑料花厂。

翠花每天下班后依然回到杨捷的出租屋，她不肯与杨捷分开生活，她对杨捷已开始有些想法，而且她已明显地感觉到，杨捷对她的热情远远没有过去在家乡时那么炽烈了。她有时又想，是不是因为相隔得太久的缘故而显得生疏起来的？但不管是什么原因，她都决心用女人的体贴和温存来重新激起丈夫的热情。因此，尽管自己的工作比杨捷苦、累得多，但仍然坚持每天早起，先给杨捷弄好早餐才去上班，午餐都是各自的厂里供应，下午下班后又总是一个人买菜做饭，等杨捷回来。开始那阵，杨捷还能按时回来吃饭，可没多久便不再准时了，有时从天抹黑一直等到晚上十二点过，还是等不到杨捷的人影子，甚至通宵不回来睡觉的情况也有发生，若是问他原因，要么就是干巴巴的一句“加夜班”，要么干脆爱理不理。

翠花终于憋不住了，日子一长，关于杨捷与厂里某女文员的风流事便塞满了耳朵。可不管翠花怎样究问，杨捷都矢口否认，并反问翠花是从哪里听来这些谣言的。翠花当然说不出。杨捷便恶狠狠地说，那些造谣中伤他的人，一定是眼红他在厂里的地位和待遇，不安好心想搞臭他，搞垮他，好自己取而代之，但他杨捷身正不怕影子斜，谁也甭想扳倒他，他是全凭自己的实力爬到今天的位置的。如果让他查出是谁在背后搞他的鬼，他一定不会放过。

“敢情你到广州就是要来监视我的？”杨捷没有半点好声气，鼓着两只

死鱼眼，紧紧地瞅着表情沮丧的翠花，仿佛要将她的五脏六腑看透似的，翠花不敢怠慢，赶紧声明不是那回事，并不迭地说：没有就好，没有就好。

虽然杨捷一再标榜自己的清白，但夜不归“家”的现象却并没有所改变，甚而变本加厉起来，翠花决定要不惜一切查个水落石出了。这天晚上是杨捷难得一次的准时回家，夫妻二人都显得少有的欢喜，杨捷说明天是他的假日，他想带翠花去越秀公园玩，问翠花是不是也放假——其实，翠花没有假日，他早已很清楚。翠花明知杨捷是老鼠哭猫，只装作没识破，叹气说自己没有假放，要玩他一个人去玩好了，同时趁机告诉他，自己已经辞了工，再过几天就出厂，她打算回桂北老家去，出来几个月了，好牵挂囡囡。再说，厂里的工作实在太累人，工资又低，她很有些吃不消。

杨捷一听翠花说要辞工回家去，心里简直乐开了花，但他表面却责怪翠花，这么大的事情也不先跟他商量，不过既然已辞了工，回家去也好，吃奶的孩子离不得娘嘛。

几天之后，翠花被杨捷送上了开往桂北的汽车。

令杨捷万万料想不到的是，翠花并没有回到桂北老家。她在汽车开出不久便下了车，又转车回到了广州，并在杨捷所在的工厂的附近租了间小屋住下来，开始对杨捷实行暗中监控。

送走了翠花，杨捷顿时感到悬在头顶的石头落了地，当晚便兴致勃勃地约请了写字楼女文员江西籍的打工妹张艳芳去了一家饭店。这位张小姐果然出落得水灵标致，翠花与她相比无疑相形见绌。从工厂门口到饭店将近一公里的路上，杨捷的手在张小姐的纤纤细腰上就没有离开过，还不时地低下头去在张小姐的秀额上浪漫地飞上一吻。那张小姐是一副情意绵绵幸福陶醉的样子。

两个小时过去了，杨捷和那位美丽的张小姐依偎出来，乘着酒兴去到了张小姐的出租屋——原来，张小姐的出租屋与杨捷的住处正好在相背的两条小街中部，相隔直线不到三百米，中间还有一条两尺来宽的小巷相连着。

翠花尾随到张小姐的门口，本想继续跟进去，但终于还是忍住，远远地在旁边的一间小卖部里等候着。

然而，关上的门再也没打开，翠花换了几家小店，始终不见杨捷出来。直到凌晨1点多，翠花才拖着疲惫的身子回到自己的出租屋。这一夜，她不曾合过一下眼，她那颗善良而脆弱的心几乎要破碎了。

第二天下晚班，杨捷拥着花枝招展的张小姐回到了他的宿舍。刚一开门便大吃一惊：床上竟然睡着一个女人，再仔细一瞧，居然是自己的老婆。他怎么也不相信自己的眼睛，翠花不是被他亲自送上汽车回桂北老家去了吗？

原来杨捷犯了个极大的疏忽，他原先给翠花配的门钥匙忘了收回去，被翠花有意带走了。面对床上睡着的翠花，杨捷一时目瞪口呆。跟在后面的张小姐也莫名其妙地问这床上躺着的女人是谁。不等杨捷回过神来，翠花便一翻身坐起，双手叉腰，像头竖毛的母箭猪，黑着脸吼道："我是他老婆，你又是谁？"

张小姐当头吃了一闷棍，又羞又气，掉头冲出了杨捷的出租屋，杨捷追出去，想解释又不知从何说起——张小姐是在杨捷一再表白自己未曾恋爱结婚的情况下才与他拍拖好起来的。

杨捷眼见追不上张小姐，这边又被翠花死拉着，只得转回屋里，没好气地问道："你不是回老家去了吗？怎么又回来啦？"

翠花不听犹可，一听更是气不打一处来："我还没问你呢，你倒先问起我来了！哼，我问你，刚才那狐狸精是谁，你与她究竟是什么关系？今天你不说清楚，我就死给你看！"

杨捷明知道事情弄成这样，已经纸包不住火了，但又不好原原本本坦白，只承认是厂里的同事，一般的朋友关系而已。

这哪里还能哄得住翠花，一手指着杨捷的鼻子大声怒斥道："好你个没

良心的东西，我在家里累死累活支撑门庭，只盼你出来混点儿出息，也不枉我娘儿俩吃苦受屈，没想到你泥屎未干，倒先忘了根本，在这里做起陈世美来了。你说，你对得起我娘儿俩吗？我又哪一点愧对你啦？是的，我是没有那个张艳芳长得好看，可你怎么就不想想当初，除了我陈翠花，还有谁肯正眼瞧过你？臭狗屎！为了你，家里人全都与我断了关系，我容易吗？你到底还想要我怎么样？你敢说你和那个张小姐没有瓜葛是吧？好，那你给我解释清楚，昨天晚上一整夜赖在一个女人的屋子里，孤男寡女的到底做了些什么？再说刚才那狐狸精一听我说我是你老婆，抬脚就走，什么意思？你说，你说呀！你今天不给我说清楚，我还真与你没完！”

杨捷抵不住翠花连珠炮似的质问和责难，索性来个死猪不怕开水烫：“对，我是与她好了，她喜欢我，爱我，怎么样，够了吧？”

“这么说，你是打算不要我们娘儿俩啦？”翠花一下子晕倒在地上。

当翠花苏醒的时候，杨捷已不在屋子里，她清楚他去了哪里，但她已没有力气去找。

杨捷一直到第二天晚上才回来，一进门便提出要与翠花离婚，而且协议书也写好带回来了，只等翠花在上面签字画押。翠花明白这不是说说而已的事了，她决定先去找那位张小姐谈判。

翠花好不容易才敲开张小姐的门，一见面便直截了当兴师问罪，痛斥张小姐利用美色勾引自己的丈夫。

这张小姐也不是盏省油的灯，见翠花气势汹汹的样子，也不示弱，说杨捷现在爱的是她而不是翠花，有本事就将杨捷从她身边再抢回去：“杨捷已经答应和我结婚了，你还有什么可说的，你若再不乖乖地放聪明些，会有你的好果子吃的。”

翠花眼见硬的不行，只得软下来，一边哭泣着一边将自己与杨捷结合的坎坷经历对张小姐和盘托出。并一再表白自己对杨捷的爱有多深有多苦，在失去父母家庭的亲情之后，杨捷已是她生活的唯一依靠和生命的全部，对她和他们的女儿有多重要。总之一句话，她不能再失去这个依靠，囡囡不能成为没有父亲疼爱的孤儿。“你就可怜可怜我们娘儿俩吧，就当发善心，把我丈夫还给我。你这么年轻，又这么漂亮，比他强的男人多的是，你犯不着与一个不幸的女人来争他呀！我给你磕头，求求你哪，放我们娘儿俩一条生路吧！”

翠花不迭地给张小姐下跪磕头，可依然动摇不了张小姐的心。张小姐也有她一番难为人知的苦衷：杨捷认识她时，她正与另一位深深地爱恋过她的小伙子痛苦地诀别。那时候的她，万念俱灰，甚至多次想到过轻生，是风流倜傥的杨捷再次闯入她的生活之中，用百般的关怀与体贴温暖了她冰冷的心，重新鼓起她对生活的信念。当时杨捷对自己的婚姻状况隐瞒得天衣无缝。出于一种异性的感激，她与杨捷恋爱了，并且在不到一年的时间里，为杨捷做过两次人工流产，直到翠花来广州后一段时间，张小姐才隐约知道了原来杨捷一直在欺骗她，可这时的她已经深陷情网不能自拔了。最要紧的是她又怀孕几个月了，她去过医院，医生说如果再做人流的话，将来很可能会丧失生育能力，对身体健康也会很不利，她不能不保住肚子里的孩子了。她多次向杨捷提出结婚，杨捷已经答应了。现在翠花说自己的女儿不能没有父亲疼爱，难道她肚子里的孩子就活该尚未出世就要做没有父亲的孤儿吗？弄到今天这一步，她张艳芳也是走投无路别无选择啊！

“假如是你处在我现在的位置，你说说，你又该怎么办？”张小姐反守为攻。

翠花没有答应，的确，张小姐的遭遇她很同情，可同情归同情，总不能因此就要将自己的丈夫平白让给人家呀！归根结底还是她张艳芳破坏了自己与杨捷的感情，破坏了自己的家庭幸福。

“这么说，你是不肯将我的丈夫还给我啦？”

“现在他已是我的人了，我这辈子已跟定了他，谁也别想从我的手里再夺走！”张小姐寸步不让。

“那我要是不与他离婚呢？”

“离不离是你的事，结不结婚是我们的事。你们已经分居一年多了，到时法院判决也会判你们离的！”

“那好，既然这样，咱就走着瞧吧。我得不到的，谁也别想得到！”翠花吐出这硬邦邦的一句，甩门而出。张小姐冲着翠花离去的背影也提高了嗓门：“那我们就比试比试，我难道怕你吓唬不成！”

自从翠花与张小姐谈判破裂，杨捷已经十来天没回自己的出租屋了，不是躲在张小姐那里，便是去一些男同事的宿舍过夜。翠花一人独守空房很是难熬，她几次去到张小姐那里找，也去过厂里多次，可杨捷只要一见到翠花的影子，听到翠花的声音，便立刻躲了起来。

一天下午下班之际，杨捷一不留神，终于被守候多时的翠花拦在了大门口，杨捷还想甩掉翠花，翠花便威胁说，今天若不与她回出租房，她就要进厂大闹写字楼，非请杨捷的老板来评理不可。杨捷很害怕这一招，这样一来，十有八九要被老板炒了鱿鱼。于是只得硬起头皮跟着翠花回到出租屋。

杨捷似乎是吃了秤砣铁了心，对翠花说，你不要再缠着我，反正我不会对你再好，离婚是离定了的，不管你同意不同意。

“难道就再没有商量的余地了吗？”

“没有！”杨捷铁板钉钉。

“那么好吧，只要你不后悔，你就写离婚书吧，我签字！”

“是真的？”杨捷喜出望外但又心有疑虑。

“反正强扭的瓜也不甜，就算留得了你的人也留不了你的心！”

“我就知道你迟早会同意的。不过一夜夫妻百日恩，你对我的好处我也不会忘记，我如今这样做也是逼不得已，我会尽量补偿你。这样吧，你说要多少钱，只要我拿得出，我一定答应你。”

“钱我当然会要的，不过我也不会太难为你，这事可以商量，签完字我明天就回桂北去。但离婚归离婚，我付出这么大的代价成全你和张小姐，你就一点感激报答也没有吗？”

“我不是说过了嘛，要多少钱你尽管开口，只要我能拿得出来，就是一万两万块都行。”杨捷表现得格外干脆爽快。

翠花说，他们都这么多年的夫妻了，离了婚就是路人，她想让杨捷今晚陪她过夜，留下最后的温存回忆，“这是我最后一次要求，你肯答应吗？”

“行，今晚就陪你一夜，不过我们可得先说好，明天就大路朝天各走一边，互不相干了。”

翠花激动地抱住此刻尚属自己的丈夫，并温柔地为他宽衣解带……有那么一刻，杨捷突然良心发现，觉得做了亏心事，对不起忠心耿耿的妻子。但他现在已是骑虎难下，不能回头，于是加倍卖力，想用这一夜的温存一笔勾销自己的孽债。

终于，两人在极度的亢奋中筋疲力尽，渐渐沉入梦乡。

半夜时分，一声杀猪般的嚎叫猛然惊醒了沉睡的世界。杨捷像一个疯子一般捂着血淋淋的下身蹿下了床，在地上滚做一团，不一会儿便昏死过去。半小时之后，被闻讯赶来的工友送进了医院。经医生诊断，杨捷的生殖器被利剪齐根剪断，断物下落不明，十二小时后无法再植。一条腿骨粉碎性骨折，属重物碰撞打击所致。

几乎是同时，翠花也被送进了同一家医院，她是因跳楼摔断了两颗门牙，折了一条胳膊腿，伤势不算太重，十天后便出院进了派出所。

杨捷出事后，张艳芳曾多次去医院看望过他，并亲自服侍过一段时间。因为种种原因，她不得不从工厂辞工出来，但不久便再也没有她的身影出现，只听说她在医院会计室给杨捷留了一笔数目不大的医药费。

翠花在看守所里待了近两个月。她的遭遇引起了警官同志的深切同情，广大工友纷纷前来探视并联名为她求情，就连躺在医院的杨捷得知翠花进了看守所，终于良心发现，咬破手指写下血书，主动承认自己的过错，为

翠花开释，求公安机关放过他苦命的女人。根据翠花的悔过表现和人们的请求，在律师救助中心的努力奔走下，终于以特案特办的形式，翠花被免予起诉，教育释放了。这是她万万料想不到的，为此，她对管教的干警和救助中心的热心律师感激地磕了十个响头。

再过一段时间，断了根又遭遇张小姐遗弃的杨捷，被翠花从医院里接出，他们双双踏上了回桂北老家的汽车。人们发觉，身强体壮的翠花已变得憔悴不堪。

临行，许多以前认识和不认识的工友前来为他们送行，并纷纷拿出自己的钱来塞到翠花手中，翠花没有哭也没有笑，捧着工友们的心意，对送行的人们深深地鞠了三躬。

只有被翠花搀扶着的脸色苍白的杨捷泪流满面，不知是出于感激还是因为羞愧。

原载《吐鲁番》2004 年第 4 期

玉枝姐外传

认识玉枝的过程非常简单。

交通运输学校毕业时，我没有去成向往已久的南昆线，却阴差阳错反被人羡慕地留在了相对落后的枝柳线，并被分配到离市区近两百公里的县级小站——融城站下面的一个工区里，做了一名小小的实习通信工。

也该我赶趟儿跟着倒霉，实习期尚未满，还没有正式拿到上岗证，下岗的命运便已经在前面等着我了。铁路百万大裁员，谁也阻挡不了的决策。定岗、定员指标下到工区后，班组讨论会上，平日对我呵护有加的老师傅们关键时刻不可通融了：“阿婕啊，我们都是一把年纪了，家有老小，得靠工资养家过日子呢，你一个女孩儿娇娇，没牵没挂的，要下岗，可得你先下！”我无可奈何，老师傅们也不是要故意与我过不去，但是现实残酷的，尽管我一万个不情愿，我必须面对并接受这个现实。

就这样，未曾正式上岗便已成了下岗对象的我，彷徨无奈中便只有老往家里跑趟儿，想在柳州找些门路活动活动。

我往家里跑得最勤的那段日子，也是玉枝生意做得风火的时候。

每次，我从融城站上车，总能见到一位高挑个子风韵饱满的漂亮女人，手中提着一只编花提篮，在拥挤的车厢里来回穿梭着叫卖，“瓜子花生矿泉

水”或者“猪蹄鸡蛋豆腐串”，叫卖声清脆响亮，明快中夹着三分诱惑的甜意，那捎带着北方味的普通话嘎嘣脆，全然没有南方话的拖泥带水。而她那乌黑贼亮的大眼睛，只要定定地望住你，你就很难找到不买“瓜子花生矿泉水”或者“猪蹄鸡蛋豆腐串”的理由。我想，这或许就是一个精明成熟的女人特有的魅力吧？尤其是那些猫猫眼的男乘客，为了一种心照不宣的动机，便会在女人走过来时“来包瓜子”，在女人走过去时又忍不住“来只猪蹄”。而女人也很善解人意地一边做着周围的生意，一边不忘在重复光顾者面前多作停留，或竟与他们攀谈起来，很有分寸地插科打诨，甚或打情骂俏。在这个蓄意制造的暧昧过程中，女人提篮里的矿泉水又少了几瓶，花生瓜子又少了几包，卤豆腐又少了几大串。不多久工夫，装得满满的小提篮便空空如也。

商机无处不在，比如这南来北往的火车。但上火车做小食买卖，无证无照无手续，按铁路上的规定是不允许的。不过食贩们自有办法对付，他们往往先抢在车门口，很热情很真诚地将提篮里的小食免费送给守门或不守门的乘务员和乘警品尝，并主动帮他们打扫车厢卫生，侥幸的获得默许通行，倒霉的却白白浪费了表情。只有这漂亮女人似乎没有过不了的关。

我对这漂亮女人引起兴趣，是第三次在回柳州的车上。当时，我坐的是 10 号车厢前部靠窗边的一个位置。漂亮女人也是从融城站上的车，一上车照例亮开嗓门从车厢的另一头一路春风地叫卖过来，当走到我的座位跟前时，见我旁边还空着一个位置，便一屁股塌了下来，坐着继续向周围的人兜售，一边和对面的几位男乘客聊了起来，逗引那些想捡嘴上便宜的憨仔硬着头皮要了几只猪蹄。漂亮女人并不失时机地问我是不是想吃点什么：“阿妹，要串卤豆腐吗？很好吃的。”我当时心里正郁闷得慌，只顾将眼睛盯着窗外出神，没有搭理她，直到她第二次叫唤时，才不耐烦地应了声“不要”。这女人似乎并不计较我的冷淡，待到再起身往别处兜售时，顺手将一个用布袋扭紧的小塑料桶放在刚才的座位上，并招呼我说：“阿妹，麻烦你帮我照看一下。”一副老相识的样子，语气间不容置疑。我心不在焉地点了点头，女人便吆喝着往前面的车厢去了。不多久，几个叫卖的小食贩突然从前面车厢慌慌张张地跑过来，将手中的小贩包、提篮和小食品桶忙不迭地往乘客的座位底下或行李架上藏，漂亮女人也急匆匆地跑过来，坐回我的身边，不动声色地将小食品桶往我的座位底下塞，并把手中的小提篮不由分说地塞到我与车壁之间，同时娴熟地把我的外大衣掀起一角遮住提篮，然后才紧挨着我，悄声说“前面有人检查过来了，帮我遮着点。”我不忍拒绝。然后她便一只手撑在茶几上，脸朝窗外，一边嗑着瓜子，若无其事地哼起了她的北方小曲来。

车厢的另一头传来了紧张的嘈杂声，我侧身想瞧个究竟，只见一位来不及躲闪的女食贩手中的塑料食品桶被两位年轻的女乘务员一把夺过去，那只装有大半桶食品的红塑料桶在狭窄的巷道中划出一道残忍的血光。那女食贩东西被抢，并不甘心，一边哭哭啼啼骂骂咧咧，一边用满是油渍的手扯住两位乘务员的衣角不放。女乘务员一声召唤，立即跑过去几名男乘警，鹰抓老鼠似的将号啕耍泼的女贩拎到乘警室去了。接着，开始对10号车厢进行全面清查，有两只装满了猪蹄和豆腐串的小桶被搜出来拎走了，桶的主人想上前要回，也只赚回了一顿狗血喷头的呵斥。我座位底下的塑料桶本来被细心的乘警发现了，但紧要关头，那位乘警挡不住我身边这位漂亮的女人一声亲热甜脆的“发仔兄弟”的招呼，便装作没看见了。也许是平日里吃人家的猪蹄鸡翅太多，顺手油揩的也不少吧，才肯如此开恩手下留情？

一切安然无恙，漂亮女人在庆幸自己的东西没被“抢”走的同时，便放肆地诅咒起列车上的“生意霸道”来。原来，这列车上的小食品买卖，都是由车队自个儿承揽的，一来是自身利益的需要，二来据说也是为了卫生安全起见。因此车上有规定，凡乘车旅客及闲杂人员，一律不准在车上叫卖。但这回的车上大清查行动，还有一个更为重要的缘由，据说有个什

么卫生检查团正在列车上。怪不得搞得这么紧张悬乎鸡飞狗跳。

一番清洗之后，车厢里出现了少有的安静秩序，广播室送出了提醒乘客不要吃不卫生的食品的播音，紧接着，一辆铁皮食品车在《常回家看看》的音乐旋律中缓缓推了过来。但尽管一本正经的售货员一路扯着嗓子吆喝：啤酒饮料矿泉水，面包蛋糕方便面，哪位要买？却很少有人问津。

漂亮女人为答谢我的出手相助，待售货车走过后，从食品桶里拎出一大串卤豆腐来请我吃，我本不想接受，可女人硬是往我手里塞，叫我一定“不要客气”。我只好恭敬不如从命了。

不敢再贸然叫卖的漂亮女人，干脆和我套近乎拉起了家常。吃着人家馈赠的豆腐串，总不好再对人家的亲热置之不理，我不得不装出洗耳恭听的样子。漂亮女人说她其实早就认得我了，以前在车上见过我好多次背着个工具包，一定是个铁路妹。并且告诉我说，她自己也是住在铁路，算起来也该是铁路上的人，只不过用现在时兴的话来说早就成了“下岗人员”，没人搭理罢了。

“下岗？”我的心里不禁一咯噔，感情的距离似乎也一下子拉近了许多，也许这就叫作同病相怜吧？于是主动和她聊了起来，并且不无忧郁地告诉她，自己眼下也正面临着下岗的威胁，还不知道将来定职后该去干什么呢！

“咳，怕啥呢，不就是个下岗嘛，还能把你个大学生怎么啦？照我说呀，东方不亮西方亮，像你们这号年轻人，有文凭，有知识，有技术，去到哪里不好找工作？总不至于像我这个没文化的老大姐一样，弄得没法儿偷着上火车卖小吃，低三下四低声下气的，整天还得提心吊胆儿。不过啊，如今我也看开了，就算做个小食贩子又怎么样？像大姐我这样子瞎混混，一个月下来，七百八百的也照样可以挣得来。山不转水转，天不转地转，你说是不？”

我无言以对，但心里却油然冒出一股温暖。

这真是一个健谈的女人，而且一旦与你投缘，又是一个心灵不设防的女人。以后的几次车上相遇，我们总是一见面就海聊起来，简直成了无所不谈的朋友。有时聊得起兴，干脆连生意也停下不做了，只管一个劲地与我侃她的人生际遇和罗曼故事，很全情投入。从她的娓娓侃谈以及熟知她的旁人们的闲聊中，我渐渐了解到这个外表开朗的俏女人不为人知的坎坷经历，深深感受到一个被压抑长久的灵魂，一个充满激情与幻想却又被现实当头棒击的历经磨难的灵魂，一个饱受委屈历尽沧桑却不肯屈服的灵魂，一个渴望发泄渴望倾诉渴望理解渴望抚慰的灵魂。

漂亮女人叫玉枝，姓张，自称还是张学良将军的同乡。父亲原是东北某部队铁道工程志愿兵，妈妈是个地道的东北农妇。北方女孩儿吃黑面馍馍特长个儿，十四岁不到的玉枝身体便像根大葱般一个劲地往上蹭，结实的胸部也开始向外隆起，已经出落得亭亭玉立模样俊俏，看上去令人心动了。水灵俊俏的玉枝成了班上乃至全校的一枝花。

玉枝性格活泼，天生好动，文娱、体育样样爱好，特别能得年轻的文体老师的垂青。

刚从省体校毕业分配来学校的体育老师，是个仪表堂堂的小伙儿，英俊潇洒中透着干练勇武，是许多女孩子的心中偶像。发育快的女孩子往往成熟早，情窦初开的小玉枝自己也弄不清从什么时候起，竟然神不知鬼不觉地暗恋上了年轻潇洒的体育教师。老师的一举手一投足，在每一个不设防的瞬间向玉枝倾袭而来时，她的心里仿佛有一只小鹿在狂奔，在蒙昧的爱情的旋涡里，小玉枝偷偷地独个儿感受着幸福和不安，许多时候莫名其妙地被自己的心思弄得魂不守舍。喜欢上体育老师的玉枝，却不能公开表露自己的心事，她不清楚体育老师是否懂得她的心思，更不知道体育老师是不是也喜欢她，这种暧昧情怀的确十分地煎熬。

玉枝默默地忍耐了好一段时间，实在憋不住了，便鼓起十二分的勇气，开始找借口到体育老师的单身宿舍去借书，借别的东西，而且渐渐去得越

来越勤。体育老师总是很热情很耐心。有时，玉枝看见体育老师床底的脏衣服，便主动拿去洗，体育老师客套一顿也乐得有人帮清理“垃圾”，再后来便发展到为体育老师做饭哪，星期天守屋什么的，反正老找机会和借口想赖在体育老师的宿舍不出门。终于有一天，在玉枝热切的暗示下，体育老师也抵挡不住了，就在那张缺角的办公桌上抱了她，吻了她。那一刻，她觉得自己成了世界上最幸福的人。她的愿望实现了，这一切全在于她的巧安排、巧盘算、巧用心。

玉枝为自己初步成功欢欣鼓舞，她脑子里还有许多意愿等待实现。可是自从那次初尝禁果，体育老师见了玉枝表情总是怪怪的，并且明显限制了她单独去自己宿舍的机会，分明有意在躲避她，疏远她。但玉枝已被初恋的喜悦冲昏了头脑，体育老师越是疏远她，便越要去亲近，表现也越热切，直到又一次与体育老师在房间里偷偷拥吻之后，体育老师惶恐地对她说：“咱不能再这样了，要不既糟蹋了你，也会毁了我的。我是老师，你还是个未成年的中学生呢。我真的好害怕啊！”可玉枝却无所谓，说她就喜欢与体育老师在一起，不过她保证不会让老师和同学们知道的。

然而，没有不透风的墙，不久后，她与体育老师的事在学校里闹得沸沸扬扬。为此事，体育老师进过学校的禁闭室。但玉枝很义气，也很坚决，面对种种诱导，一口咬定体育老师对她没有任何越轨之举，纯粹是有人想害她和体育老师。有体育老师的口供，学校没有相信她的话，决定让她退学或转校。但另外找了个原因通知了她妈妈。一个老实巴交的农家妇女，做梦也没有想到自己的女儿好端端的为啥要转校或退学，只好独自哀叹女儿不争气。

恰在这时，玉枝的爸爸转业了，被分配到南方修三线铁路，于是玉枝随父母举家南迁到了广西，在枝柳线上颠沛了将近两年，才在沿线的融城站安了个简陋的家。

玉枝被送到沿线的一所铁路中学继续学业。她的体育特长使她成了学校的小名人，她把对体育老师的思念变成了对体育运动的刻苦训练，体育才能超常发挥。正因如此，尽管她那老实窝囊的工人老爸无权无势又不善拉关系走后门，玉枝还是凭自己的优势顺利地升入高中。上高中后的玉枝更是在体育方面将自己的特长发挥得淋漓尽致，多次以主力队员的身份随学校女子篮球队南征北战，为学校体育工作的战果立下了汗马功劳，而她的芳名也在铁路沿线“体育界”渐渐传开了。

其间，玉枝也曾忍不住给北方的体育老师写过几封信，但每一次都如石沉大海，爱情的打击使她经常沉浸在忧伤的冰河里独自沉浮，就这样日复一日在无望的相思中打熬到了高中毕业。

那时候上大学还是件很难的事，学习成绩不怎么样的玉枝虽然报考了体校，但还是因为文化成绩太差名落孙山。她那只知道成天埋头干活的老爸，除了在家里对着墙板干吼便再也没有别的辙儿了。从此，玉枝在众人的惋惜中开始了她漫长的待业生涯。

待业在家的玉枝并没有完全被人遗忘，她的体育特长给人留下过深刻的印象，每逢铁路沿线举行体育赛事，母校的女子篮球队总少不了要来请她回去当主力队员。后来，别的学校以及知道她的一些单位，也不时地来邀请她出去打球。她甚至还被请去参加过自治区的职工业余篮球巡回赛。那时候，被人请去打球，除了管吃管住之外，没有其他任何的报酬，但玉枝一点也不计较，反正在家闲着也是闲着，况且打球本来就是她的爱好，这里面还含有一种特别的精神寄托的成分。的确，也只有在生龙活虎的赛场上才能一展自己的风采，才能暂时把待业的无奈与苦恼抛到脑后。她也曾天真地幻想通过打球来争得自己在社会立身的一席之地——融城铁小就曾许诺过要招聘她当体育老师。事实上，玉枝也的确在融城铁小当了三个月零十天的体育代课教师：当时，铁小的体育老师生孩子，上课没人顶替，校长于是便做了这个顺水人情。其时的玉枝已经二十四岁，在家待业五年多了，便满以为苦等了这么多年，这回终于等到了机会，可以端上国家的

饭碗了。哪知道这碗还没端热乎就被辞退了。因为原来的体育老师产假期满要回来上课，而学校又没有新增编制可以容纳玉枝，玉枝也就只好“卷了铺盖”打道回府。不过学校还算比较仁厚，一共给她发了五个月的代课费，算是对她的一点补偿。

俗话说，男大当婚女大当嫁，早已到了谈婚论嫁之期的玉枝，工作虽毫无着落，却成了小伙子们找对象的抢手货。除了大人们的提亲，光写信或当面直接向她求爱的男孩儿，都要以打计算。玉枝的爸妈也觉得女儿这么大了，一直守在家里靠父母供养不是个滋味，是该早点把她打发出去了。可玉枝横竖不肯找对象。无论是上门提亲还是私下求爱者，她都一概置之不理。她有她的小九九，一是工作没着落，自觉与人谈恋爱会矮了一截，怕被人看扁，久而久之人家要瞧不起，同时也实在心里放不下远在东北老家却又杳无音讯的体育老师。虽然她也不是不能明白，都这么多年了，体育老师也一定早已娶妻生子，说不定把她忘到爪哇国了，可她就是不死这个心，总抱有一种不切实际的幻想。

爸妈见女儿对找对象的事无动于衷，认为女大管不了了，不免非常生气，对她便也没有好声色。可不论爹娘老子如何着急担忧，如何生气，玉枝依旧是一副雷打不动的样子，有时逼急了，她会反蹦出一句：工作没本事为我找一个，整天就想着要我去嫁男人，反正我现在是不嫁的！玉枝不是不解儿女风情，她正是为情所困，爸妈又如何能解得开女儿心思呢？于是就这样一直僵持着，挨到了二十八岁。

二十八岁的大姑娘张玉枝看起来依然水灵标致富有魅力，可依旧一无所成，依旧是个未被关注的待业青年，随着离校渐久，年纪增长，加之新人辈出，沿线的体育赛事也渐渐消失了她矫捷的身影。她开始成为一个真正的闲人，先前的理想也随着时光的流逝，一点一点地破灭，直至麻木了。最后只剩下了两个非常逼人的现实的字：生活。而对于一个普通的女人来说，所谓生活的第一要着，恐怕要以婚姻作为附丽。

快到三十岁的玉枝可真让当爸妈的放心不下了。再这样一年一年郎当着拖下去，将来可怎么个结果呀！没有职业也没有经济来源的玉枝当然也不是不清楚自己的处境，这么些年过来，她总算明白了，朦胧的期待不会有奇迹发生，过去的爱注定没有结果，唯有面对现实收心认命。

玉枝终于决定嫁人，条件是起码要能养得起自己。消息一传出，前来应征的人还真不少。玉枝挑来拣去，最后选中了在工区当小工长的王顺来。王顺来比玉枝大七岁，除却相貌平平，个头矮小略嫌憨傻之外，其他条件倒也不错，刚分着套一室一厅的房子，每月千儿八百元的工资稳拿起，大小还管着一个工班七八号人。听说领工员对他也还算看重，偶尔也有点捞油水的差使派给他，人们背后都善意地叫他“老鼠精”。玉枝以极限速度与王顺来完成了恋爱的全过程，认识不到一个月便领上了结婚证。王顺来把喜事儿办得很是红火，在融城饭店摆了二十桌酒席。灰不溜丢的他在三十六岁上好不容易才摊上个水灵俊秀的张玉枝，不能说不是捡了个天大的便宜，用那些爱嚼舌头者的话来说，真是癞蛤蟆吃到了天鹅肉。他乐得，理所当然要大张旗鼓轰轰烈烈地庆贺一番风光一番了！

不用说，平素有恩于王顺来的领工员也在恭请之列，并被奉为酒席上宾。这领工员原本是个有名的花棍子，见天对周围的漂亮女人心怀鬼胎，时不时弄出些真真假假的桃色故事来。这下乍见了前来敬酒的风姿绰约、光艳照人的新娘子，立马被新娘的美貌勾住了。这一见不打紧，从此心里便起了醋疙瘩。

婚后的玉枝，俨然一个十足的家庭主妇，每天除了在家做饭、洗衣，便再无事可做，虽然生活有保障，可日子一长便不免烦腻。而貌不起眼的王顺来那副猥琐样儿，看久了更是觉得扎眼、厌倦。她想到家庭外面去透口气，于是整天吵着要王顺来为她找份事情做。

王顺来被缠得没法，只好答应去试试。本来他也乐得玉枝能有份事做，两个人拿双工资，总强过一个人吃闲饭。王顺来搜肠刮肚地思来想去，最

后决定去找自己的顶头上司领工员碰碰运气。这花棍子领工员自从上次在酒宴上瞄上了玉枝，心里一直就没有安分停当过，只是苦于一时找不到近乎的机会，王顺来亲自求上门来，正中了自己的下怀。领工区小食堂正好缺个厨师兼清洁工，便很爽快地答应了王顺来的帮忙请求，交代玉枝隔天就去报到上班，并煞有介事地叮嘱说，如果去迟了，恐怕位置被人家弄了去，因为要找事做的也不只他王顺来的老婆一个人，排着长队等呢！受宠若惊的王顺来千恩万谢，只差磕头捣蒜了。

玉枝有了一份厨师兼清洁工的差事，虽说是临时工性质，但她依然十分满意，对于这份工作很是珍惜，不但一日三餐饭菜做得喷香可口，让那十几个单身小青年吃得舒服满意，每天的卫生更是勤于洒扫，领工区大院里里外外全被打理得干干净净、清爽整洁，尤其对领工员的办公室，更是细心理弄：开水早早地准备好，地板早早地拖干净，窗户玻璃早早地擦明亮，书报资料早早地收拾整齐，乃至办公桌上的茶杯、烟灰缸等，都一一清理停当。领工员对玉枝的工作表现出极大的欣赏，每次一见就直夸玉枝能干，说照这样下去，将来肯定亏待不了她。还时不时带些小吃点心之类到办公室来，请玉枝品尝。起初玉枝觉得不好意思，还有些推辞，多次以后就不再客气了。

领工员对玉枝在工作上很关照，在工资上也很优待。每月发工资后，总要另外拿出二三十元来作为对玉枝“工作出色”的“奖励”。受到“奖励”的玉枝自然是感激不已。不仅如此，在生活上，领工员也是一副关怀备至的模样，极力表现出一种少有的热忱，进而在玉枝感动之余，有意无意地流露出自己对于家庭生活的不满与烦忧。而这又正好撩起玉枝深藏心中的隐痛。

老实说，王顺来本不是她的理想和所爱，她的爱从少女时代起就献给了那远在北方的体育老师，嫁给王顺来只是命运的造化。事实上，结婚以来，她与王顺来过得一点情趣也没有，王顺来贼眉鼠眼的猥琐，与阳刚英武的男子汉气概形成了何等鲜明的对照！玉枝禁不住自恨：一朵鲜花插在了臭牛粪上，一万个不值。

领工员与玉枝合念着家庭烦恼这同一本心经，念出了同一种感受，念出了同一种欲望，不知不觉便念到了一块。终于有一天，玉枝不由自主地在领工员精心谋划的一次舞会上，懵懵懂懂地跌进了他的怀里。

一次苟合不自掂量，可事后玉枝心里总有种挥之不去的惶恐与愧疚，有种坠入深渊的懊丧与后悔，毕竟这不是一个规矩女人该干的勾当。她甚至不敢再面对那勾引她坠入深渊的领工员，她觉得他就像一个魔，因此上班的时候总是刻意躲避着他。但是，这种说不清道不明的苟且事，只要还在一块儿，有了第一次，就难保不会再有第二次、第三次。工于心计的领工员可不是那么好躲避的，在一切由他说了算的领工区，只要你还想在这里干下去，你又如何躲避得了呢？那会儿正流行一句口头禅：我是流氓我怕谁。真要惹恼了他，一准没有自己的好果子吃，他会用辞退相威胁，甚至还有更损的，譬如向外捅破他们的不正当关系，并且可以装得很无辜地为自己开脱，说是玉枝心怀不轨，故意利用色相作诱饵，勾引他，腐蚀他，毒害他，到那时究竟谁丢脸儿谁吃亏！无奈，错上了贼船的玉枝只能听任领工员的随意玩弄和摆布，并想着法子为自己遮掩。

然而，纸终究包不住火。玉枝和领工员的暧昧关系渐渐在整个工区私下传得沸沸扬扬，甚至传出了有人曾目睹两人在领工员的办公室里嘴对嘴咬在一起干那事儿。虽然这些传言闪闪烁烁，难辨真假，让人将信将疑，但大家见了玉枝总用另外一种眼光和神态。玉枝尽管表面装得一本正经，对别人异样的眼光和态度也装作没有感觉，可毕竟她自个儿清楚明白，心内本有鬼，如何不惊怕。

玉枝与领工员的绯闻终于传到了王顺来的耳朵里。被人戴了绿帽子的王顺来，屈辱的感觉比挖了他家的祖坟还要难以容忍、难以饶恕，更何况这个给他戴绿帽子的人还是平常对他称兄道弟、关心备至的顶头上司。这

天，王顺来从外面巡线返回的路上，碰巧听到两位工友在背后议论玉枝与领工员的风流事，说得有鼻子有眼的，像亲眼所见一样。怒从心中起恶向胆边生，血涌脑门的王顺来冲上去一顿拳头将两位猝不及防的工友打得鼻青脸肿狼狈而逃。一到家里便拴起门来，一个巴掌将正在做饭的玉枝掀翻在灶台边，接着脱下大头皮鞋朝地上的玉枝一顿劈头盖脸，一边吼着："你这只不要脸的野母狗，今天不给老子交代清楚，休想活了！"顿时，玉枝粉嫩的脸上便爬满了道道青紫。尽管玉枝百般否认，百般辩解，百般讨饶，可气急败坏的王顺来就是不解恨，并操起菜刀扬言要去找领工员算账，结果死死拉住王顺来不肯松手的玉枝被狠狠吃了一刀。

找领工员算账最终没有找成，毕竟手中没有证据，这没有把柄的事弄不好自己是要吃亏的，王顺来多少还懂得一点法律常识。捉奸捉双，他捉不到这个双，也不想捉这个双，唯一可行的办法就是自己亲自去领工区把玉枝的工作辞了，让她从此在家老实待着，免得再在外边招蜂引蝶。

虽说玉枝辞工回了家，心却没能够一下子回归到狭小的屋里头来，与领工员作孽苟欢时间长了，竟鬼使神差生出一份莫名的惆怅，好在不久之后，领工员因工作调动去了南昆线，总算带走了一场风流孽债。

与领工员断了念想的玉枝，对王顺来越发提不起兴致。每天在家百无聊赖，没事儿便邀上几个女人一起来玩玩扑克、搓搓麻将打发时间，到了夜里，蒙头往床上一躺，任凭满嘴酒臭的王顺来怎么发泄、折腾，冷漠得就像块枕木头。久而久之，"独立作业"的王顺来也觉得乏了味。

与王顺来结婚三年，玉枝生了个男孩儿，取名叫来生。小来生的降临，似乎使夫妻俩的感情距离拉近了许多。但添了人丁之后，家中开销也随即猛增，靠王顺来一个人的工资生活，经济本来就拮据，这下更显得捉襟见肘了。玉枝趁势又提出要出去找工作，将儿子交给外婆照管。王顺来因为曾经有过绿帽子的嫌疑，本不愿让玉枝再到外面去招摇，但这回他瞎子狗碰到稀屎运，着实逮上了个好机会，车站货场要招一批临时装卸工，据说将来还有可能转为合同制，正好货场负责人是他的一个远房亲戚，比较可靠，于是便让玉枝去报了名。

玉枝自然很在乎这第二次的工作机会，尽管是刚养下孩子不久的女人，可干起活来一点也不比那些刁皮的男工们差，很卖力很吃苦，班组的同事都乐得与她搭档，只是缘于她曾在领工区闹下过的风流韵事，大伙说话起来颇有些不恭敬，老爱拿她开腥荤的玩笑，甚至忍不住动手动脚。货场的工作又苦又脏又枯燥，难得来了个风流美人可以开开心调调胃口，醒脑提神，何乐而不为?

由于玉枝的出色表现，加之王顺来那当货场负责人的远房亲戚的活动张罗，一年后，玉枝终于得到了那张梦寐以求的合同制工人招工表，让装卸组那帮老临工们又是羡慕又是嫉妒又是不平。有人甚至怀疑玉枝是不是又与从前在领工区时一样，玩弄了美人计。

然而好事多磨，一个棘手的问题又不可抵挡地暴露出来了。随着小来生的渐渐长大，人们惊奇地发现，王顺来家的儿子越来越与调走的领工员有些挂相，与王顺来这个天经地义的亲爸倒是横看竖看怎么也挂不着边儿。

“王顺来家的小子像调走的领工员。”这话成了人人皆知的秘密。

玉枝与领工员的暧昧故事死灰复燃，再度传得沸沸扬扬。一不瞎二不聋三不傻的王顺来，起初虽不怎么留意，可这日子一长，越看就越觉着这小王八羔子果然不像是自己的“产品”，瞧那长相、那神态、那德行，分明一个十足的小野种!

还没有从当爸爸的喜悦中缓过来的王顺来骤然又掉进了感情与道德的冰窟里，人也开始变得冷漠凶狠起来，对小来生开口闭口“小野杂种”，对玉枝就更别提骂得多难听了。精神崩溃的他开始放浪地酗酒和赌博。每每深更半夜从外面赌输喝醉回来，不管玉枝娘俩睡了多久，多困多累，总要借着酒疯将玉枝从被窝里揪起来，一阵毒打，口里不停地骂着“打死你这

个养小野种的娼妇”，就连不满三岁的小来生也不能幸免，常常被迫跟着起来为妈妈“陪斗”。

玉枝经常拖着一身的伤痛去上班，干活的神气与以前相比也大打折扣，老是精神恍惚的样子，好几次都差点昏厥在货场上，工友们都为她捏了一把汗，许多苦重危险的活儿都不敢再让她沾边了。可货场装卸工的活儿，除了苦脏累险，还是苦脏累险。而这时，迅猛发展的公路运输业对长期的铁老大造成了极大的业务冲击，货场负责人被迫易位，“优化组合，减员增效”也势不可当地在货场全面实施。失去了庇护的张玉枝，在装卸组的“优化组合”中终于被民意淘汰了，成了第一个下岗对象。

再次赋闲在家的玉枝，经济上无疑只能完全依赖王顺来了，何况好歹也是一个家，每天开门七件事，样样离不了一个“钱”字。可而今的王顺来非比往昔，早已不再把这个家当作自己的“家”来看待了。他对玉枝娘俩不理不睬，对家中一切事务不闻不问，甚至连家中的基本生活开支也拒绝给予。自己则三天两头在外面鬼混，偶尔回家吃顿饭，就自个儿买点菜回来，一个人煮了一个人自吃，吃饱了打个嗝儿又不见了踪影。每次玉枝被逼得没法儿向他讨点生活费时，得到的不是一场羞辱咒骂，便是一顿拳打脚踢，甚至不惜当着别人的面叫玉枝“到疼你的野老公那里去要钱”。

问不着王顺来，玉枝只好涎着脸皮去向自己的妈妈偷偷要些接济。但毕竟这不是长久之计。后来，她看到路上一些家属上火车做小买卖挣些小钱，心里便活络开了，便将小来生托付给妈妈，也跟着上火车干起了卖瓜子、花生、萝卜酸之类的营生。

火车上卖小吃也有行道规矩，初次上车的玉枝却蒙头不懂，因此老挨同行姐妹的排挤欺侮，更多的时候是被凶神恶煞的乘务员没收东西、赶下车来。一回生二回熟，慢慢地玉枝便摸出了其中的门道，只要拢住了车上的乘务员、乘警，就可万事大吉，她把这些人爱占小便宜、贪小利的德行摸到了骨髓里，于是顺其所思、投其所好，出手比其他姐妹大方痛快，终于得以斩将过关。

上车卖小食经常得跟着车跑许多站，运气好的时候，只要给乘务员、乘警们一些好处，还可以跟车到终点，然后再混上别趟车回来。不过这样一来，生意虽然多做了不少，时间可就熬得长了，深更半夜到家是常有的事儿。好在小来生有外公、外婆照看着。

只是，早出晚归的玉枝没有觉察到，一脸猥琐的王顺来，不知从什么时候起，开始在外面与别的女人鬼混起来，甚至公然从外面带了野女人回家来睡，有一回刚巧被深夜归来的玉枝撞了个正着。玉枝要与那野女人理论，可王顺来一心护着那野女人，给她撑腰壮胆，那野女人便忘了自己的身份，有恃无恐，骂不让口，打不让手。王顺来还当着那野女人的面对玉枝大吼："你这个臭婊子，还有脸跟老子摆什么正经，你和野老公连小畜生都搞出来了，就不兴老子和别的女人睡个热乎觉？再敢闹，就给老子滚出去，永远别回这里。老子还告诉你了，离婚是早晚的事儿，不会和你打折扣的！"

王顺来说到做到，不久便正式向玉枝提出了离婚，心里委屈却又无处可诉的玉枝只有独自吞咽着自己种下的苦果。王顺来原以为玉枝会向他哀求，没想到，受够了的玉枝也非常爽快地在协议书上签了字，连眉毛都不抬一下，倒令他一时傻了眼。

王顺来主动将小来生留给了玉枝，他压根儿就没把小来生当作自己的儿子。玉枝带着小来生搬出了王顺来的家，自己租了一间小房子安顿下来。上幼儿园的小来生白天托付外公外婆接送，自己则继续上车卖小食品，晚上回来不管多晚，都要到父母那里把儿子接到自己身边，享受着那点可怜的母子之乐，用以抵御心中的孤寂与伤痛。看透了爱恨情仇的她决定从此不再嫁人，就与自己的小来生相依为命。

玉枝每天拼命地做生意赚钱，她有一个信念，要让小来生将来出人头地。她不惜花钱找关系，把儿子送到柳州最好的铁路小学。小来生小小年纪便寄宿在学校，只有到了星期天或节假日，玉枝才会停了生意把儿子接出学校，然后带他逛公园，游山玩水，让儿子尽情地玩个痛快，只要儿子看中了什么，就是再贵也会满足他的心愿。儿子的快乐就是她的快乐和安慰。

但玉枝对小来生并非娇生惯养，她有她的期望与打算。她这辈子吃的苦已经够了，儿子不能再像自己一样丢人现眼任人宰割。她唯一要求儿子的就是发愤读书，长大后能有出息不受人欺。她曾对我说，她要教儿子许多东西，唱歌，跳舞，打球，她要让儿子全面发展，将来要送儿子上最好的大学，还要送儿子出国留学呢。没有了父爱的小来生也显得特别懂事，乖巧争气，在学校里总是品学兼优，着实令玉枝这个当妈的欣慰又骄傲。

对于这个坦率得近乎赤裸的历经沧桑的女人，我仍然有些疑虑。虽然她如今豁达，虽然有乖乖儿子作为最大的精神安慰，但以她的遭遇和性格，不可能就此满足于现状。说白了，我不相信她在爱情婚姻上完全死心了，她其实是一个内心脆弱的女人。她需要感情上的依托，但绝对不仅仅是心爱的儿子。趁着她不提防，我猛然向她提出质疑：像你这样年轻又迷人的大姐，除了儿子，真的别无所求了吗？

猝不及防的问题显然刺中了她深藏不露的心事，迟疑之后，不得不向我坦白了：的确，她对爱情并没有死心，但也无意再嫁别的男人，她已经经不起婚姻的打击。“将来碰上合适的男人，我也不会拒绝，但我宁肯做个没名分的情人，也不会与他人结婚。”

玉枝姐说出了一个心中秘密，这些年来，她一起直怀念那位远在东北杳无音讯的体育老师。体育老师一定早已成家立业，说不定早就把她忘了，可她却是刻骨铭心的。我不敢贸然评价这是一种什么样的感情，我也不知道究竟该怎样看待这样的感情，唯有在惊奇之余一阵唏嘘。

玉枝姐还告诉我，她有一个心愿，就是希望不久的将来，她有足够的余钱的时候，她要独自回东北一趟。她说：“我没有别的企求，只是想回去看看我的体育老师，我不会影响他的家庭生活，只是想了却这么多年的心愿。”说这话时，我分明感受到玉枝姐脸上挂满了幸福的回忆与憧憬。

原载《吐鲁番》2011 年第 2 期

网事多磨

办公室里没一点和谐的气氛，就像窗外风雨交加的夜空。

俗话说不是冤家不聚头，还真不幸而被言中了。

其实，我与叶和华的矛盾，只是主任的一张牌。这一点，智商不低的我们，彼此心里都十分清楚明白。

问题是我们又无法自己调和。隔着面子，我们都是不服气的人。虽说男女搭配干活不累，但我与叶和华的搭配绝对是一种反讽。

叶和华平常自诩为上帝，爱当我拿大。他以为他真的就是上帝，说要有光便就有光了。那天主任不在家，叶和华拿着一份报告，指手画脚要我立即送到市劳动监察大队去。他居然敢说是主任吩咐的！我就知道他会拿主任来压我。

对姑奶奶摆起谱儿来了！你算老几？哼！姑奶奶我偏不听你的！

结果是叶和华自己乖乖地去送了。但最终我也被他告了黑状，被主任狠狠地剋了一顿，还说不想干就趁早走人，公司不养闲人不要花瓶。

我就成了主任眼中的闲人和花瓶啦？

从此，我与叶和华更是水火难容。

我爱上网，叶和华也是一条大网虫。可是办公室里只有一台电脑，下班后就看哪个先上为快了。没有占到电脑的，便只有自个儿悻悻地去泡网吧。

我在聊天室拥有一个响亮的名字：大话空心。我以一个男客的身份登录注册。

我聊上了一个芳名叫“小青虫”的美眉。我们聊得很投缘，大有一聊如故、相遇恨晚的感觉。

“小青虫”非常善解人意，真是上帝给我的赏赐。我常常不自觉地流露出工作上的烦恼，暴露出一些与同事间的矛盾纠葛。“小青虫”总是很细心地为我分析问题的根源，耐心地帮我寻找解决问题的办法。并且也毫不隐讳地坦言她们办公室的是是非非，对我谈起她与办公室女同事之间的带火药味的种种“摩擦”。这就是虚拟空间的好处，不必担心别人的窥探，不怕泄露心中的秘密。“小青虫”说她其实也很体谅她那位女同事，那位女同事的本质其实也很不错的，只是太好强了一些。她说她也决心要与那位女同事改善关系，毕竟相聚便是缘嘛，缘是前世修来的，很不容易，应该好好地珍惜它，说不定哪天就缘尽而散了呢！我暗想，她们办公室那位女同事多么像我啊！我也不是不惜缘，可一想起叶和华那副德行，心里就犯别扭。

我对“小青虫”说，我们何不见见面？“小青虫”开始还有点扭扭捏捏，但拗不过我的一再坚持，最后同意在不属于我们两个人的另一座城市相见。而这之前，我们谁也不知道对方的具体位置在哪里。

我们相约在广州火车站广场见面，说好了我在那里等她，以各人手中的炸薯条为信号。

心动的时刻终于来到了。可当手拿炸薯条的人走向约定的地点时，我们俩都禁不住目瞪口呆：我看见的是死对头叶和华，而对方面对的，正是老冤家我刘小冰！

无法回避的尴尬。

我脸上有火在烧，只觉得掌中的炸薯条成了炙手的烫山芋。我想扭头

而去，我真的有点无地自容了。

这时，僵在我面前的叶和华终于从嘴里迸出一句话来：既然来都来了，我们还是别改变计划了，好吗？

我心里涌起一股酸酸涩涩的滋味，再细细舔舔竟然也有一丝丝的回甜。

原载《桂中日报》

妃子含笑

阿明是位帅气又精明的小伙儿，打从内地来到这南方大都市，凭借自己的一表人才，在大公司之间走马灯似的跳槽儿，就如迪斯科舞场一般旋转自如。春风得意的他，女朋友自然也一串接一串地换茬儿。用他自己的话说，叫作“调胃口，寻品位”，就像南方人啖荔枝，五月红了妃子笑。

哎，也真难怪，如今的年轻人嘛，就喜欢图个新鲜，没定性儿。

可是，英雄也有寂寞时，每当想起自己辛辛苦苦学了多年的果林专业，就这样白白地荒废了，不免若有所失。想当初在大学时的那个钻研劲哪——真是何苦来着！要是学了企业管理，也正好可以派上用场。也罢，人总该知足吧，瞧瞧自己，而今眼目下，不凭所学专业，不是照样过得很潇洒吗？那些专业对了口的，也就是那个样子而已，日子还比不得自己滋润。再算计着拼上几年，赚它一点本钱，再安心娶个可人的媳妇，回家乡逍遥去！

然而，阿明终究还是改变了自己的人生决策。

星期天，阿明无事上街去，习惯地来到人挤熙熙的招工广告栏前。一张醒目的招工广告吸引了他，原来是素有荔枝之乡的莞城某园艺场花重金招聘果林技术管理员。

这个广告竟然触动了阿明的神经。

何不潇洒走一回？冲着那份比在公司优厚得多的薪金，也该去试一试，何况毕竟是自己的专业特长，不能学以致用毕竟是种遗憾。说不定去到那里，山中无老虎，猴子还可以充充霸王呢。当然了，实在不如意的话，也还可以倒回公司来照寻快活——谁让自己又帅又精明呢？

在荔枝掩映的果园办公室，阿明经受了一场最为难堪的面试，他做梦也想不到，自己会在这个山旮旯里丢尽了面子！这个当年林大果林专业的优等生，这个“身经百战”练就一副伶牙俐齿的公关部助理，居然被考倒在一个他眼中还算乳臭未干的黄毛丫头面前。真正是山外有山天外有天，始料未及啊！

一塌糊涂的面试下来，阿明很有点垂头丧气，对于被录取，他是不敢抱什么奢望了，他的自信早已被那个黄毛丫头打掉了，他虚荣的自尊心也第一次彻底落了地。他甚至开始怀疑自己此前在那些大公司应付自如、斩将过关的辉煌历史，是不是都存了一丝侥幸？

“你先回去吧，待我们需要你时再电话通知你，好吗？”主考小姐礼貌地送客。

“小娘们儿，别装蒜哄爷开心了，老子什么世面没见过，这次咱自认晦气！”阿明窝着一肚子的恶气出了果园办公室，这下子，仿佛荔乡宽敞的林荫大道也成了泥泞不堪的奈何桥。他在心里暗暗发誓，再也不往这偏僻闭塞的山旮旯里来自找难堪自寻麻烦了，他甚至骂自己利令智昏，患了神经病！

出乎意料的是，一个星期后，阿明还是被召到了他发誓不再踏足的荔乡果园，做了一名暂聘技术员。

到任上班之后，阿明慢慢才知道，原来这荔乡果园的主人、曾考倒自己的小姑娘阿珍，根本就没学过什么果林专业的大学课程，她正式的学历才不过是个初中毕业，但是为什么，自己的专业知识被考倒在人家面前却也是百分之百千真万确的呀！当然，阿明终究也了解到，这丫头所读过的果林方面的专业书籍，也是不少于一个专门的学问家的，而且省市各种果林专业培训班也总少不了她的名字——好多教授专家还是果园的常客呢，有几个科研课题就落户在阿珍的果园。他常常听到这些来访的教授专家们对阿珍的夸赞，不知不觉也打心眼里叹服起自己的小老板来了。

但阿明也绝不是吃素的，作为一个专业高才生，他暗暗下定决心，一定要用自己的成绩让老板刮目相看。他一改以往养成的怠惰，一天到晚泡在果园。

功夫不负有心人，果然，两年之后，阿明成了偌大果园技术和管理的台柱子，经他和阿珍共同培育改良的特甜高产新品种“妃子笑”，在全市荔枝节上为主人出尽了风头，占尽了啖荔者的赞美之词，订单也如雪片一样飞来，供不应求。

也就在荔枝节过后不久，阿明欣然入赘阿珍家，当上了荔乡第一位富贵上门郎。不过，这是阿珍千里迢迢亲自到阿明老家，向阿明的“老爸老妈”“哭嫁”来的，她离不开自己亲手经营的荔园，正如阿明离不开她一样，这是用青春和血汗培养起来的生命之爱，甜蜜之情，谁也不能割舍谁。

阿明与阿珍办理喜宴的日子，我们再一次饱尝了他俩最新培植的拿了全国金奖的“妃子含笑”。

原载《东莞市报》1994年7月15日副刊头条

闷罐车之约

上帝与摩西的约柜建立在荒凉的西奈山上，我们的约柜建立在拥挤的闷罐车里。

若不是千里迢迢到深圳打工，我们肯定无缘相会。若不是同挤闷罐车，我们不能相知。真要感谢那次艰难的旅程。

你是不苟言笑的靓女，你的矜持和沉默吸引并且打动了我久已冷寂的心，并从灵魂深处燃起了对你的不由自主的热情。

我们是一群回乡过春节的外来工，同行六人彼此并不完全认识，在去宝安汽车站赶车的途中，一路无语的你却在专心听着英语磁带，差点掉了队。

“真用功啊！”我本能地留在后面照顾你。你冲我莞尔一笑，仍旧沉浸在你的英语世界里。你解释说，你的英语口语水准不太高，一般的对话还很有困难。

经另一位工友介绍，才知道你居然与我同在宝安一家台资厂打工。倾谈之下便更多了一份亲近感。

我这个人容易自卑，但同时又好炫耀。好在这回还真有点可以炫耀的东西，在广州火车站露天广场，我便机不可失地亮出了自己自鸣得意的

“作品剪辑”。

“哟，原来是个作家，喂喂，这些都是你写的？真不简单！”

同伴们发出难以置信的惊叹。唯有你，没有盲目地附和，在细细看过所有的“作品剪辑”之后，淡然地说道：“有些篇什还可以。”

“有些还可以。”言下之意岂不是“有些就不见得怎样”了？我满怀豪兴与期望的心不由得打了个颤。

“你也写东西？”我犹疑地问。

“平常只是爱看看而已，我妹妹是常写诗的，只不过写得比你更朦胧，你并不喜欢。”

你还告诉我，你的父母都是中学语文教师。你有一个哥哥，大二没念完便独个儿闯海南去了。你告诉我这些的时候，却一反刚才的矜持，从旅行袋里翻出一顶伞形的白色遮阳帽戴在头上。立时变得天真烂漫起来，惹得大伙儿都要抢着戴。你说，遮阳帽是你那写诗的妹妹临别时送你的，你高兴的时候就总戴上它。

那么，此时的你一定是愉悦的了。

进站铃响了，人们争相向站台蜂拥，我们的旅伴一下子被人潮冲散，最后竟只剩下狼狈的你我尚在一处。感谢老天，特意安排了这样一次机会，使我们一起度过了一个艰难而又愉快的“闷罐车之夜”。

我们好不容易找到一节较宽松的车厢，刚庆幸地铺好纸垫，准备美美地躺一躺，一股人潮又呼啦啦涌进来，立即践踏我们的纸垫，并有人开始互相争斗。从未见过这种阵势的你，骇得像一只惊坏了的小松鼠，直往我身边挪。最后，我们被迫挤到了一个死角落里。

闷罐车被封得严严实实，一种前所未有的窒闷在车开许久之后才渐渐缓解，你总算长长地舒了一口气。

“啧啧，你家真是书香门第，今天真幸运遇上才女了。”我竭力想打破沉寂。但你却表明自己是最令妈妈失望的女儿，本来在学校成绩一向不错

的你，一念之差，高中未念完便来了深圳。你说打工对你绝不是长久之计，以你的性格，也没法长久忍受那样冷酷的“老板气”。我只有默然。

“说不定我以后还会回学校读书。”你说。不知不觉之间，从闷罐车的小窗口开始透进一缕朦胧的晨光，又一个不眠之夜就这样度过——而我们分别的时候也快到了。

“到家来信！”我们互相提醒对方。

你果然来信了。一定也收到了我精美的贺年卡。

你在信中称你沧桑的人生之旅，遇上了我这样知心的朋友感到很幸运——其实，我又何尝不是呢？同时，你诚挚地邀请我去你家做客。

我深深地记挂着我们的闷罐车之约。你知道吗，返深的第一夜我便做了个美丽浪漫的梦，梦见盛装的你，自鲜花和太阳的明艳中款款向我走来。我又一次为你的热情激动得流泪了。第二天一早，我便跑去车站接你，可是睁开眼睛才知道是一场梦。

一千个日日夜夜已随云飘逝，依然没有等到你的半点消息。我不知你是否已重临深圳，还是已安居于千里之外的你的湘西故园，或者读上了你理想的大学。而今，孤独的我在寂寞的夜里，举目遥望星星闪烁的天空，开始怀疑上帝的虔诚。

但愿约柜没有破，如约的好梦我依然谨守。

原载《宝安日报》

圣诞之光

圣诞节降临。然而，孤独在异乡的我，并没有收到预想中所盼望的任何圣诞礼物，甚至连一封平淡的问候信、一张小小的圣诞卡都没有。仿佛流浪的我已不再存在于亲人和朋友们的思维之中，孤寂的心因而倍觉落寞和惆怅，亦只能独自无奈地喟叹这人情冷暖世态炎凉。而至诚的主啊，你这博爱的化身，都说你与人同在，可是为什么，你就不能让我走近你关爱的福祉，哪怕远隔天际，遥遥地感受你亲切祝福的圣洁光环也好？

夜已深。疲惫的我依然没有睡意，一个人静静地走出凄寂的小黑屋，徘徊在清冷的街头。

福音书上动人的故事已不再令我神往，天使们的夜空或许也只是多了几颗奇寒的孤星。圣诞树在目力之外花枝招展，对于我也构不成灿烂幸福的幻觉了。偶尔抬起朦胧的眼来，与昏眩的街灯漠然相对，却只能碰撞出一缕缕落魄的迷惘。一种被嘲弄被忽视被冷落被遗弃的委屈和愤懑注满空洞的心。

“先生，请问梦露酒家怎么走？”一个声音在耳边响起，柔润的女中音。

“红荔路。”我有些不情愿地敷衍了一句。尽管在愣回头之际，有过一刹那的惊异——这是一位打扮新潮的时髦女郎，浓彩艳抹得令一般男人见

了便会产生那份联想与冲动的香艳。

“可是先生……我是刚到这里的，人生地不熟，连红荔路的方向都弄不清呢，能不能再麻烦你告诉我详细一点？多谢了。”

女郎竟不肯就此放过我，我开始警觉起来，看来有一番好纠缠了：对于这种吃青春饭的女人的伎俩，我是有所耳闻的。

“往前面一直走，走到第二条横街，左拐走不远再右折——”不耐烦也只得详细一点告诉她了。

女郎倒不像我所猜想的一味纠缠，得了指点准备再次道谢而去。

我这才猛然发现我们已冷不丁被一群卖花女孩儿团团围定了。

“先生，买枝花吧。先生——”一只只瘦小的手擎着一束束猩红的塑料玫瑰花伸到我的面前。稚气的童音在凛冽的寒风中不住哆嗦，我看见她们那营养不良的单薄的小身子柴苇般瑟瑟发抖。

“一边去，谁要买你们的花！”我没好气。近乎粗暴地抵挡着伸到面前的擎着猩红玫瑰花的瘦小的手。我心里正烦乱得不知如何发泄呢，还来凑这份热闹，不识趣的小丫头片子！

可是，擎着腥红玫瑰花的小手们根本不理会我粗暴的拒绝，依然固执地不肯撤退，她们似乎有种不达目的誓不罢休的顽强决心。

其实，说回来，对于南方都市早已司空见惯的街头卖花女，我本并非熟视无睹无动于衷的，我也曾有过内心深深的感慨和怜悯。这都是些可怜的流浪女孩儿，小小年纪就被迫别了故乡和父母，千里迢迢来此成为别人赚钱的活工具，甚至好多人连自己的家在何方、娘亲老子姓甚名谁都不知道。当然也有人是被那些见钱眼开的狠心父母亲自送上这条苦难的不归路的。她们大概要算当今世界上最廉价最年幼的包身工了。她们整天东奔西跑为老板卖花赚钱，可往往因为完不成规定的任务还要被罚露宿和饿餐，至于深夜一两点不准返回拥挤不堪的小黑屋休息更是平常的事。

一群可怜的孩子——只是，我依然没有买花的意思，同时我也实在找不出一个买花的借口来。我当然明白这些固执的小女孩儿是误会了我与身边这位女郎的关系。面对卖花女无知的固执，我感到不能逃避的尴尬与恼火。

但我没有想到，身边的女郎替我解了这个围。我怔怔地看着她从小坤包里掏出一把钱来，一个不漏地给买了每人一枝玫瑰花。女孩子们接过钱，才带着胜利者的神气满意地散开。

我心里正犯疑，却听女郎笑盈盈地招呼道："小朋友们回来，我送你们每人一枝花！"

卖花女们愣怔地转过身来，同时我睁大了惊奇的眼睛。

出于一种感动，我竟主动将女郎一直送到了梦露酒家的门口。也是在陪送女郎的途中，我了解到，女郎去梦露酒家是为解救一位曾与她在另一座城市患难与共，也曾令她难堪过的小姊妹。她是不久前才得到消息，听说那位小姊妹如今已沦落风尘，且受到别人的控制，处境危难。她是不忍心那位倔傲的小姊妹继续沦落下去，她要尽到姊妹一场的情分与义气。

我不知道女郎踏进梦露之后结果会如何，但我的心情已无法形容地开朗起来。我默默地在胸前为女郎虔诚地画了个十字祷告，我分明感受到了，慈爱的上帝真的与我们同在。

原载《城市导报》1995年12月21日副刊头条

招工记

本厂系台商独资企业，因扩大生产，现招收高中以上文凭员工若干名，年龄20—25岁，男女不限，有意者请携带有效证件速来面试。

××有限公司

×年×月×日

广告所列条件着实令我心中雀跃，凭着手中这张大学文凭的“王牌”，加之自己又有过外资厂的工作经历，我想应该是胜券稳操的了。

在特区，广告招工是最讲求时效的，很多情况下，成败的时间差就只在那么短短的几分钟之间，因为来特区打工的人简直是太多了，谁不会闻风而动趋之若鹜呢。机不可失，邀上出租摩托便直奔招工地点，一路上不停地催促司机快点再快点。恨不得这摩托车变成架小飞机，要是去晚了，恐怕就没戏了。

果不其然，厂门外早就围满了等候见工的捷足者，我费了九牛二虎之力好不容易钻空子递上简历表及毕业证、身份证、劳务证等必需证件。半个小时以后，人事小姐将我们分批引入招工办公室填写招工表。

我暗自庆幸，在同一批十个填表的人中，似乎还没有谁的学历可以与我抗衡的，待会见老板时，只要小心应付，大概八九不离十，录用该是没多大问题的。

老板很年轻，人也非常随和，平常见工时的那份紧张心理自然消除了。

“唔，学历挺不简单嘛，还会写文章，应该称你作家先生啰?”老板一边浏览我的履历表，表示很欣赏。我自作聪明地在履历表之后附上了曾经在报刊上发表的几篇小文章，其中包括在某著名杂志上的那篇《给老板提个醒》，在这篇文章中，我曾就老板与员工之间的诸多问题提出过自己的看法。当然，我是从自己的角度来提的，不过我自认为提得相当客观，也相当公允，并不是那种简单的员工对老板的牢骚话。我想，开明的老板看了这样的文章，一定会接纳我的意见的。

“为什么不在原来的公司干啦？”

“因为原来的公司老板不会管理，也没有人情味，跟着他干没有出息也没有意思，俗话说良禽择木而栖嘛。”我尽量表现出一副胸怀大志的样子。

老板的兴趣似乎更浓了，便笑着温和地反问道：“那你怎么知道来我们公司干就一定会有出息呢？”

“因为贵公司重视人才。”我敏感而又合时宜地给老板戴了一顶高帽子，老板似乎也很受用，对我赞许地点点头。然后问我到他的公司去，希望干什么样的工作，有什么样的待遇要求。

看来，老板是很中意我了，我的心中好不快活。但在心里一再告诫自己，在未拍板之前，一定要稳定好情绪，千万要把握好分寸，要让老板进一步感觉到自己的稳重。

我故意顿了顿，小心地回答：“做什么工作，这得根据贵公司的需要，由老板来定夺，我当然不敢挑三拣四。至于待遇嘛，老板认为我该值多少就给多少吧，我想，精明的老板一定不会亏待一个诚实努力的雇员的，是

吧？”

“小伙子，你很聪明，回避了我的问题。不过我可以明白地告诉你，我在台湾也是从打工出身的，我们的观念是，你今天还没有被老板正式聘用，你就没有资格谈自己值多少多少，因为你真正的价值，是要靠你的具体工作来体现的。这就好比商店里的商品一样，没有卖出之前，能说究竟值好多钱吗？标了价又怎样？”

“这个我能明白。”我赶紧附和，暗自庆幸自己的谨慎，没有说漏嘴。否则，因为某一句话便可能前功尽弃。

但老板接着又要我必须回答他，我希望做什么，或者自己认为最合适做什么工作。我这时真有点码不着边儿了，最后迟迟疑疑地说办公室工作或车间现场管理都可以的。

“很笼统嘛。你说办公室，那我叫你去办公室扫地，你也愿意干喽？这也是办公室工作呢！”老板差不多是拿歪头瞧着我了，我强迫自己意志要坚定，头脑清醒，不能在节骨眼上乱了方寸，关键时刻自己掉链子。

我对老板说，如果真的一定要我扫地，当然也未尝不可，锻炼锻炼也是好的，不过我相信老板的眼光和用人韬略。

凭过去的经验，老板算是招定自己了，因为他已正式同我谈起了待遇的问题，他问我三个月之内月工资五百元干不干，三个月以后再视工作表现和成绩决定调升。

“我想，我可以接受的。”我极力思想了好几秒钟。因为我的招工表上，我填的在另一家公司的月薪是九百港币。当然，我不敢有太高的奢望，眼下能够给我五百元一月，我应该相当地知足了。这些天来，没有工作整天流浪奔波的日子，已挨得我够苦够狼狈不堪的了。

“这样吧，下午 3 点钟，你再来厂门口看看录取公布单。以后有机会，我还想拜读你的大作呢。你没想到吧，我以前也爱写文章的呢，我在台湾念大二的时候还曾经是文学社的社长呢！”老板的话告诉我，面试已经结束了，但我真的没想到会是这样的结束语，我无疑是心花怒放，但也没忘记谦恭地说：“那就请老板多多关照了。”

“祝你好运。”老板微笑着目送我走出他的办公室，直觉告诉我，大功基本告成，我给老板留下的第一印象绝对错不了。我甚至想到晚上应该找一家干净的餐馆，好好为自己庆祝一番。我敢打赌，所有面试出来的人，几乎没有一个像我这样意气风发神采奕奕的了。我好开心，总算又遇上了识“马”的伯乐。

然而，张榜的结果出乎意料，蛮有把握的我却名落孙山！我的脑海一下子搅成泥浆糊糊，得意的神态不由自主地转移到刚才还垂头丧气的人们脸上去了。

有没搞错？我相信老板不会看错我，我也不会看错了老板的，自己没理由不被录取。我真想再进去找老板评说，这样的结果太令人不可思议了！然而，我的委屈是没法向老板倾诉了，公司的大门紧关着，门卫的表情冷得打霜。

这时我突然发现老板远远地从他的办公室里出来了，我禁不住大声叫唤起来。

“是你啊，没有录取吗？”老板微笑依旧，关切地问我道。我还以为会“峰回路转”了。刚想“化悲为喜”，又听老板祥和地说：“这次没招上，先回原来的公司干着吧，下次我们还会招工，有你的机会的。”

“可是，我早已从原公司辞工了！”我差不多带了哭腔。

“噢，是这样？那你先另找一家干下去也是一样的，东方不亮西方亮嘛。”老板的笑意没有减退，而我的心却再也感受不到一丝半缕的温暖。我想我这一次彻底地被老板捉弄了。我想对着大门骂娘，但最终还是忍了。我只好从牙缝里挤出一句“谢谢”，然后转过头无可奈何地愤然离去。

对，东方不亮西方亮，反正招工的厂家到处都有，明天再去看招工广告吧。

也许，明天真会有新的希望？虽然兜里快要空空了，但今晚餐馆小酌是一定要去的！

原载《南叶》1996年第6期

工贼大人

“总务大人财神爷”——大家这样称呼我们的总务科长，甚至于有人竟胆敢谑称“工贼大人钱迷鬼”，简直是冒天下之大不韪。

论资排辈起来，总务大人当然算不上老板级人物，依旧要屈居于“打工仔”一类，但其以工厂租赁代表的身份，为自己赢了一份无本万利的“人事股”。

譬如招工这事便由总务一手经办。厂门之外渴望进厂的男仔女娃真的是多如牛毛，但老板早就明言：公司不是慈善机构，不是社会收容所。能够被招进工厂的人数是限定的，但众人之中，谁能成为这个限定数中的“幸运者”，条件相当之下，你且不妨在总务屁股背后“活动活动”，三五百地悄悄奉上，准能获个入围。如此一来，总务大人腰包胀破便不足为怪了。

倘若有人担心总务的做法太露骨而恐招人怨，便是杞人忧天，愚而且蠢了。你想啊，人在外面流浪如斯，一旦托人情送点“介绍费”即可免却飘荡无着之苦，何况进了工厂就有钱可挣，何乐而不为？要感激都还来不及呢。总务大人的形象简直可以贴上“救苦救难大慈大悲观世音”的标签了。

俗话说“进门容易出门难”，对于我们这些打工仔，似乎要倒过来说

“出门容易进门难”了。然而，厂规森严，稍微不慎，就有被扫地出门的危险——你还须明白，这当中也有总务大人生财的招数呢。不顺眼的工人，找个岔子扫了出去，就可另招填缺。如法炮制，岂不利利相生水流不断？你若识相，再使出三两百来“洒洒水”，不定又可安然无恙，或者再来个罚款了事。

有心血来潮者居然在厕所的墙上题了这样的打油诗：“总务××娃，终日到处爬，若遇好事时，乐得四脚抓，狗中之恶狗，咬人咬伤疤，招工要收钱，明码标高价，偶尔不顺眼，提笔把款罚，一心为自家，良心狗吃啦？开除是常事，老子也不怕，众人立起志，齐来整治他，或者弄个死，或者弄个瞎。”诗虽不成腔调，却一下子在员工中传诵开了，以至不少人附庸风雅，也在墙上纷纷题诗题句，一时竟然成为风气。曾有细心者录得满满一本“厕所诗抄”秘示笔者。捧读之下，叹为观止。

然而，鸡蛋石头，如之奈何？总务大人依然高枕无忧，毫毛不损。他常言，吉人自有天相。

总务生财，环环相扣，门道之多，数不胜数，不妨再略叙其“吃、住、行、玩”法，以开愚窍。

食堂伙食，千百人口，一人省口饭，撑死几多肥猪汉。市上蔬菜，旺市时价，不去问津，到落市时分，卖主不得已，让利出手脱货，便可用较少的钱相对买下较多的菜。当然，质量是差了点，但卖苦力的打工仔还能有什么美味佳肴的奢望？三两元钱一餐，在这特区地也能勉强将就着填饱肚皮，总算是不错了。要吃野味海鲜？带上你一个月的薪水上馆子里去兜兜“边边风”吧！人家深圳机场，一碗面条七十块钱，知不知道？

住的方面，除了打打房租价的主意外，总务大人更多的是在“暂住证”上做文章。公司千百号员工，人人都得按月扣除“暂住费”，而政府到底规定的具体数目是多少，谁也不得而知，只晓得工厂与工厂之间标准并不一致，每个员工每月只比规定数多收两三元，就是一笔不小的进项，还可挖挖政府的墙脚，一千个员工，实报八九百个怎么样？工厂人员流动系数大，谁能统计个准呢？

至于行嘛，自然也有法子可想的。一年一度的春节，背井离乡的打工仔们，总渴望能回家团聚一次，享受一番在老板工厂里没法得到的天伦之乐。你想啊，回乡者千百万之众，到火车站预订车票也得单位统一排名先后日期。这事又非总务莫属，买车票要收取手续费的，往往一张普通的火车票花费了两张车票的钱，能不摊上窒人的闷罐车，就算祖宗积德——便宜你了。

“玩”可是属于高消费的，风流总务“玩”法有方，从不会轻易破财。前所言及的“厕所诗抄”里亦有诗为证：“总务要拍拖，工友实在多，看中哪一个，卡拉 OK 乐一乐，哪用掏腰包，女友抢着出手，只要销魂后，改天也能把官做，薪水自有加，从此不做苦力活。”

至此，总务大人的生财之道似乎可以作一个小结了，突然想起日前曾读李宗吾老先生的传世奇书《厚黑学》中有句云：

“有一人焉，厚而且黑……”

舍夫“工贼”，何其名之！

原载《明镜报》1993 年 10 月 1 日创刊号副刊头条

老　板

我们的老板看起来颇有君子风度，衣冠楚楚，一本正经。大方步踱在公司的车间和办公室里四平八稳，雍容儒雅，确乎显得“与众有别”。

然而，我们的老板却真是一个十足的“他妈的”老板。

搬运工小D，搬完货物去洗手，不经意把搬货时脱下的外套搭在肩上，被老板撞了个正着，披头一顿狗血训斥：“你他妈的衣服怎么穿的？要充痞子是不是？这里是工厂，不是野街！”

小D挨了训，老大不服气却又无可奈何，只好在心里狠狠骂着“你才他妈的”解晦气。

老板不抽烟，这确乎是个好习惯。可办公室的小王却是个烟鬼，忍不住烟瘾时，便掏出一支来解馋。烟未点上，老板发火了，走过去一手将纸烟打掉，直吼道：“你他妈的怎么老是不听，办公室不准吸烟，一支又一支，搞得乌烟瘴气，像什么样子嘛，嗯？再犯，一次一百钌（广东话，元）！”

小王是个很有涵养的青年，却怎么也不愿买老板的账：“哼，你自己又成什么体统呢？开口闭口就是骂人！”

其实，在办公室里抽烟的，也大有人在，譬如M公司派驻的QC先生，就一天到晚在办公室里吞云吐雾，且QC先生又偏偏坐在老板的侧邻，呛得老板经常要捂鼻子嘴儿，但老板却似乎很受用，还特地投其所好，一次便奉送了两条“555”。

因为公司货单订得紧，要加班加点赶货，车间的干部们提议是否可以适当发给员工们一些生活补贴，他们的确做得太辛苦了。老板眼一横：“他妈的你们身为干部，不知长进，员工做得辛苦，都是你们自己造成的，为什么不把效率再提高一些呢？你们他妈的以为公司的钱好赚是不是，嗯？一帮吃里爬外的玩意！”

老板到车间巡视，员工们免不了要抱着各种心态看他几眼，这可惹了大麻烦。于是老板把员工全部集合起来训话了：“他妈的你们不认识我吗？有什么好看的？是不是看你爸爸？这么不懂文明礼貌，没有一点教养！好，你们要看可以，以后看我一次罚五十，老子让你们都看个够，我很值钱的！”

平常上班，车间里是严禁员工之间讲话和走动的，如果被抓住的话，罚款三五十元，还得站在一个特制的铁架子上直到下班，不许移动；还得在胸前挂上一块纸牌，上面写着“我爱讲话”“我爱走动”“我爱睡觉”等字样，老板会走到你面前，开心地问：“好玩不好玩？他妈的下次还敢不敢？下次再违反加倍惩罚！”

可是，如果车间里有哪位女同胞长得漂亮些，老板便会像“屎壳郎遇着了牛粪堆”，一个劲儿黏上去，会没话找话和你侃大山，会色眯眯盯着你不停地转动眼珠子，甚至会动手动脚捏上身来。如果你严正拒绝的话。嘿嘿，老板会立即变脸道：“你的厂证为什么不戴好，下次再这样，罚款三十元！”

员工在工厂内吵闹打架，不管什么原因，一律得开除处分。“他妈的，公司不是你们的打斗场！”老板会严肃地宣布。

可是针车组的小玉因车错了一道饰边，正在巡视的老板抬手就是一巴

掌：“他妈的，怎么这么笨！”可怜小玉的细白脸火辣辣烧了一个下午，眼泪滂沱得像下了场大雨。在家中她可是从来没有被人重言重语说过一句的啊！

工友们“是可忍孰不可忍”，于是联名到劳动局去投诉了老板。老板恼羞成怒，动不动就威胁：“你们他妈的不好好给我干活，还告我的黑状，我迟早要把你们一个一个开除掉，不信试试，看我敢不敢！等赶完这批货，不想干的统统给老子滚蛋，有多远滚多远！”

可是，这批货还没出货，下批订单就排得满满的了，人手越来越紧张，可节骨眼上，打报告辞工的人挤满了人事部。老板吼着嗓子：“留个工人咋就这么难呢，我对你们还不好吗？”

原载《深圳青年》1992年第4期

拉上纪言

流水线上的作业，紧张和呆板，是没得说的，一天到晚就那么一个单调的动作，枯燥而又机械地千万次重复，不能开小差胡思乱想走神儿，不能东张西望，不能说笑甚至不能大口儿喘个气……跟真正的机器人几乎没有两样子。嗨，那个滋味呀，日子一久，整个的人都变了个儿！

然而，青春的我们毕竟不甘寂寞，我们渴望在这既存的现实中寻求解脱和慰藉，哪怕就是极渺茫极细微的一丁点儿，一丁丁点儿。

于是乎，不知道从什么时候开始，拉上纪言便悄然兴起并流行开来。忽然有一天，光洁的流水线赫然出现了这样一行潦草的文字：

“烦死了，怎么还不下班？”

大家伙便都触了电，这句用奇异笔七歪八斜涂鸦的鸡爪话，随流水线流到谁的面前，谁就不由自主地低下头看一下腕上的电子手表，然后就是一副垂头丧气的模样，间或也有一两位胆大分子背着拉长的威严互扮鬼脸。

而安慰的话儿也随即上了线，却道是：

“外面的世界很精彩，外面的世界很无奈。”

“兄弟姐妹们，好好忍耐着吧，下了班又怎样呢？”

既然外面的世界一样也无奈，便有人用各色笔调在这共同传播的拉上

坦露心迹：

“我想有个家。”

“世上只有妈妈好。”

“你是不是像我在太阳下低头。”

“打工难，打工难，狠心的老板只认钱！”

无法排遣的离乡背井的孤独，无以言喻的世态炎凉。人的正常情怀被困惑于金钱之下，委屈、彷徨……

不必多虑，朋友啊，有我们大家在呢，让我们一起来写：

“让世界充满爱。”

“少年壮志不言愁。”

“我们的生活充满阳光。”

有谁能否认得了这份纯朴和真诚呢？

当然啦，拉上纪言最普通、最花样翻新、最淋漓尽致、最引人入胜的，还是我们虚虚实实，亦真亦幻的爱情故事。多梦的青春，年轻的我们，很自然地把运动着的流水线当成了投掷爱情燃烧弹的试验场。拉上纪言成了一条名副其实的“爱情阵线联盟”。请看，有人用忧郁的蓝彩笔老实交代“爱上一个不回家的人”了，而这个不肯回家的人到底是谁，却是连自个儿也没法弄得清楚的，因为在她（他）的视线里是“月朦胧，鸟朦胧”。不过这并不打紧，只要心意已决，只要能够始终如一耐得住“孤独的站台，寂寞地等待”；又有人在公开相问：“亲爱的，你知道我在等你吗，你是否真的在乎我？”而究竟在问谁和谁相问，都是一个疑问号，人人心里在摆着八卦谱儿！不定就有人莫名其妙地咯噔一下脸热心跳起来，或许冷不丁贸然冒出一句“其实你不懂我的心”“别问我爱你有多深”，或者“特别的爱给特别的你”“等你在老地方”“只等那日头落了山，让你亲个够”。写作者与传阅者彼此心照不宣心领神会，人人都可能成为故事的主人公，因为远离故乡打工流浪的兄弟姊妹们都是“明明白白我的心，渴望一份真感情”，只不过不敢轻易公开承认自己“曾经为爱伤透了心”。

“谢谢你给我的爱，今生今世不忘怀……谢谢你给我的温柔，帮我度过那个年代。”感情的流水线在肆无忌惮的阿Q式宣泄中超负荷地运转。

终于，我们的拉上纪言惹恼了拉长大人，罚我们下班后集体洗拉，并且扬言要扣我们的奖金！好家伙，又一条大标语写到拉上：

“我们需要思想，我们需要自由表达！”

“反对官僚专制，反对工贼！”

拉长只好干瞪着眼儿罢休。众怒难犯哪，他背不起工贼的名分儿呢，何况说直了，他也只是一个小小的普通打工仔呀！拉上纪言非但禁而不止，反而发扬光大了。

据悉，拉上纪言如今已作为一种文化现象，在打工者中普及扎根，成了打工文化最自由最广泛的特殊传播方式之一。只要有运转的流水线，就少不了打工者的拉上纪言。如果将来有人肯写一部打工文化史，那么，我们创造的拉上纪言一定会成为其中最生动难忘的一章。

注：拉，英语 linc 的译音，即生产线，拉长即一条生产线的管理人。

原载《南叶》1995 年第 1 期